BASTEI
LÜBBE

Marian Babson

Die neun Leben des Win Fortescue

Roman

Ins Deutsche übertragen von Michael Ritz

BASTEI LÜBBE

BASTEI-LÜBBE-TASCHENBUCH
Band 13823

Erste Auflage:
Dezember 1996

Deutsche Lizenzausgabe 1996
Bastei-Verlag
Gustav H. Lübbe GmbH & Co.,
Bergisch Gladbach
Originaltitel: Nine Lives to Murder
Lektorat: Iris Schmidt
Titelbild und Umschlaggestaltung:
Richardt · Turek · Savsek, Köln
Satz: Fotosatz Schell, Hagen a.T.W.
Druck und Verarbeitung:
Brodard & Taupin,
La Flèche, Frankreich
Printed in France

ISBN 3-404-13823-6

Auf alle Katzen in unseren Leben –
und das Leben in unseren Katzen.

1. KAPITEL

Er lag reglos da. Absolut reglos. Der kalte, harte Boden unter ihm wurde immer kälter und härter, aber er konnte den Gedanken nicht ertragen, sich zu bewegen, aufzustehen und die weiche Behaglichkeit seines Bettes aufzusuchen.

Es schien ihm, als hätte er erst vor kurzem versucht, sich zu bewegen, und als wäre der Schmerz dabei so unerträglich gewesen, daß er die Idee wieder verworfen hatte, vielleicht für immer. Lieber würde er bis ans Ende aller Zeiten hier wie eine Marmorstatue liegenbleiben, als diesem Schmerz noch einmal ins Auge zu blicken. Zumindest würde er mäuschenstill liegenbleiben, bis er in der Lage war, die Quelle des Schmerzes auszumachen und sich daran zu erinnern, woher er gekommen war ... und warum.

Mäuschenstill liegen ... pfui! Was für eine abstoßende Vorstellung. Was für ein abscheuliches Wort. Er stieß einen tiefkehligen Laut aus. Es klang fast wie ein Knurren.

Hatte er einen Herzanfall erlitten? Das war immer eine naheliegende Frage bei einem Mann seines Alters und, nun ja, Gewichts. Das Rauchen hatte er vor einigen Jahren schon nach mörderischem Kampf aufgegeben. Aber es war nicht so leicht gewesen, auf Steaks, Schlagsahne, Rotwein und all die anderen köstlichen Leckereien all dieser Premierenfeiern – ja, und Abschlußfeiern – zu verzichten.

Diesmal war es sein Magen, der knurrte.

Aber sein Herz blieb ruhig. Es schlug langsam, aber gleichmäßig, und keinerlei Schmerz ging von ihm aus. Nein, irgend etwas tief in seinem Inneren sagte ihm, daß ein Herzanfall ausgeschlossen werden konnte.

Was war es dann? Warte ... warte ... Tief in seinem Bewußtsein flackerte etwas auf, versuchte zu ihm durchzudringen. Eine schwache Erinnerung an Geräusche: Stimmen, Rufe, polterndes Holz, ein gewaltiges Krachen, eine schreiende Frau.

Ein Unfall. Das mußte es gewesen sein. Er spürte ein Gefühl der Erleichterung. Er war also nicht von einer geschwächten Arterie oder einem versagenden Organ im Stich gelassen worden, sondern hatte einen Unfall gehabt. Einen Unfall konnte man begreifen. Akzeptieren.

Konnte man das? Was für ein Unfall? Ein Autounfall? Er hatte Miranda immer davor gewarnt, daß sie zu schnell fuhr, aber sie war immerhin einigermaßen vorsichtig. Geoffrey hingegen fuhr wie ein Unfall, der nur darauf wartet, daß er passiert. Er war doch wohl nicht so dumm gewesen, in irgendein Fahrzeug einzusteigen, an dessen Steuer sein Sohn saß?

Wo war Miranda? Warum war sie nicht hier? Er riß sich gerade noch zusammen, als er den Impuls verspürte, sich unruhig zu bewegen. Nein, du darfst dich nicht bewegen. Es war nicht sicher, sich zu bewegen. Noch nicht. Aber wo waren alle? Wo war Miranda? Wo war Geoffrey?

Hatten ihn alle im Stich gelassen? Unfall gebaut und abgehauen? Hatten ihn hier liegenlassen, vielleicht aus dem Wagen geschleudert, außer Sichtweite in einem Straßengraben, während der Rettungsdienst die anderen Bewußtlosen in das nächste Krankenhaus brachte? Hatten die Sanitäter ihn übersehen?

Oder war er der einzige Überlebende? Herausgeschleudert, während die anderen in einer Flammenhölle starben? Welche anderen? Wer war bei ihm gewesen? Wo hatten sie hin gewollt?

Falsche Fährte. Er befand sich nicht im Freien. Er spürte, daß ihn ein Gebäude umgab, roch den vertrauten Geruch des Theaters.

Vielleicht eine leichte Gehirnerschütterung. Er konnte nur hoffen, daß sie leicht war. Sein Kopf schmerzte abscheulich, aber er fühlte sich nicht stark genug, um aufzustehen und nach ein paar Aspirin zu suchen. Es wurde vielleicht schlimmer, wenn er sich bewegte. Es war besser, wenn er ruhig liegenblieb und versuchte, sich daran zu erinnern, was geschehen war.

Miranda hatte dabei eine wesentliche Rolle gespielt. Er konnte sich schwach an ihr Geschrei erinnern. »Räudiger Kater! Du hast die Moral eines räudigen Katers!«

O Gott, sie hatte die Sache mit Cynthia herausgefunden. Oder vielleicht die mit Jilly. Unmöglich, hier lange ein Geheimnis zu bewahren. Theaterleute klatschten zu viel.

Sie hatte auch mit Gegenständen geworfen. Hatte sie ihn getroffen? Unwahrscheinlich. So gut konnte sie nicht zielen. Und seine Beweglichkeit war legendär. Zehn Jahre Zusammenleben mit Miranda hatten ihm Reflexe verliehen, um die ihn Männer beneideten, die halb so alt waren wie er. All ihr Joggen und Krafttraining konnte nicht die Geschmeidigkeit hervorbringen, die jemand erlangte, der ständig den Schlägen und Wurfgeschossen einer erzürnten Frau ausweichen mußte.

Aber irgend etwas hatte ihn getroffen. Ein Pochen – mehr eine Erinnerung als ein akuter Schmerz – in der Mitte seiner Wirbelsäule sagte ihm das. Dann war da das deutliche Gefühl eines Sturzes gewesen ... der Aufprall ... der Schmerz ... die Schreie ...

Wie lange war es her? Eher Stunden als Minuten. Stunden ...? Das konnte nicht sein. Sie hätten ihn nicht die ganze Zeit auf dem kalten Boden liegengelassen.

Es sei denn, er war tödlich verletzt. Konnte nicht bewegt werden. Rückgrat gebrochen vielleicht? Zu gefährlich, ihn zu bewegen. Spezialisten wurden aus aller Welt eingeflogen, um die Situation zu beurteilen und ihre Ansichten zu äußern.

Er war Winstanley Fortescue, führender Shakespeare-Schauspieler, aber auch brillanter Darsteller in modernen Boulevardkomödien, ebenso wie einfühlsamer und tiefsinniger Interpret neuester Dramen, ob kommerziell oder avantgardistisch ...

Seit acht Jahren Ehemann der glamorösen Miranda Everton, die aus der Rolle der jungen Naiven mittlerweile herausgewachsen war. Vater (aufgrund einer sehr frühen und unter schlechtem Stern stehenden Heirat) des brillanten jugendlichen Helden Geoffrey Fortescue (der, vielleicht ein wenig zu dicht, den Spuren seines Vaters folgte, aber damit konnte man sich zur gegebenen Zeit befassen. Der junge Spund!)

Winstanley Fortescue, das konnte man ohne falsche Bescheidenheit sagen, war ein Titan der englischen

Bühnenwelt. O ja, sie würden aus der ganzen Welt herbeieilen, um *ihn* nach seinem Sturz wieder zusammenzuflicken.

Aber wo waren sie? Warum lag er hier alleine herum?

Und wo war ›hier‹? Er riskierte es, für den Bruchteil einer Sekunde die Lider zu heben. Auf dem Boden, wie er es sich gedacht hatte.

Es war nicht in Ordnung. Etwas war daran falsch, sehr falsch, beunruhigend falsch. Seine Augen hatten sich automatisch wieder geschlossen, und er schreckte vor dem Versuch zurück, sie noch einmal zu öffnen.

Wenn er nur *denken* könnte. Richtig nachdenken, ohne daß sein Verstand von den bohrenden Kopfschmerzen verschleiert wurde.

Kopfschmerzen ... er prüfte die Idee. Nein, nicht wie bei einem Kater. Seit seinen Anfängen im Repertoiretheater hatte er sich keinen mehr angetrunken und war unter einen Tisch gekrochen, um den Rausch auszuschlafen – und auch damals war das nicht oft vorgekommen. Er legte zuviel Wert auf ›Das Instrument‹, um seine Gesundheit auf's Spiel zu setzen. Nein, nein, ein Unfall hatte sich ereignet, ein schrecklicher, blödsinniger Unfall.

Wie auch immer, er konnte nicht den ganzen Tag hier herumliegen ... oder war es die ganze Nacht? Er fühlte sich besser ... etwas besser. Der Schmerz schien jetzt seinen Platz gefunden zu haben. Er war zu diesem durchdringenden, pochenden Kopfschmerz komprimiert worden. Er konnte es vielleicht riskieren, sich zu bewegen. Langsam und vorsichtig.

Er fing mit seinen Fingern an, bog sie behutsam. Sie schienen zu funktionieren, fühlten sich jedoch etwas seltsam an, als hätte sich etwas zwischen ihnen verfangen. Natürlich! Für einen Moment erschien das Bild seiner Finger vor seinem inneren Auge. Sie krallten sich in den Bühnenvorhang, um den Sturz abzufangen. Es mußten immer noch Stoffetzen zwischen den Fingern sein.

Etwas beruhigt, hob er seine Arme an und ließ sie wieder sinken. Ja, hier war alles in Ordnung. Mit mehr Besorgnis streckte er ein Bein aus, dann das andere. So weit, so gut.

Dann ruhte er sich aus, versuchte seiner schlimmsten Befürchtung ins Auge zu sehen, bevor er sie überprüfte. Selbst wenn man seine Arme und Beine bewegen konnte, konnte die Wirbelsäule immer noch gebrochen sein.

Jetzt ... aller Mut zusammengenommen ... *versuchen*.

Sein Kopf rollte zurück ... gut, Genick in Ordnung. Sein Rücken rundete sich geschmeidig und ohne unangemessenen Schmerz. Hier war nichts beschädigt. Die Spitze seines Schwanzes zuckte.

Die ... *Spitze*? Seines ... *Schwanzes*? ... *zuckte*?

Er riß die Augen auf. Er hob seine Hände vor das Gesicht. Eine weiche, pelzige weiße Pfote und eine weiche, pelzige schwarze Pfote schienen vor ihm in der Luft zu schwimmen. Er bog die Finger, und Krallen sprangen aus den kleinen, zarten Ballen hervor.

»*Miranda*«, brüllte er. »*Miranda*!«

Es klang wie: »*Miaauuu*!«

2.
KAPITEL

»Was war das?« Miranda Everton Fortescue, die gerade die Star-Garderobe betreten wollte, die sie mit ihrem Gatten teilte, blieb stehen und sah sich um.

»Was war was?« fragte Davy Bentham.

Unmittelbar hinter ihr drängte sich die kleine, beschützende Gruppe näher an sie heran, als könnte sie sie vor dem Alptraum abschirmen, der sich bereits ereignet hatte.

»Ich habe nichts gehö ...« Tottie Clayton brach ab, als das Geräusch wieder erklang.

»*Miaauuu*!« Sie hatten es oft genug zuvor gehört, warum ließ es ihnen jetzt einen kalten Schauder den Rücken hinunter laufen?

»Monty!« rief Tottie. »Es ist der arme, alte Monty!«

»Monty! Wo ist er?« Miranda ging in Richtung des Geräuschs, in Richtung der Bühne.

»Kümmere dich nicht um die Katze.« Davy versuchte, sie in den Umkleideraum zu lenken. »Er ist in Ordnung. Du brauchst Ruhe.«

»Nein!« Miranda versuchte sich seinem Griff zu entwinden. »Er ist vielleicht schwer verletzt. Du hast gesehen, was passiert ist. Er könnte ...«

»Ich werde ihn holen«, sagte Tottie schnell. »Geh du mit Davy. Ich werde ihn dir hineinbringen.«

»So ist es richtig.« Davy gelang es, sie in die Garderobe zu schieben, wo er sie zu der Chaiselongue führte. »Denk du jetzt erst einmal ein bißchen an dich selbst. Du hast einen bösen Schock erlitten. Ich werde dir einen Drink holen.«

»Wir könnten alle einen Drink vertragen«, sagte

Cynthia Vernon verdrossen. »Miranda ist nicht die einzige, die einen Schock erlitten hat. Was soll jetzt aus dem Stück werden?«

»Das liegt nicht in meiner Hand. Der Vorverkauf läuft gut, aber ohne Win ...« Davy zuckte mit den Schultern. »Wir könnten die Premiere eine Weile verschieben, wenn ...« Erschrocken brach er ab und überließ es ihnen allen selbst, den Satz zu vollenden.

Wenn es so aussieht, daß Win durchkommt ...

Wenn Win wieder arbeiten werden kann ...

Wenn Win es schafft ...

»Kümmer dich bitte um die Drinks, Davy.« Mirandas Stimme verriet, wie sehr sie sich zusammennehmen mußte, um nicht zusammenzubrechen. »Wenn Win noch etwas in dem Besucherschrank übriggelassen hat.«

»Kommt sofort!« Er brachte ihr zuerst ihren Drink und stellte dann die Flaschen oben auf den Schrank, damit sich die anderen selbst bedienen konnten.

»Herrgott, was für eine Bescherung!« Geoffrey schenkte sich mit zitternder Hand einen großen Scotch ein. »Meint ihr, ich sollte Mutter benachrichtigen? Und Jennet?«

»Das wäre freundlicher, als darauf zu warten, daß sie es aus den Medien erfahren.« Miranda nippte mit demonstrativer Beherrschung an ihrem Drink. »Ich werde Antoinette selbst anrufen, wenn du es möchtest.«

»Danke, das ist vielleicht am besten.« Ihre Blicke trafen sich in stiller Erkenntnis der schwierigen Situation.

»Hier ist er!« Tottie kam herein. Sie trug eine große schwarzweiße Katze. »Immer noch ein bißchen benommen, der arme, alte Junge. Aber er scheint keinen bleibenden Schaden davongetragen zu haben.«

»Das kann man nie wissen«, sagte Miranda. »Er hat einen fürchterlichen Schlag bekommen. Vielleicht sollte der Tierarzt ihn sich besser einmal ansehen.«

Der Kater knurrte.

»Paß auf«, sagte Tottie. »Er versteht mehr, als du denkst. Nicht wahr, alter Junge?« Sie kraulte sein Fell und schmiegte ihren Kopf an seinen.

»Jetzt vergeßt doch den zotteligen alten Kerl mal!« keifte Cynthia. »Wir haben hier *ernste* Probleme. Wir haben keine Zeit, uns über eine Katze den Kopf zu zerbrechen.«

Der Kater verengte die Augen zu Schlitzen und starrte sie nachdenklich an.

»Du würdest anders reden, wenn es deine Katze wäre«, sagte Tottie.

»Die Herzogin von Malfi ist eine reinrassige Perserkatze.« Cynthia sprach mit ihrer frostigsten Stimme. »Das kann man nicht vergleichen.«

»Ich werde die Verantwortung für Monty übernehmen«, sagte Davy beschwichtigend. »Er ist die Theaterkatze und ich bin der Bühnenmeister. Er gehört einfach in meine Abteilung – wie alles andere auch. Laßt ihn sich einfach etwas ausruhen, und wenn er nicht bald wieder auf dem Damm ist, bringe ich ihn zum ...« Er zögerte und warf Monty einen Blick zu. »... T-i-e-r-a-r-z-t.«

Der Kater zuckte mit den Barthaaren. Es wirkte wie ein spöttisches Grinsen.

»Ich glaube, er hat das Buchstabieren gelernt«, sagte Tottie. »Zumindest das von bestimmten Wörtern.«

»Könntet ihr jetzt endlich mit der verdammten Katze aufhören!« fauchte Cynthia. »Was sollen wir mit dem Stück machen?«

»Die Sache ist die, meine Liebe«, sagte Tottie. »Es ist leichter, sich über die Katze den Kopf zu zerbrechen, als über das Stück. Das liegt im Moment nicht in unserer Hand.«

Das Telefon klingelte durchdringend, und sie alle fuhren zusammen. Miranda ging in Richtung des Apparats, blieb dann unschlüssig stehen. »Vielleicht ist es das Krankenhaus.«

»Ich gehe dran.« Davy riß den Hörer von der Gabel, zögerte dann aber und schickte einen flehentlichen Blick zum Himmel, bevor er sprach.

»Guten Abend. Chesterton Theater ... Oh, hallo, Jilly.«

Miranda streckte kurz abwehrend die Hand aus und kehrte zu der Chaiselongue zurück.

»Es tut mir leid, Jilly.« Davy hatte verstanden. »Ich fürchte, daß Win im Moment nicht zu sprechen ist. Nein, Miranda auch nicht. Du wirst dich wohl mit mir begnügen müssen.«

Cynthia schenkte sich noch einen Drink ein, und der Flaschenhals klirrte ärgerlich gegen den Rand des Glases.

»Wirklich? Wo hast du das gehört, Jilly?« Davy bedeckte die Sprechmuschel mit einer Hand und wandte sich Miranda zu. »Wollen wir der Presse irgend etwas mitteilen?«

»Noch nicht.« Miranda lehnte sich zurück und schloß die Augen. »Und *ihr* auf gar keinen Fall.«

Die Katze begann kläglich zu miauen und versuchte sich aus Totties Armen zu befreien.

»Hör mal, Jilly, hier geht es im Moment drunter und drüber. Ich kann jetzt nicht richtig reden ... Was? Wer hat dir das gesagt? Nein, nein, ich kann nichts bestätigen – ich habe es nicht abgestritten ... nicht völlig«

Davy wand sich unbehaglich, während die Stimme am anderen Ende der Leitung erbarmungslos auf ihn einredete.

»Sieh mal, Jilly, ich bin nur der Bühnenmeister. Ich werde dafür sorgen, daß dich jemand zurückruft, der mehr zu sagen hat ... Ich verspreche es ... Sobald wie möglich. Was? ... Nun ja, es hat einen kleinen Unfall gegeben, aber es ist noch zu früh ... Ich kann wirklich nicht ...« Er ließ den Hörer sinken und starrte ihn ungläubig an.

»Sie hat aufgelegt«, teilte er den anderen mit.

»Nun, jetzt ist der Teufel los«, sagte Tottie schicksalsergeben.

»Einen *kleinen* Unfall!« Cynthia lachte bitter. »Win liegt auf der Intensivstation und wird von Maschinen am Leben gehalten, Herr im Himmel!«

Ein dumpfes Geräusch erklang, als der Kater auf den Boden sprang. Er taumelte über den Boden, unfähig, die Beine richtig zu koordinieren, und sprang Miranda auf den Schoß. Schwankend hob er sein Gesicht vor ihres, und seine Krallen gruben sich in den weichen Stoff ihrer Bluse, als er mit den Pfoten nach ihr griff.

»*Miaauuuu* ...« heulte er. »*Miaauuu*!«

3. KAPITEL

Es war dunkel, als er die Augen wieder öffnete. Sowohl in dem großen, vertrauten Raum als auch draußen. Er brauchte einen Moment, um sich darüber klar zu werden. Er konnte einwandfrei sehen, wenn auch ein klein wenig vereinfacht.

Kleiner Unfall ... Ein tiefes Schaudern durchlief ihn. Die Ereignisse der letzten Stunden kehrten zu ihm zurück. Es war nicht wahr. Es konnte nicht wahr sein. Er hatte einen Alptraum gehabt.

Genau. Einen Alptraum. Neben ihm lag Mirandas geliebtes Gesicht auf dem Kopfkissen. Er würde sie wecken, und dann würden sie gemeinsam herzhaft darüber lachen.

Er streckte den Arm aus, um sie zu schütteln, und starrte dann ungläubig den langen, pelzigen Körperteil an, der sich auf Befehl seines Gehirns in Bewegung gesetzt hatte. Mit einem leisen Stöhnen ließ er den Kopf wieder auf das Kissen fallen. Er war wach – und er war immer noch in dem Alptraum gefangen.

Oder war dies eine Art Strafe für das Leben, das er geführt hatte? War er gestorben und als der räudige Kater wiedergeboren worden, als den Miranda ihn bei ihrem letzten Streit bezeichnet hatte?

Aber – ein Hauch von Empörung regte sich in ihm – wenn man wiedergeboren wurde, erschien man doch sicher mit der Geburt des neuen Wesens. Warum sollte er in einen schon existierenden Körper wiedergeboren werden? Einen Second-Hand-Körper. Und dazu noch einen Katzenkörper.

Es hätte noch schlimmer kommen können, sagte ihm ein Winkel seines Verstandes. Er hätte auch als Kakerlake wiederkommen können. Kafka hatte ihn immer abgestoßen. *Archy und Mehitabel* hatte er sogar verachtet.

Warum also lag er hier als *Mehitabel*? Oder vielmehr als Montmorency, die Theaterkatze? Sicher, er hatte immer ein Herz für den alten Monty gehabt, aber das ging entschieden zu weit. Was war schiefgelaufen? Wenn das Jüngste Gericht getagt und ein Urteil über ihn verhängt hatte, warum konnte er sich dann nicht daran erinnern?

Aber Moment mal ... Er war noch nicht tot. Er wußte das, weil er sie alle hatte reden hören. Er lebte noch. Er hing auf einer Intensivstation an einer Maschine.

Oder vielmehr ... Monty.

4.
KAPITEL

Die Unruhe des Katers weckte Miranda. Sie regte sich und wimmerte leise, versuchte im Schlaf zu bleiben. Ein Instinkt warnte sie davor, daß im Wachen Unerfreuliches auf sie wartete. Es war ihr fast gelungen, wieder zurück in einen tiefen Schlummer zu sinken, als der Kater heulte, als hätte er furchtbare Schmerzen. Sie setzte sich mit rasendem Puls senkrecht auf.

Auch der Kater saß aufrecht und sah sich benommen und staunend um. Sie mußte auf jeden Fall morgen früh als erstes den Tierarzt benachrichtigen, damit er ihn sich einmal ansah. Die Erschütterung hatte das arme Geschöpf wahrscheinlich völlig um den winzigen Verstand gebracht.

Als der Kater bemerkte, daß sie erwacht war, drängte er sich an sie heran, rieb sich an ihr und stieß leise Klagelaute aus.

»Armer, alter Junge.« Sie koste ihn abwesend. »Du vermißt Win, nicht wahr? Das tue ich auch, obwohl er so ein Mistkerl war – *ist*. Mach dir keine Sorgen ...« Sie sprach jetzt mehr zu sich selbst als zu dem Kater. »Wir werden ihn zurückbekommen.«

Die Elendslaute erklangen wieder. Miranda streckte die Hand aus und knipste die Nachttischlampe an. Das arme Geschöpf mußte richtige Schmerzen haben. Sie fragte sich, ob sie es wagen konnte, den Tierarzt um diese Zeit zu stören. Dann fiel ihr ein, daß sie die Telefonnummer des Tierarztes nicht kannte. Sie würde erst Davy stören müssen, um sie zu erhalten. Und der arme Davy brauchte seinen Schlaf. Auch er hatte einen harten Tag gehabt.

»*Miaauuu*», heulte der Kater und versuchte, sich in ihre Seite zu bohren. »*Miaauuu*.«

»Armer, alter Monty, du weißt gar nicht, was mit dir passiert ist, nicht wahr?« Sie streichelte ihn und tastete dabei vorsichtig nach gebrochenen Knochen. Er bewegte sich geschmeidiger als noch vor kurzem, und sie konnte keine offensichtlichen Verletzungen feststellen. Sie hatte gehört, daß Katzen sich relativ schnell erholen konnten, aber konnte sie sich darauf verlassen?

Monty litt erheblich, und sie fühlte sich mit jeder Minute schuldiger. Sie hätten sofort den Tierarzt für ihn rufen sollen, aber da war der Schreck gewesen, als Win bewußtlos auf dem Boden lag, und sie hatten eilig einen Krankenwagen rufen und ihm zum Krankenhaus folgen müssen. Der arme Monty war in der ganzen Aufregung übersehen und vergessen worden. Und dann, als sie ihn nach ihrer Rückkehr in das Theater gefunden hatten, waren sie noch immer in einem Schockzustand gewesen, mit der entsprechenden Erschöpfung und Niedergeschlagenheit, die die einfachsten Entscheidungen unmöglich zu machen scheint. Es war einfacher gewesen, ihn mit zu sich nach Hause zu nehmen, was er zu wollen schien, und sich um alles weitere am nächsten Morgen zu kümmern.

Aber nicht so früh am Morgen. Sie sah auf die kleine emaillierte Uhr auf dem Nachttisch. Vier Uhr, traditionsgemäß die Stunde des schwächsten Widerstands, wenn die Lebenskraft ihren Tiefpunkt erreichte und die letzten Kräfte die Sterbenden verließen.

Win! Sie riß das Telefon zu sich heran und drückte automatisch die Tasten. Die Nummer hatte sie schon in ihrem Kopf gespeichert. Sie würden dort nicht schlafen.

Es klingelte zu oft, bevor jemand abnahm. Lang genug, um Panik nach ihr greifen zu lassen. Sie konnten doch nicht so viel zu tun haben, daß niemand an das Telefon gehen konnte – nicht um diese Uhrzeit. Es sei denn, sie hatten es mit einem Notfall zu tun. *Win ...?*

Dann sprach eine tiefe, angenehme Stimme in ihr Ohr, eine Stimme, die darauf trainiert war, sofort Vertrauen zu erwecken. Es gab niemals Notfälle in St. Monica. Win war in den besten Händen. Alles, was getan werden konnte, wurde für ihn getan.

»Guten Morgen, hier spricht Miranda Fortescue. Es tut mir leid, daß ich Sie um diese Zeit störe, aber ich wollte mich nach meinem Mann erkundigen ...«

»O ja, Mrs. Fortescue. Sein Zustand ist stabil ...«

Das bedeutete keine Veränderung, oder? Win lag noch immer dort wie ein Baumstamm – oder wie ein gestürzter Gigant. Ohne Bewußtsein und hilflos, um sein Leben kämpfend. Von einer Maschine am Leben gehalten ...

Die beruhigenden, banalen Sätze fluteten durch den Hörer zu ihr, aber jetzt löste die Stimme nicht mehr so viel Vertrauen aus.

»Monty, hör auf!« Sie kämpfte kurz mit dem Kater, der sich an ihr Gesicht schmiegte und versuchte, seinen Kopf zwischen den Hörer und ihren Kopf zu schieben, als wollte er hören, was am anderen Ende gesagt wurde. Wahrscheinlich war er eifersüchtig, weil ihre Aufmerksamkeit nicht mehr ausschließlich ihm galt ...

»Ich verstehe, danke.« Sie schob den Kater zur Seite und beendete das Gespräch. Es war zu einseitig und führte zu nichts. Krankenhäuser wollten einem nie irgend etwas sagen. Nur daß der Patient stabil war ... bequem lag ... noch lebte. Um das zu erfahren, hatte sie angerufen.

»Auf Wiederhören.« Sie legte den Hörer wieder auf die Gabel, riß plötzlich Monty an sich und vergrub ihr Gesicht in seinem Fell. Er sträubte sich in einem kurzen Augenblick der Überraschung und lag dann still in ihren Armen, während ihre Tränen das Fell an seinem Hals durchtränkten.

5.
KAPITEL

Er schloß die Augen, spürte, wie Melancholie ihn genau wie ihre Tränen überschwemmte. Miranda, Miranda, du liebst mich *doch*. Und ich liebe dich. Und was soll jetzt aus uns werden?

Sie begann ihn wie in Trance zu streicheln, im

Rhythmus ihres Schluchzens. Er entspannte sich unter ihren Liebkosungen, bis sie plötzlich die falsche Stelle an seinem Kopf berührte und Schmerz ihn durchzuckte. Er entwand sich ihrem Griff, fauchte protestierend und sprang auf den Boden.

»Oh, armer Monty«, entschuldigte sie sich. »Ich habe nicht daran gedacht, daß dein Kopf verletzt sein muß. Es war sicher ein fürchterlicher Schmerz, als Win mit dir zusammengeprallt ist, was? Komm her und laß mich nachsehen, ob du da eine Beule hast. Komm her, sei ein guter Junge, ich werde vorsichtig sein. Ich werde dir nicht mehr weh tun. Laß mich nur mal deinen Kopf betasten ...«

Wider besseres Wissen ließ er sich zurück auf das Bett locken. Er bewegte sich langsam und vorsichtig, und sein Kopf beschwerte sich die ganze Zeit über. Ja, es war ein fürchterlicher Schmerz, sowohl jetzt als auch bei dem Unfall.

Sanft tasteten Mirandas Finger über die kritische Stelle zwischen seinen Ohren, aber nicht sanft genug. Er zuckte zur Seite und spuckte sie unabsichtlich an. Mit dem Schmerz kam ein plötzlicher Erkenntnisblitz – und die Erinnerung.

Ein beunruhigendes Doppelbild formte sich in seinem Bewußtsein, als erinnerte er sich aus zwei Blickwinkeln an den Unfall: die riesige Gestalt, die auf den kleinen, pelzigen Körper zustürzte. Der zurückschreckende kleine Kopf, mit angelegten Ohren, die Augen zu schreckerfüllten, feindseligen Schlitzen verengt. Das Gepolter von Pfosten, Leisten und Brettern, als die improvisierte Probekulisse um sie herum einstürzte. Dann der Zusammenprall und der blendende Schmerz auf beiden Seiten, als ihre Köpfe zusammenstießen. Kopf auf Kopf. Stirn auf Stirn. Er hatte einmal irgendwo gelesen, daß die wesentlichen Persönlichkeitsmerkmale in den vorderen Gehirnlappen enthalten waren. Hatte sich durch die Wucht des Aufeinanderprallens irgendein verrückter Wechsel ereignet? Es war wenigstens so etwas wie eine Erklärung. *Es gibt mehr Dinge zwischen Himmel und Erde, Horatio …*

Er erinnerte sich noch an einen weiteren Schmerz, obwohl … Ein Schmerz, der nicht gleichzeitig mit dem Zusammenstoß da gewesen war, sondern ihm kurz vorhergegangen war. Ein kurzer, stechender Schmerz am unteren Teil des Rückens. An *seinem* Rükken … oder Montys? Er hatte einmal gesehen, wie einer der Bühnenarbeiter Monty mit einem Besenstiel auf den Rücken geschlagen hatte. Nachdem er dem Bühnenarbeiter mit Entlassung gedroht hatte, war es nicht wieder geschehen. Oder hatte er den Mann nur nicht mehr dabei erwischt?

»Armer Monty«, sagte Miranda mit schwankender Stimme. »Das Leben ist hart.«

Sie wußte gar nicht, wie hart. Er versetzte ihr einen kleinen Stubs mit der Nase, während er schon versuchte, sich die Auswirkungen seines Problems für die Zukunft vorzustellen und eine Lösung zu finden.

»O Monty, Monty, Monty!« Miranda zog ihn eng an sich, als die Tränen sie wieder überwältigten. »O Win, Win, Win! Was sollen wir nur tun?«

Das Klopfen an der Tür erschreckte sie beide. Automatisch sah Miranda wieder auf die Uhr. Noch immer nur ein paar Minuten nach vier. Sie hatte gerade erst mit St. Monica gesprochen. Es konnte nicht sein, daß Win in der kurzen Zeit gestorben war und man einen Polizisten gerufen hatte, um ihr die Nachricht überbringen zu lassen. Auf diese Weise würden sie es doch nicht machen, oder? Doch nicht nachdem sie gerade erst mit ihnen gesprochen hatte …?

»Ist alles in Ordnung mit dir, meine Liebe?« Der Türknauf drehte sich, und die Tür schwang auf. »Ich bin es, Tottie. Ich habe deine Stimme gehört. Hast du gerufen? Ich war mir nicht sicher.«

»O Tottie!« Miranda hatte vergessen, daß ihre alte Freundin und derzeitige Garderobenfrau sich bereit erklärt hatte, über Nacht hier zu bleiben – für alle Fälle. Für welche Fälle, wurde taktvollerweise nicht näher ausgeführt, und obwohl Miranda nicht glaubte, daß sie zusammenbrechen würde, auch wenn es schlechte Neuigkeiten gab, so war sie doch der Vorstellung nicht abgeneigt, einen freundlichen Menschen in ihrer Nähe zu haben.

»Ich habe gerade mit dem Krankenhaus gesprochen.« Und mit einem kläglichen Lächeln fügte Miranda hinzu: »Und mit der Katze.«

»Es ist gut, in Montys Gesellschaft zu sein.« Tottie kam herüber, setzte sich auf die Bettkante und streckte die Hand aus, um den Kater zu streicheln. »Er hat seine Tottie heute nacht allein gelassen. Er weiß, daß du ihn mehr brauchst.«

»Es gibt nichts Neues«, beantwortete Miranda die unausgesprochene Frage.

»Damit habe ich auch nicht gerechnet. Es ist noch zu früh, nicht wahr?« Die Hand, die durch Montys Fell strich, krampfte sich zusammen, und er wußte, daß es schlimmer stand, als Tottie zugeben wollte. »So eine Sache braucht ihre Zeit.«

»Ich glaube auch.« Miranda holte tief Luft. »Wenigstens erhält er die beste Pflege. Ich bin oft genug selbst in St. Monica gewesen, um zu wissen, wie gut sie sind. Morgen werden wir die besten verfügbaren Spezialisten benachrichtigen. Wir werden Win im Handumdrehen wieder auf die Beine bekommen. Zurück in das Theater.«

»Ganz richtig, meine Liebe.« Eine Handvoll Fleisch und Fell wurde heftig zusammengepreßt. »Am Morgen wird alles nur noch halb so schlimm aussehen – am richtigen Morgen, wenn es draußen hell ist.«

Die Katze miaute einen leisen Protest und versuchte, sich ihrem Griff zu entwinden.

»Wir werden uns morgen früh alle besser fühlen«, beharrte Tottie und packte den Kater fester. »Vielleicht solltest du noch eine Schlaftablette nehmen, meine Liebe. Eine scheint nicht zu genügen.«

»Ich will keine Schlaftablette.« Miranda drehte den Kopf zur Seite, um Totties anklagendem Blick zu entgehen – und verriet ihr damit, daß sie die erste schon nicht genommen hatte. »Es geht mir gut. Ich bin es nicht, um die du dir Sorgen zu machen brauchst.«

»Das stimmt«, sagte Tottie voller Anteilnahme. »Aber wir müssen auch auf dich aufpassen. Das letzte, was wir jetzt gebrauchen können, ist, daß du jetzt auch noch auf Krankenliste kommst.«

»Das werde ich nicht«, versprach Miranda. »Ich muß jetzt stark sein – für Win.« Ein grübelnder Ausdruck erschien in ihren Augen. »Ob er es verdient hat oder nicht.«

»*Miaauuu*!« protestierte der Kater.

»Schon gut, Monty, schon gut. Ich weiß, was du willst.« Tottie stand auf und nahm ihn in den Arm. »Du kommst einfach mit mir. Er will auf sein Katzenklo, das ist es.«

6.
KAPITEL

Sein Katzenklo? Winstanley Fortescue, bester Shakespeare-Darsteller seiner Generation, brillanter Komödienschauspieler, künftiger Ritter des Königreiches (es hatte diskrete Andeutungen gegeben – wenn er nicht auf dieser Ehrenliste erschien, dann auf der nächsten oder übernächsten). Dieser Winstanley Fortescue wurde wie ein Säugling in seinen Windeln aufgenommen und zu einem Katzenklo getragen!

»Ich fürchte, wir haben kein Katzenklo«, sagte Miranda. »Wir haben normalerweise keine Katze im Haus.«

»Oh, das geht schon in Ordnung, meine Liebe. Er zieht sein Katzenklo vor, aber ab und zu kann er sich mit einer Zeitung begnügen. Ich würde ihn ja in den Garten lassen, aber ich habe Angst, daß er dann wegläuft, und er kennt sich hier nicht aus.«

»Ja ...« Miranda war mit ihren Gedanken offensichtlich schon ganz woanders. Sie griff nach einem Block und einem Stift, die auf dem Nachttisch lagen. »Ich glaube, es ist am besten, wenn ich eine Liste von den Dingen mache, die erledigt werden müssen ...«

»Arbeite nicht zu lange, meine Liebe. Mach das Licht bald aus, und versuch etwas Ruhe zu finden.«

»Ja ...« Geistesabwesend notierte Miranda etwas.

An der Tür zögerte Tottie. Sie öffnete den Mund, schloß ihn wieder, öffnete ihn wieder. »Wenn du etwas brauchst, ruf einfach.« Ihre Finger wühlten nervös in Montys Fell. Eigentlich hatte sie etwas anderes sagen wollen, aber damit mußte man sich jetzt zufriedengeben.

»Ich bin in Ordnung«, sagte Miranda. »Ruh dich selber etwas aus, Tottie.«

»Ja. Ich werde mich nur noch eben um Monty kümmern.« Diesmal ging sie hinaus und schloß die Tür. »O Monty!« Sie umarmte den Kater enger, ließ ihre Stirn auf seinen Rücken sinken. »Monty, Monty, was sollen wir nur machen?«

Verflucht! Hatten diese Frauen keine Taschentücher? Er sträubte sein Fell gegen die Feuchtigkeit, die hineinsickerte, und ließ einen Protest vernehmen.

»Ja, ja, wir bringen dich hin.« Sie mißverstand die Natur seiner Beschwerde. Oder nicht? Jetzt, da die Sache angesprochen worden war, verspürte er ein wachsendes Bedürfnis.

Trotzdem, er war beleidigt, als sie ihn auf die Sportseiten setzte und erwartungsvoll zurücktrat. Er setzte sich bedächtig und sah sie an.

»Mach schon«, sagte sie. »Du weißt, wofür das ist. Benutz es jetzt einfach.« Sie stand da. Und sah ihm zu.

Er starrte sie an, aber sie schien es nicht zu bemerken. Ein abwesender Ausdruck war in ihren Augen erschienen, als wären ihre Gedanken zu einem weit entfernten Ort – oder Problem – gewandert.

»Ich weiß nicht«, sagte sie zu sich selbst. »Ich weiß einfach nicht.«

Er ließ sich entschlossen auf der Zeitung nieder und beschloß zu warten, bis sie die Geduld verlor. Einmal im Leben sehnte er sich nicht nach Publikum. In seiner Verärgerung zuckte sein Schwanz hin und her. Er versuchte ihn anzuhalten, aber er fand den Kontrollmechanismus nicht. Der Schwanz schien ein Eigenleben zu haben. Nach kurzem Kampf gab er den Versuch auf. Sollte er doch zucken, es paßte zu seiner Stimmung.

Das wischende Geräusch auf der Zeitung riß Tottie aus ihrem Grübeln. »Oh, in *dieser* Stimmung bist du also?« Sie zuckte mit den Schultern. »Nun, es kann nicht immer so gehen, wie du es willst. Ich laß dich nicht nach draußen. Sei ein guter Junge und benutz die Zeitung. Morgen bist du wieder im Theater und bei deinem Katzenklo.«

Er hatte nicht die Absicht, die Ohren anzulegen, aber er spürte, wie sie nach unten gingen. Langsam stand er auf und drehte ihr den Rücken zu. Der Schwanz zuckte immer noch. Ein Katzenkörper war wirklich ausdrucksvoll. Er hatte das früher schon gelegentlich bemerkt. Jetzt begann er die Spannbreite der Ausdrucksmöglichkeiten zu schätzen.

»Nun, es tut mir leid.« Tottie hatte keine Mühe damit, seine Wut zu interpretieren. »Aber es ist nun einmal so. Ich kann nicht hier herumstehen und darauf warten, daß du dich erleichterst. Ich habe noch anderes zu tun.« Er hörte wie sie den Raum verließ.

Nach ein paar Augenblicken stand er auf und drehte sich um, um sich zu vergewissern. Ja, sie war verschwunden – und lauerte nicht draußen auf dem Flur, um sich davon zu überzeugen, daß er die Zeitung benutzte. Das konnte er jetzt in anständiger Privatsphäre tun. Aber zuerst ...

Zunächst linkisch, dann aber mit wachsender Geschicklichkeit benutzte er seine Krallen (handliche kleine Dinger), um die Seiten umzublättern, bis er die Theaterseite gefunden hatte.

Da! *Da* war es ... Das arrogante Speckgesicht von Oliver Crump (in Theaterkreisen besser als Oliver Dumpf bekannt), dem Sadisten, der vorgab, ein Theaterkritiker zu sein. Das Monster, das tatsächlich dafür *bezahlt* wurde, die Hoffnungen, Träume und Pläne von begabten Menschen zu zerstören, die so weit über ihm standen, daß es ihm – wenn es denn überhaupt Gerechtigkeit auf der Welt gäbe – niemals erlaubt sein dürfte, die gleiche Luft wie sie zu atmen, geschweige denn über sie zu urteilen.

Jeder wußte, daß das Schwein als Restaurantkritiker angefangen hatte – und dabei hätte er bleiben sollen. Mit etwas Glück hätte er sich dann einer frühen Beerdigung entgegen gefressen, entweder weil er sich so vollstopfte, daß er platzte, oder durch den wohlüberlegt arrangierten Giftanschlag eines erzürnten Restaurantbesitzers. Niemand sollte glauben, daß es nicht ein paar Gerüchte in dieser Hinsicht gegeben hätte. Man flüsterte sich zu, daß die zunehmende Häufigkeit von Gastritisanfällen der Grund für seine Versetzung in die Kulturredaktion gewesen war. Durch seine Körperfülle hatte er die für einen Restaurantkritiker erforderliche Anonymität nicht mehr wahren können, denn es gab mehr als ein paar *maître d's*, die eine kurze negative Publizität als niedrigen Preis für die Entfernung einer solchen Schnecke in ihrem Salat betrachtet hätten.

Schauspielern stand eine solche Abhilfemöglichkeit nicht zur Verfügung. Jedenfalls normalerweise nicht.

Er hockte sich über das verhaßte Gesicht und ließ Jahrzehnten von verletzten Gefühlen und noch einigen anderen Dingen freien Lauf. Es schien so, als gäbe es ein paar Entschädigungen für die Situation, in der er sich befand.

Hähähä ...

Er hatte sich in eine entlegene Ecke des Raums zurückgezogen und dem unwiderstehlichen Impuls, sein Gesicht zu putzen, nachgegeben, als ein plötzlicher Anfall von Neugier seine Pfoten mitten in der Wischbewegung erstarren ließ.

Als Tottie gegangen war, hatte sie gesagt, daß sie noch anderes zu tun hatte. Um halb fünf Uhr morgens? Was nur?

Er hörte auf einmal Stimmen ... Nein, eine Stimme, leise murmelnd ... Telefonierte sie mit jemandem? Um diese Zeit?

Entschlossen schlich er sich über den Flur zum Wohnzimmer.

Tottie saß zusammengekauert in einer Ecke eines der samtgepolsterten Sofas neben dem Kamin. Sie hatte die Füße unter den Körper gezogen, aber obwohl sie bequem dazusitzen schien, klang ihre Stimme nicht so, als ginge es ihr gut.

»Ich habe es versucht.« Sie klang entschuldigend. »Ich habe versucht, sie darauf vorzubereiten, aber ich habe es nicht über das Herz gebracht. Zwei oder drei Mal wollte ich es andeuten, aber ich konnte es einfach nicht tun. Ich wollte ihr wenigstens noch eine ruhige Nacht gönnen, bevor sie es erfährt.«

Am anderen Ende der Leitung ertönte ein längerer Redeschwall. Tottie hörte zu. Sie nickte mit dem Kopf, als könnte jemand ihre Zustimmung sehen. »Ich weiß, Rufus«, sagte sie kläglich. »Ich weiß ...«

Was wußte sie? Was wußten sie alle, was er nicht wußte? Er sprang auf die Armlehne des Sofas und von dort aus auf die Rücklehne und versuchte, seinen Kopf zwischen Totties Ohr und den Hörer zu zwängen.

»... Stecker aus der Wand ziehen ...«, sagte die Stimme.

»Ich weiß, daß es vernünftig ist, darüber nachzudenken, aber ...« Tottie begann wieder zu schluchzen. »Es ist noch zu früh. Es ist viel zu früh. Sie können sich nicht sicher sein, nicht einfach so. Sie brauchen mehr Zeit, müssen noch mehr Tests machen ...oh, es ist schrecklich. Bei allen seinen Fehlern, niemand hätte gewollt, daß es so mit ihm endet ...«

Fehler? Was für Fehler? Er wich zurück und starrte sie an. Sie sprach über *ihn*, er wußte es. Aber was ging vor? Er versuchte, die Erkenntnis zu leugnen, die sich in sein Bewußtsein stahl. *Stecker? Stecker*? War das nur Slang oder eine wörtlich zu verstehende Tatsache? Wie schwer war er verletzt worden?

»Ich rechne damit, daß die anderen morgen früh hier sein werden.« Tottie beantwortete eine ungehörte Frage. »Burt versucht Sir Reginald zu benachrichtigen – wußtest du, daß er in einer solchen Zeit einen Besuch in Los Angeles macht? Wegen des Zeitunterschieds wird Burt die ganze Nacht auf sein. Nicht, daß irgendeiner von uns jetzt schlafen könnte ...« Sie schnüffelte so heftig, daß sie nicht mehr zu verstehen war.

Das Klicken am anderen Ende der Leitung war unmißverständlich. Der gute, alte Rufus hatte jedenfalls nicht die Absicht, noch mehr Schlaf zu verlieren.

»O Monty, Monty ...« Tottie legte den Hörer auf und nahm den Kater in den Arm, bevor er entkommen konnte. Sie vergrub ihr Gesicht in seinem Nacken. »Was sollen wir nur machen?«

Gute Frage. Er wußte nicht, was sie tun würde, aber es wurde immer klarer, daß er sich selbst hinüber nach St. Monica begeben mußte, sich in die Intensivstation schleichen mußte – und einen sorgfältigen Blick darauf werfen mußte, was mit seinem eigenen Körper geschah.

7. KAPITEL

Nach einem kurzen Kampf um seine Freiheit ließ er sich mit dem Anschein der Fügsamkeit nieder, um darauf zu warten, daß Totties Aufmerksamkeit sich auf etwas anderes richtete. Seltsamerweise empfand er das sanfte Streicheln ihrer Hand als beruhigend und einschläfernd. Seine Augen fielen zu, und eine unfreiwillige Reaktion begann tief in seiner Kehle. Er begriff, daß er schnurrte.

Fasziniert begann er damit zu experimentieren, es zu kontrollieren. Zunächst resultierte das in einer Serie von Schluckaufgeräuschen im ruhigen Geräuschfluß.

»Monty, ist alles in Ordnung mit dir?« Tottie war beunruhigt. »Hast du dich verschluckt?« Sie begann damit, ihm heftig auf den Rücken zu klopfen. »Spuck es aus, sei ein guter Junge.«

Er warf ihr einen indignierten Blick zu und holte tief Luft. Wieder dem automatischen Mechanismus unterworfen, blieb das Schnurren regelmäßig.

»So ist es besser.« Tottie schien das Schnurren so beruhigend zu finden wie er das Streicheln. »Paß nur gut auf dich auf, Monty. Ich könnte es nicht ertragen, wenn ich meinen kleinen, wohlerzogenen Freund verlieren würde.«

Na sowas? Wer hätte gedacht, daß Tottie so eine sentimentale Ader hatte? Sie hatte sie sicher nicht zu erkennen gegeben, wenn sie Künstler heftig dafür ausschimpfte, daß sie nicht sorgfältig genug mit ihren Kostümen umgingen. Erst letzte Woche hatte sie ihn nur deshalb angefahren und fast geschlagen, weil sein

Spitzenärmel sich an einem losen Nagel gefangen hatte und eingerissen war. Ein winziger Riß, das Publikum hätte ihn niemals gesehen, aber Tottie war aus der Haut gefahren. Und das war alles die Schuld des schlampigen Bühnenarbeiters, der es versäumt hatte, den Nagel richtig einzuschlagen. So wie der Nagel hervorstand, war er eine Gefahr für die Schauspieler gewesen. Genauso gut hätte er sich die Hand aufreißen können. Nicht zum ersten Mal hatte Woody sich einer Nachlässigkeit schuldig gemacht. Sogar die Gewerkschaft hatte zugeben müssen, daß er so viele Verwarnungen erhalten hatte, daß eine Klage gegen eine Entlassung keine Aussicht auf Erfolg haben würde, wenn er das verpaßte, was jetzt als seine letzte Chance anzusehen war.

Tottie hatte aufgehört, ihn zu streicheln. Er blickte auf und sah, daß ihr Kopf gegen die Kissen zurückgefallen war. Tottie war eingeschlafen, erschöpft von dem emotionalen Aufruhr ebenso wie von der späten Stunde.

Gut. Er glitt von ihrem Schoß, sprang auf den Boden und machte sich auf den Weg in sein Arbeitszimmer. Sie dachten wohl, sie hätten ihn für die Nacht gut eingeschlossen, was? Was wußten *sie* schon von der Verandatür mit dem beschädigten Griff, der so defekt war, daß sogar eine Katze ihn mit einem leichten Pfotendruck betätigen konnte. *Hähähä* ...

Als er draußen war, blieb er stehen und stieß die Tür zurück, bis sie fast geschlossen war. Dann schlich er über die Terrasse in den Garten. Jetzt konnte er wieder hinein, wenn er zurückkam. Wenn er denn als Monty zurückkehren mußte.

Wie seltsam der Garten aus dieser Höhe wirkte. Und roch. Und der Lärm! Seine Ohren zuckten. Der

Garten war voller Geräusche, dem Verkehr von Insekten und kleinen Nachtkreaturen. *Mäuse!* Sein ganzes Ich zuckte in einer plötzlichen automatischen Reaktion zusammen: Dort drüben waren Mäuse!

Er fand sich auf einmal eng an den Boden geschmiegt wieder, und sein Blick glitt über die Wurzeln und Grasbüschel. Sein Unterbewußtsein registrierte, daß es taghell war, obwohl der Mond – und zwar ein Halbmond – hinter einer Wolke verschwunden war. Regungslos wartete er auf eine Bewegung oder ein Piepsen, das ihren Aufenthaltsort verraten würde.

Dann kam es. Ein kaum wahrnehmbares Rascheln. Da drüben! *Mäuse – in seinem Garten*! Er schlich sich langsam vorwärts und plante seinen Sprung. Denen würde er es zeigen!

Moment mal! Moment mal! Erschüttert rief er seinen eigensinnigen Körper zur Ordnung. Es war noch mehr von Monty in ihm übrig, als er gedacht hatte. *Vergiß die Mäuse, wir gehen ins Krankenhaus.*

Krankenhaus ... Entschlossen disziplinierte er die protestierenden Muskeln und dirigierte den zögernden Körper in die richtige Richtung. Die plötzliche Meuterei seiner geborgten Hülle hatte ihm mehr zugesetzt, als er sich jetzt einzugestehen bereit war. Er mußte vorsichtig sein. Sehr vorsichtig. Wer weiß, auf welche Weise ihn dieser pelzige Körper als nächstes hintergehen würde? Er konnte es sich nicht erlauben, seine Konzentration auch nur einen Augenblick abschweifen zu lassen. Wenn er es tat, standen seltsame Instinkte bereit, um die Kontrolle zu übernehmen.

Sie würden Winstanley Fortescue nach St. Monica geschickt haben. Miranda würde darauf bestanden haben. Nicht, daß sie besonders angenehme Erinnerungen daran knüpfte, das arme Mädchen. Sie hatte dort ihre beiden Fehlgeburten erlitten. Aber es war eben auch das nächstgelegene und beste Krankenhaus. Eine diskrete Privatklinik, wo der soziale und ökonomische Status der Patienten und der Bewohner der Umgebung es ausschlossen, daß nachts Krankenwagen mit heulenden Sirenen herumrasten. St. Monica hatte keine Unfallstation, aber der Behandlungsstandard entsprach dem der besten Universitätskliniken – in manchen Bereichen übertraf er ihn sogar.

Entschlossen durchquerte er den Garten und schob sich durch die Eisenstangen hindurch, die die Hecke unten umzäunten. Für einen Moment lenkte ein vertrauter Umriß ihn ab: Dort also war das Meerschweinchen abgeblieben, das dem Kind der Terrys gehörte. Vielleicht würde er es dem Kind sagen können ... eines Tages.

Er ermahnte sich zu seiner Pflicht und zwang sich weiterzugehen. Aber dieser Geruch der frühlingswarmen Erde, das sanfte Streichen des Windes durch sein Fell, die leisen faszinierenden Geräusche um ihn herum. Konnte er wirklich hören, wie sich die Knospen aus der aufgeweichten Erde schoben? Und wie Insekten über unterirdische Wege krabbelten? Kein Wunder, daß die Märzhasen so übermütig herumsprangen.

Er atmete tief ein, sog alles in sich auf und verstaute es in seinem Bewußtsein. Wenn er wieder seine eigene Gestalt hatte, würden diese neuen Instinkte und Einsichten unermeßlich viel zu seinen künftigen Aufführungen beitragen können. Viele Schauspieler konnten sich katzengleich durch ein paar Szenen bewegen. Er hingegen würde das ganze lebendige Tier in seine Darbietung einbringen.

Um diese Zeit brachte es keine Probleme mit sich, die Straße zu überqueren, aber die eingebauten Instinkte übernahmen wieder das Kommando, und er überquerte die Straße mit Eilgeschwindigkeit. Da war wieder diese Erregung über die Geschwindigkeit, die er erreichte, – ohne Kurzatmigkeit und mit einer Menge zusätzlich möglicher Geschwindigkeit für den Notfall. Wie lange war es her, daß er sich so kräftig gefühlt hatte? Es war in Ordnung, mittleren Alters zu sein, aber intellektuelle Leistungen waren nicht immer ein Ausgleich für das rein physikalische Ungestüm der Jugend.

In seinem Überschwang raste er mehrere Blocks weiter, glitt mühelos über eine weitere Straße und hielt dann inne, als er begriff, daß er sich vor dem Eingang von St. Monica befand.

Was sollte er jetzt machen? Die Türen waren fest geschlossen – ohne ein praktischerweise defektes Schloß, das den Eintritt erlaubte. Jetzt vermißte er die Größe, Stärke und Autorität, die es ihm ermöglichen würde, hinzumarschieren und zu verlangen, Winstanley Fortescue zu sehen.

Er verzog sich in die Schatten der Büsche entlang der Einfahrt, um über seine Lage nachzudenken.

St. Monica war in einer imposanten viktorianischen Villa untergebracht, die innen völlig umgebaut worden war, um rigorosen Hygiene und Leistungsanforderungen gerecht werden zu können. Von außen gaben die von üppigem Efeu umwucherten Fenster mit den Butzenscheiben keinen Hinweis auf die gegenwärtige Nutzung des Gebäudes. In Wahrheit war St. Monica mehr ein Privatsanatorium als ein Krankenhaus. Eine Behandlung auf Krankenschein kam überhaupt nicht in Frage. Es war exklusiv und teuer – und seinen Preis wert, denn äußerste Diskretion war garantiert.

Während er sinnend die efeubedeckte Fassade betrachtete (Konnte er daran hochklettern? Würde er ein offenes Fenster finden, wenn er es tat?), bog eine lange schwarze Limousine in die Einfahrt und rollte langsam vor den Eingang. Kein Sirenengeheul oder grelles Blaulicht kündigte die Ankunft der Kundschaft von St. Monica an – völlige Diskretion war das Motto.

Die Limousine hielt vor der Eingangstür, und ein uniformierter Diener sprang heraus und ging um den Wagen herum, um einen Rollstuhl aus dem Kofferraum zu holen. Ein anderer Mann, uniformlos und offensichtlich ein besorgter Angehöriger, stieg zuerst aus und redete lockend auf jemanden ein, der immer noch auf der Rückbank saß.

»Komm heraus, Tante Thea, wir sind da. Es wird nett sein, deine alten Freunde wiederzusehen. Du magst diesen Ort, das weißt du doch.«

Etwas flog an seinem Kopf vorbei und knallte in den Kies der Einfahrt. Ein überwältigender Alkoholgeruch zog sich durch die Luft. Eine laute Stimme schilderte, was ihrer Meinung nach ein sich einmischender Neffe mit diesem Ort – und mit sich selbst – machen sollte.

So, so, Lady Theodora McCarran war also unterwegs zu einer neuen Entziehungskur, sieh an. Ihm fiel ein, kürzlich gelesen zu haben, daß sie eine Hauptrolle in einem großen amerikanischen Spielfilm spielen sollte, der bald hier im Land gedreht werden würde. Ja, dafür mußten sie sie in Form bringen. Viel Glück!

Jetzt konnte es aber erst einmal sein Glück sein. Er beobachtete, wie der Diener zu der Tür auf der anderen Seite ging, während Lady Theodoras Aufmerksamkeit auf ihrem Neffen ruhte, der jetzt den Rollstuhl einladend schaukelte und weiter auf sie einredete. »Kommen Sie, Madame.« Der Diener war auf der Rückbank und schob Lady Theodora auf die offene Tür zu.

»Nimm deine Hände von mir, du erbärmlicher Kretin!« befahl die flötende, melodiöse Stimme. »Oder ich schreie ›VERGEWALTIGUNG‹!«

»Immer mit der Ruhe, Tante Thea.« Mit einer Geschicklichkeit, die offensichtlich auf langer Erfahrung beruhte, neigte er den Rollstuhl, um sie aufzufangen, als sie aus dem Wagen taumelte.

»Das gilt auch für dich, du kläffender Schakal!« Seine Tante drehte sich zu ihm um. »Nicht genug damit, daß du nicht genug Mumm hast, selbst aufzutreten, wie ein ehrlicher Gauner. Du kläffst auch noch zwischen den Füßen von Höhergestellten herum, um sie auf dein Niveau zu bringen. Du bist eine Schande für die Familie, Oliver Crump!«

»Wenn du es sagst, Tante Thea.« Oliver Crump mochte kein Schauspieler sein, aber im Moment gab er eine ganz gute Vorstellung als Uriah Heep ab. Es war leicht zu erkennen, wer in der Familie das Geld hatte. »Jetzt laß mich dir einfach diese Autodecke umlegen, um die Nachtkälte abzuhalten.«

»Narr! Quälgeist! Verräter!« Lady Theodora beschimpfte ihn, während er versuchte, die Decke um sie zu legen. Sie hing an beiden Seiten hinunter und drohte, sich in den Rädern zu verfangen. »Bring mich nach Hause!«

»Alles zu seiner Zeit, Tante Thea.« Oliver Crump wandte sich kurz ab, um die Wagentür zu schließen. Der Diener ging voran, um ihnen die Eingangstür des Gebäudes zu öffnen.

Das war seine Chance! Er sammelte seine Kraft, sprang nach vorne und raste in den geschützten Raum unter dem Rollstuhl, wo die an beiden Seiten schlaff herabhängende Decke ihn verstecken würde, während sie alle St. Monica betraten.

Dieses eine Mal in seinem Leben erwies Oliver Crump sich als nützlich.

Die empfindlichen Ballen seiner Pfoten registrierten die Veränderungen des Bodenbelags. Von dem Kiesweg ging es über die Betonrampe und weiter auf glattes, kaltes Linoleum, das nach Bohnerwachs und Desinfektionsmitteln roch.

Ein Aufenthalt an der Rezeption erwies sich als unnötig. In Einrichtungen dieser Art kümmerte man sich vorher um alle Formalitäten. Lady Theodora war in tiefes, würdevolles Schweigen verfallen. Oliver Crump schob den Rollstuhl geradewegs zum Aufzug, wo eine Schwester zu ihnen trat. Sie stellte sich als Schwester Dale vor und würde während Lady Theodoras Aufenthalt in St. Monica deren persönliche Betreuerin sein. Schwester Dale begann sofort fröhlich eine einseitige Unterhaltung mit Lady Theodora und ignorierte deren Schweigen.

Sie betraten alle den Aufzug und fuhren nach oben. Als die Türen sich wieder öffneten, lag ein teppichbelegter Flur vor ihnen. In den oberen Gefilden war klinische Sauberkeit weniger wichtig als ein Eindruck von Ruhe und Wohlstand. Patienten, denen diese Räume zugewiesen wurden, befanden sich nicht in einem unmittelbar lebensbedrohlichen Zustand. Sie waren hier, um verhätschelt, umsorgt und sanft von ihren jeweiligen Süchten befreit zu werden.

Als der Rollstuhl vor einer der Gästesuiten anhielt, erfüllte ihn wieder Anspannung. Wenn er jetzt davonrannte, würde er vielleicht entdeckt werden, aber wenn er die Suite mit den anderen betrat, kam er vielleicht nicht so leicht wieder hinaus. Was er brauchte, war eine Ablenkung. Aber welche?

»Meine liebe Schwester Dale ...« Lady Theodora wachte auf und wandte sich schwankend ihrer Betreuerin zu. »Haben Sie meinen Neffen schon kennengelernt? Das schwarze Schaf einer sonst respektablen und ehrenwerten Familie.«

»Tante Thea!« protestierte Oliver Crump.

»Oh, Lady Theodora«, dröhnte die Betreuerin. »Das ist doch nicht Ihr Ernst!«

Die Tür öffnete sich, der Rollstuhl schlingerte vorwärts, und alle sprachen wortreich durcheinander. Während sie die Suite betraten, immer noch mit ihren eigenen Kümmernissen beschäftigt, tauchte er davon und schoß in die Schatten im hinteren Bereich des Flurs. Die Tür fiel hinter ihnen ins Schloß.

So weit, so gut. Die Intensivstation lag zwei Stockwerke tiefer. Das wußte er, weil Miranda nach ihrer letzten Fehlgeburt achtundzwanzig Stunden dort verbracht hatte. Wer hätte gedacht, daß diese schrecklichen Stunden noch etwas Gutes mit sich bringen würden?

An den Aufzug war gar nicht zu denken. Die Knöpfe waren zu hoch für ihn, selbst wenn er sich streckte, so weit es ging. Vor dem Nottreppenhaus befanden sich schwere Brandschutztüren. Die Haupttreppe, extravagant aus Mahagoni angefertigt, konnte von oben und unten eingesehen werden. Wenn es jemanden zu sehen gab, der sie benutzte.

Er schlich sich von Schatten zu Schatten, drängte sich dicht an die nach unten führende Wand des Treppenhauses und erstarrte gelegentlich, wenn seltsame

Geräusche seine bebenden Ohren bestürmten. Die Welt war voller Gefahren für eine wehrlose Katze, die sich an einem Ort herumschlich, von der beschränkte Menschen annehmen würden, daß sie dort nichts zu suchen hatte.

Ein Treppenabsatz, zwei Treppenabsätze. Dann wurde er beinahe überwältigt von dem Gestank von Anästhesiemitteln, Medikamenten und namenlosem anderen Schrecken, den er bei seinen Besuchen in menschlicher Gestalt nur beiläufig wahrgenommen hatte. Keuchend blieb er stehen, die Lippen zurückgezogen, die Zunge ein Stück weit zwischen den Zähnen, und wartete, bis die Übelkeit sich etwas legte und er sich zwingen konnte weiterzugehen. Auf diesem Stockwerk befand sich die Intensivstation.

Ein träger Luftstrom zog sich über den Flur, und die durchsichtigen Kunststoffplanen, die die Station abschlossen, bewegten sich leicht in dem Zug. Es würde nicht schwierig sein, durch sie hindurchzuschlüpfen, schließlich sollten sie das Betreten der Station erleichtern und nicht behindern. Irgendwo aus der Vergangenheit erschien die Erinnerung an ein Ärzteteam, das durch diese Planen stürmte und dabei den Wagen mit der lebensrettenden Notfallzusatzausrüstung vor sich her schob.

Die langen Planen strichen an seinen Flanken vorbei, als er sich hindurchschob und den Bereich der Intensivstation betrat, der mehr eine Sackgasse als ein Gebäudeflügel war. Es gab drei voll ausgerüstete Patientenzimmer und ein kleines Büro unmittelbar hinter den Planen, das Tisch, Stuhl, Lampe und Telefon enthielt. Eine Schwester konnte dort Wache halten, wenn die Zimmer belegt waren.

Er preßte den Bauch an den Boden und glitt an dem

Kämmerchen vorbei, merkte dann aber, daß seine Sorge überflüssig gewesen war. Niemand versah dort seinen Dienst. Vielleicht kümmerte sich die Schwester gerade um einen der Patienten, vielleicht hatte sie aber für einen Moment ihren Posten verlassen, um einem privaten Bedürfnis nachzukommen.

Das Zimmer, das geradeaus am Ende der Station lag, war leer und dunkel. In den beiden anderen Zimmern auf beiden Seiten des kurzen Gangs befanden sich Patienten.

Lauschend blieb er stehen. Die beunruhigenden, unvertrauten Geräusche, die aus beiden Zimmern erklangen, ließen sein Fell sich unbehaglich sträuben. Die Wissenschaft mochte eine großartige Sache sein, aber es gab Momente, in denen das Leben nicht die Kunst, sondern einen Horrorfilm zu imitieren schien. Solche Geräuscheffekte hätten gut in das Labor gepaßt, in dem sich Frankensteins Monster langsam regte und zum Leben erwachte.

Er schlüpfte durch die linke Tür und blieb entsetzt stehen.

Was hatten sie mit ihm gemacht?

Der verkümmerte Körper lag zusammengekrümmt auf dem Bett, die ausgetrocknete Hülle eines Mannes. Seine Augen waren geschlossen, und seine Haut war totenbleich. Kein Atem hob seine Lunge. Er sah aus, als wäre er tausend Jahre alt. Nur die nüchtern arbeitende Maschine hielt etwas Lebensähnliches in ihm wach.

Welcher Feind hat mir das angetan? Der Kater kroch vorwärts. Sein Fell sträubte sich knisternd, und ein leises Knurren stieg in seiner Kehle auf.

Seine Nase zuckte. Sogar der Geruch war falsch. Da war nicht nur die Mischung der Krankenhausgerüche, obwohl die schaurig genug waren, es war ein deutlicher Geruch nach ... Verwesung? Tod?

Wie konnte sein prächtiger Körper so schnell in diesen Zustand geraten sein? Nachdem der anfängliche Schock sich etwas gelegt hatte, kroch er näher heran und warf einen langen Blick auf den Körper.

Es war nicht seiner! Dies war irgendein Greis, der maschinenbewehrt seinen letzten Kampf kämpfte. Der Kampf eines anderen. Es war nicht sein eigener.

Er war im falschen Zimmer. Entschlossen drehte er sich um und überquerte den Flur zu dem anderen Zimmer.

Und da war er. Er selbst. Sein wahrer Körper – aus dem er so unbegreiflich vertrieben worden war. Er lag dort regungslos in dem reinen, weißen Krankenhausbett. An seltsame Maschinen angeschlossen, deren Anzeigefelder nervöse grüne Linien zeigten, die gelegentlich von zackigen Gipfeln durchbrochen wurden. Schlimmer noch waren die Schläuche, die an jedem verfügbaren Stück Körperoberfläche befestigt zu sein schienen und in durchhängenden Plastikbeuteln endeten. Entsetzt sah er, wie der Pegel einer bernsteinfarbenen Flüssigkeit in dem Plastikbeutel unter dem Bett plötzlich stieg.

Der arme Monty mußte glauben, daß er in die Hände von Vivisektionisten gefallen war ... wenn Monty überhaupt dort drin *war*.

Hatte er vielleicht eine dieser Außerhalb-des-Körpers-Erfahrungen, von denen weniger respektable Zeitschriften so häufig berichteten?

Aber in diesen Fällen wurde unweigerlich geschildert, daß der Geist irgendwo an der Decke herumschwebte und auf den Körper unten im Bett herabblickte. Mit Sicherheit sollte er nicht im Körper einer anderen Gattung festsitzen, der auf dem Boden herumlief. Was war schiefgegangen?

Er kauerte sich in den dunkelsten Winkel des Zimmers und starrte traurig auf die schlaffe Gestalt im Bett. *Wer noch Tränen hat, sollte sie jetzt vergießen.*

Im Gegensatz zu Krokodilen haben Katzen keine Tränen. Die finstere, brütende Trauer, die ihn erfüllte, fand kein Ventil. Ein leiser, tiefer Klagelaut entstieg seiner Kehle, und er biß die Zähne aufeinander, um ihn zurückzuhalten. Ein tief verwurzelter Instinkt, der nicht seiner Rasse, ja nicht einmal seiner Gattung entstammte, blitzte durch sein Bewußtsein: er durfte kein Geräusch machen, oder sie würden ihn entdekken, ihn jagen ... ihn von dem angestammten Platz am Ofen vertreiben, von der Person, die er liebte ...

An den Schauspielschulen brachte man ihnen bei, es ›Das Instrument‹ zu nennen. Der Körper, die Stimme, die Bewegungen – das war alles, womit man arbeiten konnte, aber bei ausreichender Übung und Erfahrung genügte es.

›Das Instrument‹: Stumm und reglos lag es da. ›Das Instrument‹: Konnte es je wieder spielen? Oder war es für immer zerstört?

War es für ihn verloren – oder bewohnte er es immer noch? War er in Wirklichkeit irgendwo tief im Koma gefangen und träumte all das, was er zu erleben schien?

Er kroch näher heran, den Blick auf das verschlossene Gesicht gerichtet. Dort gehörte er hin – hinter diese ausdruckslose Maske, um sie wieder zu Beweglichkeit, Munterkeit ... zum Leben zu erwecken.

Was geschah, wenn ›Das Instrument‹ starb? Wäre er für den Rest seines Lebens in Montys Körper gefangen – für den Rest von Montys Leben? Wie alt war Monty eigentlich? Ein junges Kätzchen war er jedenfalls nicht mehr. In den wilden Tagen des jugendlichen Herumstreunens hatte er wahrscheinlich ein paar seiner neun Leben aufgebraucht, bevor er an der Bühnentür willkommen geheißen worden war und im Chesterton ein dauerhaftes Heim gefunden hatte.

›Das Instrument‹ war zuversichtlich davon ausgegangen, daß noch ungefähr dreißig Jahre vor ihm lagen. Mindestens. Die großen Rollen warteten doch noch auf ihn: Falstaff, Lear, Prospero ... Und schließlich stieg die Lebenserwartung der gegenwärtigen Generation immer weiter an. Es konnte nicht mehr lange dauern, bis die Bühnenautoren sich mit diesem Umstand auseinandersetzten. Viele große Rollen, in denen alternde Schauspieler und Schauspielerinnen die Probleme und Beschwerlichkeiten widerspiegelten, denen sich das Publikum ausgesetzt sah, warteten darauf, geschrieben zu werden. Das wollte er nicht verpassen.

Außerdem war da noch die Aussicht auf eine Erhebung in den Adelsstand. Sir Winstanley und Lady Fortescue, das klang großartig. Es hörte sich passend an – und war wohlverdient. Schon der Gedanke, daß die Herrschenden ihn der Farce einer vorherigen Überprüfung unterzogen hatten – als ob irgend jemand, der richtig bei Verstand war, diese Ehrung für unpassend halten würde.

Aber er selbst war nicht richtig bei Verstand. Jedenfalls jetzt nicht. Oder vielmehr war er zwar richtig bei Verstand, aber im falschen Körper.

Während er es betrachtete, zuckte das vertraute Gesicht. Kehrte das Bewußtsein zurück? Würden diese Augen sich gleich öffnen?

Er schob sich zum Fuß des Bettes vor und duckte sich zum Sprung.

Dann hörte er draußen auf dem Flur Schritte. Leise verstohlene Schritte, die sich näherten. Er ließ von dem Gedanken ab, auf das Bett zu springen, zog sich in eine Ecke zurück und beobachtete den Eingang.

Gerade noch rechtzeitig. Sie erschien in der offenen Tür. *Jilly*! Er schrumpfte in sich zusammen, versuchte sich kleiner zu machen, aber er hätte sich keine Sorgen zu machen brauchen. Sie hatte nur Augen für die schlaffe Gestalt in dem Krankenhausbett.

»Ich wußte es!« flüsterte sie. »Ich wußte, daß sie mir etwas verheimlichen wollten!« Das Leuchten in ihren Augen, als sie schnell an das Bett herantrat, war beunruhigend.

»Win«, rief sie drängend, aber leise. »Win, bist du wach? Kannst du mich hören?« Sanft berührte sie sein Gesicht. »Win, ich bin's, Jilly. Was ist passiert?«

Keine Antwort. Aber ... hatte der Atemrhythmus sich ein wenig verändert?

»Win?« Ihre Stimme wurde schärfer. Besorgt sah sie zur Tür. »Win, kannst du mich hören? Kannst du sprechen?«

Sie hatte sich heimlich hereingeschlichen! Ihr gesamtes Verhalten verriet das. Nun, das gleiche galt für ihn. Und auch sie hatte Angst, erwischt zu werden. In diesem Fall war es von Vorteil, eine Katze zu sein: wenn sie ihn fingen, würden sie ihn einfach vor die Tür setzen. Jilly würde ein paar gute Erklärungen abgeben müssen.

Sehr gute Erklärungen. Noch während er sie beobachtete, trat sie vom Bett zurück und umkreiste es langsam. Sie betrachtete jeden Schlauch und jeden Draht.

»Win ...?« Diesmal vergewisserte sie sich, bevor sie fortfuhr. Und diesmal schien es sie zu befriedigen, daß sie keine Antwort erhielt. Sie nickte und trat wieder an die Bettkante.

Nach einem letzten prüfenden Blick in sein regloses Gesicht zog sie das Laken zurück, bis der bewußtlose Körper frei lag.

Hatte man denn überhaupt keine Privatsphäre mehr? Er zitterte vor Wut, als sie das Krankenhausnachthemd anhob und einen schamlosen Blick darunter warf.

Wie richtig war es von Miranda gewesen, nicht mit Jilly sprechen zu wollen! Wie weise. Liebe Miranda ... Melancholie überkam ihn. Er hatte sie nie genug zu schätzen gewußt. Wie konnte er das je wiedergutmachen?

Ein triumphierendes Zischen brach aus Jilly hervor. Sie hatte etwas gefunden, das ihr etwas bedeutete. Aber es gab nichts, was Jilly etwas bedeutete, außer einer guten Story. Das wußte er jetzt.

Was hatte sie gefunden? Er kroch nach vorne. Er mußte es wissen. Aber ihr Körper versperrte ihm die Sicht. Sie beugte sich vor und inspizierte einen Körperbereich des ›Instruments‹, der normalerweise züchtig bedeckt war.

Scheiß auf die Konsequenzen! Er sprang nach dem Bett. Sie konnte sich nicht beschweren. Schließlich war sie selbst verbotenerweise hier.

Alles geschah gleichzeitig: Jilly unterdrückte einen Schrei. Die Augen der schlaffen Gestalt öffneten sich und starrten Jilly verständnislos an.

»Win, Darling, – du bist wach!«

Dann sah er Monty. Er streckte die Hand nach der Katze aus, und sein Körper zuckte in den unkoordinierten Bewegungen von jemandem, der nicht wußte, wie er die seltsamen Anhängsel kontrollieren sollte, mit denen er sich wiederfand. Als er schwankend nach der Katze tastete, spannten Schläuche und Drähte sich bedenklich, die Kurven auf dem Monitor zuckten wie irrsinnig, und ein durchdringendes elektronisches Piepen gab den Alarm, der das medizinische Notfallteam im Laufschritt heranbringen würde.

»Zur Hölle!« Jilly wich zurück. Der Kater sprang zurück auf den Boden. Er wollte nicht riskieren, einem ›Instrument‹, das von Monty gesteuert wurde, in die Hände zu geraten.

Draußen schloß das Geräusch von hastigen Schritten jeden Gedanken an Flucht in diese Richtung aus. Jilly sah sich panisch um. In dem Zimmer gab es keine Stelle, an der man sich verstecken konnte.

Sie rannte zum Fenster, stieß es auf und ließ sich in der Hoffnung, daß es halten würde, auf das Efeu hinunter. Der Kater war unmittelbar hinter ihr. Zusammen kletterten sie auf den Boden hinunter.

»Du verfluchtes kleines Mistvieh!« stieß Jilly wütend hervor, als sie auf dem Blumenbeet angekommen waren. »Du hast alles verdorben! Ich könnte dich umbringen!«

Gleichermaßen erzürnt, erwiderte er ihren Blick, bevor er sich umdrehte und in die Büsche rannte. *Sie* wollte ihn umbringen? Verstand sie nicht, was sie gerade gesehen hatte?

Den Beweis, daß ein anderer es schon versucht hatte.

8.

KAPITEL

Wegen des Telefonanrufs kam Miranda zu spät zu dem Treffen. Die anderen hatten sich schon auf der Bühne versammelt. Sie saßen auf Stühlen, die über die ganze Länge der Bühne verteilt waren, wie für eine erste Probelesung. Die Bühnenhelfer hatten die halbfertige Dekoration zurück an die Wand geschoben und standen daneben. Sie beobachteten die anderen und warteten.

Antoinette war da. Sie trug schwarzweiße Kleidung, in der sie eher einer Elster glich als der Exfrau in Halbtrauer, die sie offenbar darstellen wollte. Jennet saß neben ihr (Es war doch wohl unnötig gewesen, das Kind deshalb nicht zur Schule gehen zu lassen, oder?). Sie wirkte unruhig und wachsam. Auf der anderen Seite von Antoinette stand ein leerer Stuhl, aber Geoffrey war vernünftig genug, Abstand zu wahren. Er stand am anderen Ende der Bühne und sprach mit ungeheuer finsterer Miene mit Peter Farley. Er gab »zwei Männer in überaus wichtiger Unterhaltung« und wich dem immer wütenderen Blick seiner Mutter aus, mit dem sie ihn an ihre Seite zu ziehen versuchte.

Manche Frauen verdienten es nicht, Kinder zu haben! Antoinette benutzte ihre Kinder als Bühnendekoration für jede Rolle, die sie gerade spielte, um die Gefühle der anderen besser manipulieren zu können.

»Miranda.« Davy kam auf sie zu, nahm sie an der Hand und führte sie zu dem leere Stuhl auf der Bühnenmitte. »Gibt es etwas Neues?«

»Das Krankenhaus hat angerufen – darum bin ich zu spät gekommen. Win ... hat sich geregt, aber nur kurz. Sie wissen nicht, ob es ein gutes Zeichen ist oder nicht …«

Sie waren vorsichtig gewesen, hielten es für kein gutes Zeichen. Sie hatten versucht, jede in ihr aufkeimende Hoffnung mit ihrem nüchternen medizinischen Vokabular zu unterdrücken. *Gehirnlappen … motorische Reize … Lebenszeichen … automatische Reflexe …*

Ihr wurde bewußt, daß alle still geworden waren und schamlos lauschten, und sie hob daher ihre Stimme. Es war nicht die Sorte von Information, die man gerne jedem gegenüber wiederholte. Sollten alle es jetzt hören.

»Er scheint wieder ins Koma gefallen zu sein.«

Ein teilnahmsvolles Gemurmel erhob sich auf der Bühne und umschloß sie. Tröstende besorgte Blicke wurden ihr zugeschickt, signalisierten ihr stillschweigend Liebe und Unterstützung. Sie waren alle auf ihrer Seite – und auf Wins.

Oder etwa nicht? Plötzlich wurde ihr bewußt, daß eine beißende Gefühlsregung die Atmosphäre vergiftete. Jemand war weder betroffen noch zur Hilfe bereit. Jemand kochte vor unterdrückter Wut und Feindseligkeit. Jemand empfand die Vorstellung als unerträglich, daß Win sich womöglich doch noch erholen könnte. Aber wer?

Es lag nah, daß Antoinette es war, die Win alles Schlechte wünschte. Seltsamerweise schien die Feindseligkeit nicht direkt von ihr auszugehen – zumindest nicht mehr als gewöhnlich. Sie saß mit niedergeschlagenem Blick da – außer wenn sie ihren Sohn wütend anstarrte, der nicht die Rolle des Sohn spielte, der bei seiner trauernden und schwer mitgenommenen Mutter saß und sie unterstützte. Die kleine Jennet neben ihr wirkte immer verstörter und ängstlicher.

Schlagartig erkannte Miranda die Rolle, die Antoinette spielte: die trauernde Witwe bei der Testamentseröffnung.

Aber Antoinette war nur die Exfrau, und Win war nicht tot. Noch nicht. Überhaupt nicht, wenn die Medizin und die Experten, die Miranda zu seiner Hilfe kommandiert hatte, irgend etwas tun konnten.

Aber ... hatte vielleicht jemand anderes irgend etwas getan? Zum ersten Mal dachte sie über die Umstände von Wins Sturz nach, zwang sich dazu, sich zu erinnern ...

Es war eine dieser fragmentarischen Proben gewesen, bei der Rufus von einem Szenendarsteller zum nächsten ging und grob die Abläufe skizzierte, die später in die Ensembleszene vor dem Ende des ersten Akts integriert werden würden. Davy war an seiner Seite und machte Notizen.

Die Szene spielte in einem Salon im viktorianischen Edinburgh am Weihnachtsabend. Win als Familienoberhaupt hatte gerade seine Brut von irgendeiner Feierlichkeit in der Stadt nach Hause gebracht, so daß sie alle in voller Abendgarderobe waren. Miranda spielte seine neue junge Frau. Geoffrey den Sohn, den er mit seiner tragisch verschiedenen ersten Frau hatte. Cynthia war seine Schwester, die alle Familiengeheimnisse kannte. Und Peter Farley spielte einen geheimnisvollen amerikanischen Freund von Cynthia, der sich irgendwie in die Familienversammlung hineingedrängt hatte.

Die Schlange im Heidekraut beruhte in wesentlichen Zügen auf einem halbvergessenen Giftmord, der sich im neunzehnten Jahrhundert in Edinburgh ereignet hatte. Der Autor hatte geschworen, daß keine Nachkommen von Beteiligten mehr lebten, die Schwierigkeiten machen könnten – und war dann zu einem Drehbuchauftrag nach Hollywood verschwunden. Zur Premiere wollte er wieder zurück sein.

Die Schlüsselszene geschah am Ende eben jenes ersten Akts. Nachdem Win hoch(prozentig) gestimmt nach Hause gekommen war, beschloß er, daß es an der Zeit war, den Weihnachtsbaum zu schmücken.

Es wurde noch darüber gestritten – war darüber gestritten worden – *wurde* noch darüber gestritten, ob Win einen Kilt oder eine Hose mit Schottenmuster tragen sollte. Überflüssig zu sagen, daß Win die Hose bevorzugte. Rufus beharrte darauf, daß ein Kilt die einzige formal angemessene Bekleidung war, besonders zu dem gekräuselten Hemd mit den Spitzenärmeln. Win behauptete, daß die Zuschauer in den ersten Reihen auch ohne einen Blick unter seinen Rock einen angemessenen Gegenwert für ihr Geld erhielten, als er die Trittleiter hinaufstieg, um den Stern auf der Spitze des Weihnachtsbaums zu befestigen.

Um bei der Entscheidungsfindung behilflich zu sein, hatte Tottie einen Übungskilt besorgt, den Win sich über die Hose streifen sollte. Eddie, Bob und Woody, die Bühnenarbeiter, die inmitten eines Gewirrs von Latten und Gitterleisten eine alte Gartenlaube in das Gewächshaus verwandelten, zu dem sich der Salon öffnete, hatten scherzhaft einen zwei Meter langen Stock gestiftet. Win hatte den Stock in einen Schirmständer voller Schirme und Spazierstöcke gestopft, den er aus dem Starumkleideraum hatte heranschaffen lassen, um den großen Weihnachtsbaum darzustellen, der das fertige Bühnenbild beherrschen würde.

Win hatte mit verschiedenen Möglichkeiten experimentiert, die Trittleiter hinaufzusteigen. Hinaufrasen, hinaufhüpfen, fröhlich oder nachdenklich, nüchtern oder nicht ganz so nüchtern – und bei jedem Versuch hatte er sorgfältig auf den Sitz seines Kilts geachtet.

Die anderen waren mit ihren eigenen Rollen beschäftigt gewesen: Miranda begann einen delikaten Flirt mit Peter Farley. Cynthia verstarb ruhig in einer Ecke an den Folgen eines Gifts, das ihr von unbekannten Personen zu einem unbekannten Zeitpunkt beigebracht worden war. Und Geoffrey war hin- und hergerissen zwischen der plötzlichen Sorge um seine Tante und den Befehlen seines Vaters, der immer wieder verlangte, daß ihm bestimmter Christbaumschmuck gereicht wurde.

Sie alle hatten Win den Rücken zugewandt, als der Unfall passierte.

Aber es war nicht das erste Mal gewesen, daß Win die Trittleiter rauf und runter geschossen war. Er war trittsicher wie eine Katze und hatte keine Spur von Zögern oder Ungeschicklichkeit gezeigt. Die einzige Unsicherheit, die er verspürt hatte, hatte sich auf den Kilt bezogen.

Warum war er dann von der Leiter gefallen?

Vielleicht sollten sie die Trittleiter daraufhin überprüfen, ob jemand Fett auf die Stufen geschmiert hatte. Vielleicht war es als Scherz gedacht gewesen, der aber mit schrecklichen Folgen schiefgegangen war. Wenn es so gewesen war, würde sich jetzt natürlich niemand dazu bekennen. Scherzbolde gab es am Theater in Hülle und Fülle. Geoffrey war in seinen frühen Teenagerjahren sogar für seine handfesten Streiche berüchtigt gewesen. Bis Win ihm einmal richtig die Leviten gelesen hatte. Hatte Geoffrey einen kleinen Rückfall erlitten und es für lustig gehalten, seinem Vater einen Streich zu spielen, der dessen Würde und Autorität untergrub?

Nein ... wahrscheinlich nicht. Nachdenklich sprach sie Geoffrey von jedem Verdacht frei. Wie sein Vater war er durch und durch ein Theatermann. Er hätte nichts getan, was die Aufführung gefährdet hätte – und ihm wäre klar gewesen, daß ein Sturz das Risiko einer Verstauchung, eines Knochenbruchs oder von noch etwas Schlimmerem in sich barg. Eine Verletzung des Stars hätte eine Verschiebung oder sogar die Absetzung des Stücks bedeutet. Und dieses Stück war Geoffreys große Chance. Eine dankbare Rolle als Gegenspieler des eigenen Vaters, bei der er zeigen konnte, was in ihm steckte. Nein, Geoffrey hätte nichts getan, was diese Chance zunichte machen konnte.

Antoinette hingegen würde dem Stück nicht nachweinen. Nicht wenn sie Win dafür eins auswischen konnte. Und man brauchte nicht im Theater zu arbeiten – oder überhaupt anwesend zu sein –, um einen Unfall zu arrangieren. Sie war gelegentlich hereingeschneit, um Geoffrey zu besuchen, wenn Win nicht anwesend war. Niemand hätte sich etwas dabei gedacht, wenn sie ein wenig herumgeschlendert wäre, sich die Bühnendekorationen und Requisiten angesehen hätte ... und was noch?

Sie konnte nicht sicher sein, daß Win in ihre Falle tappen würde – oder ob sie tödlich sein würde. Vielleicht war es ihr egal. Vielleicht hatte sie ihn nur verletzen und ärgern wollen. Auf der anderen Seite hatte sie womöglich mit extremer Bösartigkeit gehandelt – und eventuell noch eine Reihe anderer Fallen aufgestellt, für den Fall, daß die erste nicht den erwünschten Effekt hatte.

Aber auch hier stellte sich die Frage: Hätte Antoinette die Zukunft ihres Sohns aufs Spiel gesetzt, nur um sich an ihrem Exmann zu rächen? Und wenn sie einen so tiefen Groll gegen ihn hegte, warum hatte sie dann nicht schon früher etwas unternommen?

»Also gut, Leute«, sagte Rufus Tuxford. »Sollen wir uns dann mal zusammensetzen und über alles reden?«

Geoffrey nahm zögernd seinen Platz an der Seite seiner Mutter ein. Die Bühnenarbeiter stellten sich im hinteren Bereich der Bühne auf. Das Stimmengemurmel erstarb, und alle Blicke wandten sich erwartungsvoll dem Produzenten zu.

»Ich denke, zunächst einmal wollen wir alle Miranda unseres tiefsten Mitgefühls versichern ...«

Antoinette schniefte.

»Und Jennet und Geoffrey«, fügte er hastig hinzu. »Und, äh, Antoinette.«

Miranda unterdrückte ein eigenes Schniefen. Sie begnügte sich mit einem geduldigen, nachsichtigen Lächeln, das Rufus zusammenzucken ließ.

»So, und jetzt zu der Frage, von der ich weiß, daß ihr alle an der Antwort interessiert seid: Was wird aus dem Stück?«

Ein zustimmendes Gemurmel erhob sich aus der Versammlung. Sie blickten ihn aus gespannten Gesichtern abwartend an und versuchten nicht allzu gespannt zu wirken.

»Nun gut. Wie ihr wißt, habe ich mich schon einmal erkundigt, wie die Stimmung ist, und es herrscht allgemein die Auffassung: *The Show must go on*. Miranda ...?« Diesmal lag die Spannung auf seinem Gesicht, als er sich ihr zuwandte.

»Ja, natürlich«, stimmte sie zu. Sie wußte, wieviel die Antwort den anderen bedeutete. »Wenn wir es schaffen ...«

»Wir sind noch in einem frühen Probenstadium. Cynthia und Peter haben die Rollen als Ersatz für dich und Win mitgelernt. Ich bin froh, sagen zu können, daß Peter bereit und in der Lage ist einzuspringen – bis Win wieder im Ensemble ist.«

Peter Farley nickte und hielt damit die Illusion aufrecht, daß Win nichts Schlimmeres widerfahren war als ein paar Knochenbrüche und er nur eine kurze Heilungspause brauchte.

»Und ...« Rufus zögerte. »Du bleibst doch bei uns, Miranda, und spielst deine Rolle wie geplant, oder?«

Miranda holte tief Luft und nickte. Was sollte sie sonst tun? Sie würde verrückt werden, wenn sie sich nicht mit irgend etwas beschäftigte. Sie konnte nicht nur herumsitzen und darauf warten, daß Win noch einmal aufwachte. Und nach dem, was die Ärzte ihr schonend beizubringen versucht hatten, würde es ein langer Genesungsprozeß sein, wenn er sich *überhaupt* wieder erholte. Lang und teuer. Sie würden jede Mark brauchen, die sie verdiente. Sie mußte weiterarbeiten.

»Gut! Wir könnten vielleicht eine kurze Tour durch die Provinz arrangieren, bevor wir es im West End spielen. Das würde Win ein bißchen mehr Zeit für seine Genesung geben.«

Und es würde Peter Farley mehr Zeit geben, sich in die Rolle einzuarbeiten. Es war eine große Gelegenheit für ihn. Und er brauchte eine. Jetzt, da er versuchte, sich in England wieder etwas aufzubauen, würde es eine Menge für ihn bedeuten, die Hauptrolle zu übernehmen.

Peter hatte beharrlich seine Karriere vorangetrieben, als er ein Mädchen aus Texas getroffen und geheiratet hatte und mit ihr in diesen Staat zurückgekehrt war. Er war dort bei einem Repertoireensemble untergekommen und ein paar Jahre lang gut zurechtgekommen. Dann war die Ehe in die Brüche gegangen. Er hatte seine Sachen und ein paar Souvenirs eingepackt, und als er wieder in London war, mußte er feststellen, daß man ihn dort fast vergessen hatte und ein ganzer Schwung neuer Talente um die paar verfügbaren Jobs konkurrierte. Er hatte den Gürtel enger geschnallt und angefangen, die einzelnen Theater abzuklappern.

Aber das West End ist nicht besonders freundlich zu denen, die es verlassen haben, um auf fremden Weiden zu grasen, welche sich dann schließlich als nicht viel üppiger erweisen. Von dem verlorenen Sohn wurde nach seiner Rückkehr erwartet, daß er noch einmal in die Lehre ging, noch einmal fast von vorne anfing – mit zu vielen verlorenen Jahren und ohne Erfolgsgarantie.

Peters Fähigkeit, in amerikanischen Akzent zu verfallen, hatte ihm die Rolle in *Die Schlange im Heidekraut* beschert. Seine Bereitschaft, als Ersatzmann eine zusätzliche Rolle zu lernen, war ebenfalls hilfreich gewesen. Und jetzt, da er die Hauptrolle übernahm, würde er weit mehr Publizität ernten, als das sonst der Fall gewesen wäre. Die Medien würden sich auf das »Fortescue-Familienstück«, wie es jetzt schon hieß, stürzen, um zu sehen, wie es dem Stück ohne Fortescue Senior ergehen würde. Es würde Peter Farley in das Blickfeld der Öffentlichkeit rücken, wie kein Stück sonst es vermocht hätte.

»Oh, Rufus«, rief Cynthia. »Wer soll denn jetzt Peters Rolle übernehmen? Hast du irgendeine Idee?«

Es klang so, als hätte sie vielleicht eine Idee, sollte er keine haben.

»Ich werde mich um Jack Long bemühen«, sagte Rufus. »Ich habe gehört, daß er gerne eine Pause von dieser Seifenoper machen würde, um etwas mehr Bühnenerfahrung zu sammeln. Er wird gut sein – und wir profitieren zusätzlich von dem Publikum, das er anziehen wird.«

»Oh … gut«, sagte Cynthia. »Er könnte der Richtige sein.«

»Gut!« Rufus war seine Erleichterung anzumerken. Offensichtlich war er nervöser gewesen, als es den Anschein gehabt hatte, aber jetzt, nachdem alle in der von ihm gewünschten Weise reagiert hatten, hatte er die Situation wieder fest im Griff. »Dann wird Peter sofort mit den Proben anfangen. Geoffrey, könntest du bleiben und die Szenen mit ihm durchgehen …?«

»Natürlich«, sagte Geoffrey.

»Geoffrey, ich möchte, daß du mit mir kommst und deinen Vater besuchst!« Antoinettes Stimme klang wie eine Peitsche durch den Raum. »Er sollte jetzt seine *Familie* an seinem Bett haben.«

»Ich bin nicht sicher, ob Win Besuch haben darf«, murmelte Miranda.

»Unsinn! Sie können *uns* doch nicht aussperren! Wir haben ein *Recht* darauf, dort zu sein. Du kannst uns nicht aufhalten.«

»Ich würde nicht im Traum daran denken, euch aufzuhalten«, sagte Miranda. Das würde sie St. Monica überlassen.

9.
KAPITEL

Er war plötzlich und gegen seinen Willen eingeschlafen, aber jetzt war er wach und versuchte sich selbst davon zu überzeugen, daß er richtig wach war, wahrhaftig wach. In den frühen Tagen ihrer Ehe war Antoinette unter den Einfluß des ersten von zahlreichen Gurus gefallen. Das war damals groß in Mode gewesen, und er hatte nicht genug gewußt, um es als Anfang ihrer wachsenden Unausgeglichenheit zu deuten. Eine Zeitlang hatte er sie zu verschiedenen Veranstaltungen begleitet. Er hatte sogar ein eigenes Mantra erhalten, das er gelegentlich in Streßsituationen vor sich hin murmelte.

Jetzt hatte er sich ein neues Mantra ausgedacht: *Ich bin Winstanley Fortescue, ein Star, auf der Höhe meiner Kraft und meines Berufes. Wenn ich die Augen öffne, werde ich zu Hause im Bett liegen und aus einem Alptraum erwachen. Ich bin Winstanley Fortescue ...*

Er öffnete die Augen. Er war immer noch unter den Büschen auf dem Gelände von St. Monica. Schlimmmer noch, ihm war kalt, und er war hungrig. Und gleich würde es anfangen zu regnen. In ein paar Minuten. Er wußte es. Er dachte nicht mehr darüber nach, woher er das wissen konnte. Er wußte es einfach. Es kam von der Umgebung – dieser seltsamen, pelzigen Umgebung, in der er lebte.

Das war es, was ihn geweckt hatte: das Wissen um den drohenden Sturm und der Instinkt, der ihn antrieb, besseren Schutz zu finden. Ihm blieb keine Zeit mehr, nach Hause zu gelangen, bevor der Sturm losbrach. Das Chesterton Theater war noch weiter entfernt. Er rang sich zu der Entscheidung durch, die er innerlich schon getroffen hatte:

Er mußte wieder in das Gebäude von St. Monica zurückkehren. Zurück zu sich selbst.

Er betrachtete das Gebäude forschend. Ein Büschel losgerissenes Efeu markierte das Fenster, durch das Jilly und er geklettert waren, aber das Fenster war jetzt fest geschlossen. Das gleiche galt für die Eingangstür. Es war unwahrscheinlich, daß er noch einmal so viel Glück haben würde wie letzte Nacht, als er mit der neuen Patientin hineinschlüpfen konnte. Auch die Dunkelheit hatte geholfen.

Über ihm raschelte es in den Büschen, als die ersten schweren Regentropfen fielen. Ein kalter Wind strich über den Boden und zerrte an seinem Fell. Er erhob sich hastig, reckte sich und konzentrierte sich auf den Spurt über die freie Rasenfläche unter den Schutz der überstehenden Dachtraufe.

Die Hintertür. Die Küche. Das Wissen kam ihm wie von selbst. Eng an die Hauswand gepreßt, folgte er dem Verlauf der efeuüberwucherten roten Ziegel. Als er um die Ecke bog, wurde der Essensgeruch stärker und wurde zu dem Magnet, der ihn anzog.

Hühnchen! Sie brieten Hühnchen! Er liebte Hühnchen! Ein schwaches, klägliches Heulen entstieg seiner Kehle. Er vergaß alles andere, blieb an der Hintertür stehen und starrte sehnsüchtig an ihr hinauf. Durch die Ritzen neben und unter der Tür drangen köstliche Düfte. Sein Magen krampfte sich vor Hunger zusammen.

Ja, allem Anschein nach gab es heute abend püriertes Hühnchen. Von Miranda hatte er aufgeschnappt, daß es püriertes Hühnchen mit monotoner Regelmäßigkeit gab, zum einen, weil zahlreiche Patienten wegen unterschiedlicher Unterleibsoperationen hier waren, zum anderen, weil bestimmten anderen Patienten kein Messer anvertraut werden konnte. Der Nachdruck ihrer Klagen über das Essen war ein Maßstab für den Fortschritt ihrer Genesung. Verrückte Leute. Für ihn war püriertes Hühnchen jetzt wie der Himmel.

Wie konnte er daran kommen? Früher am Tag war an der Hintertür vielleicht etwas angeliefert worden, aber dafür war es jetzt zu spät. Keine Chance, zusammen mit einem unaufmerksamen Lieferanten hineinzuschlüpfen.

Das Fensterbrett war leicht mit einem Sprung zu erreichen und gewährte einen verlockenden Blick in die Küche. Auf dem großen Herd standen verschiedene Töpfe und Pfannen. Aus allen dampfte es. Ein Lachs köchelte in einem langen, niedrigen Behälter. Jetzt, da er ihn gesehen hatte, konnte er seinen Duft von den anderen Gerüchen unterscheiden. Köstlich, all diese Düfte, köstlich. Sein Magen zog sich wieder zusammen.

Er preßte sich dichter an die Fensterscheibe, und merkwürdige, leise Klagelaute stiegen aus seiner Kehle. Er konnte den Kontrollmechanismus nicht finden, um die Geräusche abzustellen. Ihm fiel ein, daß Monty immer ein großer Tonkünstler gewesen war.

Ein plötzlicher Windstoß trieb einen Regenguß über das Fensterbrett und ihn hinweg. Unwillkürlich heulte er protestierend.

Die Frau, die sich über den Herd beugte, richtete sich auf und drehte den Kopf. Er duckte sich tiefer auf die Fensterbank, konnte aber das jetzt hoffnungsvolle Heulen aus seiner Kehle nicht stoppen. Die Frau sah so gütig, so freundlich aus – und etwas Köstliches tropfte von der Schöpfkelle in ihrer Hand … Sie sah ihn und kam auf ihn zu.

»Na, was machst du denn hier draußen?« Sie schob das Fenster hoch, und er sprang laut schnurrend in die Wärme und den Duft der Küche.

»Weißt du, daß ich Ärger bekomme, wenn sie dich hier erwischen?« Die Vorstellung schien sie nicht übermäßig zu beunruhigen. Er atmete tief durch und strich schmeichlerisch um ihre Füße herum. Warum sollte sie sich Sorgen machen? Jeder, der so gut kochte, konnte sich jederzeit selbständig machen.

»Hör jetzt auf damit – du machst mich ganz naß. Laß mich dich abtrocknen, und dann werden wir ein paar Happen für dich finden.«

Er zwang sich ruhig zu bleiben, während sie Papierhandtücher um ihn herumwickelte und die schreckliche Nässe von ihm abtupfte. Ihre Hände und ihre Kleidung waren von Kochdüften behaftet. Was für eine entzückende Frau!

»Gut, und jetzt werden wir dir etwas zu essen besorgen.« Er folgte ihr, als sie einen Eßnapf holte und diesen mit leckeren Resten füllte.

»Hier drüben.« Hinten an der Wand neben dem Ofen stellte sie den Napf auf den Boden. »So, und wenn jemand hereinkommt, versteckst du dich hinter dem Ofen, oder wir bekommen beide Schwierigkeiten – und *dich* werfen sie hinaus. Verstanden?«

Er stieß sanft seinen Kopf gegen ihr Fußgelenk und wünschte sich, er hätte ihr deutlicher zu verstehen geben können, daß er verstanden hatte. Um keinen Preis der Welt würde er diese reizende Frau in Schwierigkeiten bringen – und genauso wenig wollte er wieder hinaus in den Sturm geworfen werden. Sobald er seinen Napf geleert hatte, hatte er in diesem Gebäude etwas zu erledigen. Er mußte nachsehen, wie Monty zurechtkam.

Aber vorher konnte er sie vielleicht zu einem Nachschlag überreden …

Er spürte, wie der Boden unter dem gleichmäßigen, stillen Herannahen von festen, autoritätsgewohnten Schritten bebte. *Ärger*! Er wußte es einfach. Er hob das letzte Stück Hühnchenfleisch aus seinem Napf und verzog sich damit hinter den Herd.

Gerade noch rechtzeitig. Die jetzt vernehmbaren Schritte durchquerten die Küche, und er hörte, wie jemand sich schwer auf einen Stuhl neben dem Tisch fallen ließ und einen langen Seufzer ausstieß.

»Sie legt jetzt los, was?« fragte die Köchin teilnahmsvoll.

»Das ist so üblich in diesem Stadium.« Schwester Dales Stimme klang matt. »Sie sind nüchtern und trotzig. Langweilen sich zu Tode und werden wütend. Ihr idiotischer Neffe hat vergessen, ihre Brille einzupakken, also kann sie weder lesen noch Puzzle machen, ja, sie kann nicht einmal richtig fernsehen. Ich möchte nicht in seiner Haut stecken, wenn er das nächste Mal zu Besuch kommt.«

Arme Thea. Sie hatte ihre Verwandtschaft nicht verdient. Kein Wunder, daß sie gelegentlich Trost in der Flasche suchte.

»Na was soll's, sie wird ihren Lachs genießen. Er ist fast fertig.«

»Ja, und ich habe ihren Neffen angerufen und ihm die Nachricht hinterlassen, daß er so schnell wie möglich ihre Brille herschicken soll. Ich hoffe, er tut es sofort. Sie wird sehr unruhig.«

»Und wir wissen alle, was das bedeutet.« Man hörte, wie etwas eingeschenkt wurde. Offensichtlich wurde Tee getrunken. »Man hat keine ruhige Minute, wenn wir Theaterleute da haben. Wenigstens ist der andere noch außer Gefecht, oder?«

»Mehr oder weniger.« Leicht Mißbilligung lag in der Stimme. »Seine Verwandten und Freunde machen mehr Schwierigkeiten als er. Es ist ein ständiges Kommen und Gehen. Wir müssen sie jedesmal nach Hause schicken, aber man kann nicht sicher sein, daß sie nicht versuchen, sich trotzdem hereinzuschleichen. Irgend jemand hat es letzte Nacht getan. *Und* hat das Fenster offen gelassen, so daß er im kalten Wind lag. Der Arzt fürchtet schon eine leichte bronchiale Infektion. Er ist gar nicht erfreut darüber. Er kann deshalb die Untersuchungsoperation nicht vornehmen, die er machen wollte, bevor der Hausarzt des Patienten, Sir Reginald Peyton, aus den Staaten zurückkommt.«

Operation? Zur Untersuchung? Sofort sträubte sich sein Fell, sein Schwanz wurde buschig, sein Mund öffnete sich zu einem geräuschlosen Fauchen. Er kroch vorwärts und schob seinen Kopf hinter dem mächtigen Ofen hervor. Er wollte nichts verpassen.

»Ich weiß nicht, ich halte nicht viel von diesen Untersuchungsoperationen.« Wieder bewies die Köchin, daß sie eine unvergleichliche Frau von äußerster Empfindsamkeit war. »Es kann doch nicht richtig sein, einen Schädel zu öffnen, wenn alles mit ihm in Ordnung ist, nur um darin herumzustochern.«

»Aber es *ist* nicht alles in Ordnung mit ihm. Die Gehirnstrommessungen zeigen eine Unregelmäßigkeit. Wir müssen herausfinden, woran das liegt.«

»Ich kann das nicht gutheißen. Man sollte den armen Mann in Ruhe lassen, damit er sich von selbst erholen kann. Er hat eben einen furchtbaren Schlag auf den Kopf erhalten, und es ist nicht so, daß er in einem richtig tiefen Koma liegt. Du hast selbst gesagt, daß er letzte Nacht fast aufgewacht ist.«

»Ja, und ich bin nicht sicher, ob er wieder darin versunken ist. Gut, er liegt reglos da, aber irgendwie glaube ich es einfach nicht.«

Der gute alte Monty. Er erkannte die bevorzugte Taktik des Katers. Wenn du nicht weißt, was du machen sollst, schlaf einfach. Oder tu so, als würdest du schlafen.

»Ich wünschte, ich könnte ihn besser beobachten, aber ich habe nicht die Zeit dazu. Wenn wir im Moment nur nicht so knapp an Leuten wären.«

»Daran ist die Grippewelle schuld, meine Liebe. Halb London hat sie sich schon eingefangen. Mir kann darum nur Sally in der Küche helfen – und sie habe ich zum Einkaufen geschickt. Heute abend wird es wohl Sauce hollandaise aus dem Glas geben. Bei der vielen Arbeit bleibt mir keine Zeit mehr, selbst welche zu machen.«

»Wir sind alle überlastet.« Ein Scharren ertönte, als der Stuhl zurückgeschoben wurde. »Ich muß noch einmal herumtelefonieren und hören, ob wir nicht ein paar Pfleger von einer Arbeitsvermittlung bekommen können. Die Oberschwester mußte Lesley und Henry nach Hause schicken, sonst wären sie zusammengebrochen – oder schlimmer noch, hätten die Patienten angesteckt. Das bedeutet, daß die Rezeption unbesetzt ist. Herr im Himmel.« Sie seufzte tief.

»Mach dir nichts daraus, in ein paar Tagen geht alles wieder seinen üblichen Gang. Bis dahin werden wir schon klarkommen.«

»Ich denke auch.« Die weißen Schuhe marschierten durch das Zimmer und durch die Tür. Er lauschte aufmerksam, folgte den Schritten über den Flur, die

Treppe hinauf und in das Büro hinter dem Rezeptionsschalter. Die Luft war rein.

Er schlüpfte hinter dem Ofen hervor und ging auf die Tür zu.

»Nein! Geh da nicht rauf!« rief die Stimme hinter ihm her. »Nein! Böse Katze! Komm zurück!« Schnelle Schritte erklangen hinter ihm, und er spürte, wie Hände nach ihm ausgestreckt wurden.

Er sprang auf die Treppe zu und raste hinauf.

10.
KAPITEL

Lag es daran, daß er schon einmal in seiner neuen Existenz hier gewesen war, daß ihm die langen Treppen weniger bedrohlich und gefährlich erschienen? Oder hatten sie irgendwie etwas Vertrautes und Ermutigendes an sich? Er duckte sich im Schatten des ersten Treppenabsatzes und schnupperte prüfend. Da war etwas in der Luft ... wohlbekannte Gerüche ... ein Hauch von Schminke ... ein leichter Brandygeruch ... ein exotischer Tabak ...

Er stellte fest, daß seine Nase die Gerüche so gut zu deuten vermochte, wie seine Augen einst die Zeitung gelesen hatten: Freunde waren hier oder hier gewesen, um ihn zu besuchen. Oder besser gesagt, um einen Monty zu besuchen, der nichts verstand.

Mit neuem Elan schoß er die restlichen Treppen hinauf. Solange Monty Schlaf vortäuschte, war wahrscheinlich alles in Ordnung, aber was war, wenn er beschloß, die Augen zu öffnen, und versuchte Kontakt aufzunehmen? Die Gerüche, Stimmen und Gesichter würden ihm ebenso vertraut sein. Er würde wissen, daß er unter Freunden war. Aber hatte er schon begriffen, was ihm widerfahren war?

Er schlüpfte durch die schwingenden Plastikplanen und um die Ecke und unterdrückte seinen Impuls, in das Zimmer zu stürmen. Einen großen Auftritt würde man einer Katze übelnehmen. Er registrierte in seinem Unterbewußtsein, daß er sich allmählich ständiges Herumschleichen angewöhnte.

Aber abgesehen von dem reglosen Körper in dem Krankenhausbett war das Zimmer leer. Die Augen waren geschlossen, die maschinengestützte Atmung regelmäßig. Er schien seine Umgebung nicht wahrzunehmen. Aber die zusätzlichen Sinne, die er mit dem pelzigen Körper erworben hatte, sagten ihm, daß der menschliche Körper sowohl bei Bewußtsein als auch voller Sorge war. Verwirrt, besorgt und verängstigt lag er da ... wartete auf etwas, das er verstand.

Der Duft von Mirandas Parfum schwebte noch in der Luft. Er konnte sich an den Tag erinnern, an dem er es für sie gekauft hatte ... und an den erpresserischen Preis ... und an den Nachmittag mit Cynthia, der der Grund gewesen war, warum er bereit gewesen war, den Preis zu zahlen. Hmmm, über manche Dinge dachte er am besten nicht weiter nach.

Miranda war hier gewesen. Vor kurzem. Liebe Miranda. Sie liebte dieses Parfum.

Es war so gut bei ihr angekommen, daß er trotz des Preises einen kleinen Flakon davon auch für Jennet gekauft hatte. (Ja, auch wegen dieser armen, kleinen Letzter-Versuch-die-Ehe-zu-retten-Tochter fühlte er sich schuldig. Die Ehe hatte ihren dritten Geburtstag nicht überdauert.) Jennet liebte das Parfum, beschwerte sich aber darüber, daß ihre Mutter häufig und verschwenderisch Gebrauch davon machte und dabei darauf hinwies, daß es ein zu reifer Duft für ein so junges Mädchen sei.

Plötzlich sträubten sich seine langen Nackenhaare. War es möglich, daß nicht Miranda, sondern Antoinette hier gewesen war? Um sich persönlich vom Sturz der Mächtigen zu überzeugen? Um sich an seinem Unglück zu weiden? Es würde ihr ähnlich sehen.

Und noch ein anderer Geruch lag in der Luft ... etwas Unangenehmes. Ein feindseliger Geruch, aber nicht der Antoinettes. Noch jemand, der kein Freund war, war hier gewesen. Instinktiv ließ er den Kopf sinken und holte tief Luft, den Mund leicht geöffnet, als könnte er den Geruch schmecken.

Er führte ihn zu der Fußleiste, die um das Zimmer herumlief. Besonders deutlich war er an der Steckdose unmittelbar neben der Tür. Als hätte jemand eine ganze Weile dort gestanden und vielleicht nachdenklich die Vielzahl von Steckern betrachtet, die die Herz-Lungen-Maschine mit Strom versorgten.

»*Den Stecker ziehen*«, hatte er Rufus zu Tottie sagen hören. Hatte jemand daran gedacht, genau das zu tun?

Ein tiefes Knurren entstieg in seiner Kehle, und seine Krallen spannten sich. Irgendwelche Leute hatten hier gestanden und den hilflosen Körper angestarrt, seine Privatsphäre mit ihren glühenden Augen durchdrungen. Hatten dann auf den Stecker hinuntergeblickt ... Wenn er sie dabei erwischt hätte, hätte er sie mit seinen bloßen Zähnen und Krallen zerrissen.

Hör auf! Schluß damit! Er schüttelte sich, bis das Fell sich wieder legte. Die Monty-Instinkte regten sich wieder, durch und durch kätzisch, und bekämpften das fremde Gehirn, das sie zu beherrschen suchte. Was geschah mit dem Körper in dem Bett? Lagen die Instinkte und motorischen Reaktionen von Winstanley Fortescue intakt dort und warteten nur auf das Stichwort, das sie in Bewegung setzen würde?

Würde der richtige Monty sich bitte erheben? Würde der richtige Winstanley Fortescue sich bitte erheben? Wenn sie es nur könnten.

Ruhig Blut jetzt! Er unterdrückte das verzweifelte Heulen, das aus seiner Kehle hinausdrängte. *Gefühlsregungen bringen uns nicht weiter. Diese Situation verlangt nach Geisteskraft. Und nach Glück.*

Plötzlich gab sein außergewöhnliches Hörvermögen Alarm: Draußen kamen Schritte über den Flur. Leute waren auf dem Weg hierher.

In dem Moment, als er in den Schutz der Schatten im entlegensten Winkel des Zimmers tauchte, sah er, wie sich die Augen ›Des Instruments‹ zu engsten Katzenschlitzen öffneten. Montys Verstand war ebenfalls wachsam und alarmiert. Es *mußte* einen Weg geben, ihn zu erreichen, mit ihm zu kommunzieren ... mit ihm zu tauschen.

Er drückte sich in die Ecke, zog seinen Schwanz dicht um seinen Körper herum und streckte sich dicht an den Boden, um die sichtbare Fläche seines leuchtend weißen Brustfells zu verkleinern. Als die Schritte näher kamen, duckte er den Kopf und seine eigenen Augen wurden zu Schlitzen. Wer auch immer es war, sie waren mit Sicherheit zu diesem Zimmer unterwegs – und die Schwester war nicht dabei.

»Psst ...« Jillys Kopf lugte um den Türrahmen. Sie blieb draußen stehen und erkundete sorgfältig das Terrain, bevor sie hinein ging. »Die Luft ist rein. Komm schnell, Jake. Wer weiß, wie lange wir ungestört sind.«

Eine große männliche Gestalt folgte ihr zögernd. Sie war mit einer Fotoausrüstung und einer Kamera behängt.

Jilly legte einen Finger auf die Lippen und winkte ihn auf die hintere Seite des Bettes. Dann trat sie selbst an das Bett heran.

»Win ...? Win ...?« Ihre Stimme war weich und säuselnd. Ein Tonfall, in dessen Genuß nicht viele Leute kamen. Es gab Leute, die hätten schwören können, daß es ihr unmöglich war, so zärtlich und mitfühlend zu klingen.

»Win ...?« Sie strich ihm leicht über das Gesicht und achtete auf irgendeine Reaktion. Aber ... war da eben auch schon dieser falsche Unterton in ihrem Gesäusel gewesen?

»Win ...?« Diesmal schlug sie ihm leicht in das Gesicht. Es war nicht gerade eine Ohrfeige, aber eine durchaus heftige Berührung. »Win ... kannst du mich hören? Bewege deine Finger, wenn du es kannst.«

Der Körper blieb reglos. Sogar die dünnen, funkelnden Schlitze, die die beobachtenden Augen verraten hatten, waren verschwunden. Die Augen waren fest geschlossen, keinerlei Reaktion war zu sehen.

»Gut! Er ist immer noch bewußtlos. Mach schnell. Laß uns die Bilder machen und dann schnell verschwinden.«

»Hetz mich nicht«, sagte Jake. »Es kommt nicht oft vor, daß ich jemanden fotografiere, der nicht sofort in die entgegengesetzte Richtung rennt, wenn er meine Kamera sieht. Ich möchte hier nichts falsch machen. Die Verbreitungsrechte könnten ein kleines Vermögen wert sein. Geh aus dem Weg – ich will, daß diese ganzen medizinischen Apparate im Hintergrund deutlich zu sehen sind.« Er begann, an der Kamera herumzufingern.

In der Ecke fauchte der Kater leise. Er beobachtete, wie Jilly noch einmal um das Bett herumging und die auf dem Rücken liegende Gestalt mit kalter Berechnung betrachtete. Er hatte geglaubt, daß ihr etwas an ihm gelegen war ... wenigstens ein bißchen. Wie konnte sie sich nur so verhalten? Ihn dadurch verraten, daß sie seinen hilflosen Zustand vor den Lesern ihres Schmierblatts ausbreitete?

Das Blitzlicht flammte mehrmals schnell hintereinander auf. Der Fotograf ließ die Kamera sinken und bewegte sich an eine andere Stelle, deckte im wahrsten Sinne des Wortes jeden Winkel ab.

»Mach die Einleitungsbilder«, drängte Jilly ihn. Leichte Nervosität lag in ihrer Stimme. »Dann geht's zur Sache.«

»Nur noch ein paar ...« Jake ging in Hockstellung und fotografierte, ging an das Fußende des Bettes und fotografierte wieder und schien dann noch ein paar Bilder aufs Geratewohl zu machen. »Weißt du, ich glaube, er hat sich gerade ein bißchen bewegt.«

»Win ...?« Jilly war sofort hellwach. Besorgt ging sie zum Bett. »Win ...? Bist du ... bist du ... *da*?«

Der Körper wollte sich bewegen, protestieren. Er konnte es spüren. Seine Ohren zuckten teilnahmsvoll.

»Alles in Ordnung.« Jilly bewegte sich aus dem Bildbereich der Kamera. »Er ist immer noch bewußtlos. Stell dir das mal vor.« Sie lachte ein kurzes, schrilles Lachen. »Es ist vielleicht der letzte Fototermin von dem alten Stümper – und er ist nicht einmal wach, um es zu genießen.«

Alt? Stümper? Als sie bei Cartier gewesen waren, hatte sie nicht so geredet. Er knurrte leise. Es war wahrscheinlich zu spät, um den Scheck zu sperren – selbst wenn er dazu in der Lage gewesen wäre.

Und ... *letzter Fototermin*? Der Rest ihrer Bemerkung drang langsam in sein Bewußtsein. Wieviel wußte sie? Planten sie wirklich, den Stecker zu ziehen? Würde Miranda es erlauben?

»Ich hasse diese seltsamen Geräusche wirklich.« Jake ließ die Kamera sinken und blickte finster auf die Reihe von medizinischen Geräten. »Sie sind mir richtig unheimlich. Ich habe jetzt genug, können wir gehen?«

»Noch ein letztes Bild. Der Knüller.« Jilly trat entschlossen an die Bettkante. »Mach dich bereit ... du mußt es schnell machen. Ich muß ihn dafür auf die Seite drehen – und dann wird vielleicht wieder Alarm ausgelöst.«

»Was soll das heißen – ›wieder‹? Welcher Alarm? Jesus!« Jake zuckte zusammen, als sie das Laken von der ruhig liegenden Gestalt zog. »Sei vorsichtig!«

»Sieh du nur zu, daß du das Bild machst, wenn ich ihn herumdrehe.« Jilly packte die Schultern und warf einen langen abschätzenden Blick auf die vielen Stellen, wo die Maschinen und Schläuche angeschlossen waren. »Ich versuche, die Leitungen nicht zu unterbrechen, aber ich kann nichts versprechen.«

Er konnte die Panikwellen spüren, die von dem armen Monty ausgingen, den wilden Impuls, wegzurennen und auf einen Baum zu klettern. Aber der Körper wurde von Nadeln und Schläuchen, Klammern und Drähten festgehalten und verankert. Er war Gefangener einer fremden Umgebung, eines unvertrauten Körpers.

»Okay.« Jake nahm die Kamera vor das Gesicht und stand abwartend bereit. »Wann immer du fertig bist.«

»Los geht's ...« Jilly biß auf die Zähne und wälzte den Körper langsam herum. So weit, so gut. Er lag fast auf der Seite, ohne daß ein Schlauch oder Draht sich gelöst hätte. Sie tastete nach den Verschlüssen seines Krankenhausnachthemds und löste sie. Dann zog sie das Hemd hoch, so daß sein Rücken sichtbar wurde.

»Da! Bekommst du das drauf?«

Ja! Es war so, wie er es beim ersten Mal gesehen hatte, soweit er sich daran erinnerte. Eine dunkle, grobe Schürfwunde mitten auf seinem Rücken.

»Jesus!« Der Fotograf stieß einen leisen Pfiff aus. Die Kamera blitzte. »Was ist mit ihm passiert?«

»Das ist die Frage, die ich in der Schlagzeile stellen werde.« Die Anstrengung, Win in Position zu halten, ließ Jilly leicht keuchen – er war kein Leichtgewicht, aber es war es wert.

»IST ER GESTÜRZT? ODER WURDE ER GESTOSSEN?« Jilly zitierte ihre geplante Schlagzeile genußvoll. »Die Öffentlichkeit verlangt nach Aufklärung!«

»Das ist wirklich eine Riesenstory.« Die Kamera blitzte mehrmals. »Das einzige, was sie noch besser machen würde, wäre, wenn der alte Junge stirbt. Dann könnten wir Ermittlungen wegen Mordes fordern.«

»Beeil dich, ich kann ihn nicht mehr lange halten.« Win entglitt langsam ihrem Griff.

»Okay.« Die Kamera blitzte ein letztes Mal, dann kam Jake ihr zur Hilfe. »Ich habe ihn. Laß ihn langsam wieder runter. Wir wollen keinen dieser Schläuche herausreißen.«

»Er scheint … steif geworden zu sein.« War da ein leichtes Zittern in Jillys Stimme? »Glaubst du, wir haben etwas losgerüttelt? Vielleicht fließt auf einmal zuviel aus einem dieser Versorgungsschläuche in ihn hinein – oder zuwenig.«

»*Du* hast das ganze Gerüttel gemacht.« Jake wich hastig zurück.

»Ist ja auch egal.« Jilly ging auf die Tür zu. »Wir haben, was wir haben wollten. Laß uns von hier verschwinden.«

»Du willst ihn doch nicht so hier liegen lassen?« Jake war schockiert.

»Wie liegen lassen?« Jilly warf ihm einen verständnislosen, finsteren Blick zu. »Er ist in den Händen von Ärzten. Es gibt nichts, was ich tun könnte.«

»Nein, ich meine ...« Er brach ab und gestikulierte hilflos, als er merkte, daß er nicht verstanden wurde. Es ging schneller, wenn er es selbst tat. Er trat vor und zog das Laken wieder über den Körper, bedeckte ihn anständig. »Das meinte ich.«

Es kam jemand. Mehr als eine Person ... Seine Ohren fingen die Erschütterungen auf der Treppe auf. Die Schrittgeräusche hatten etwas Vertrautes. Er hob den Kopf und suchte in den unruhigen Luftströmungen nach einem Geruch.

»Da kommt jemand!« Jetzt, da sie näher gekommen waren, hörte auch Jilly die Schritte. »Du hast uns mit deinem Unsinn aufgehalten ...« Sie lud ihre Wut auf ihrem Kollegen ab. »Und jetzt ist uns der Fluchtweg abgeschnitten.«

»Wir können nicht nach unten – aber wir können nach oben!« Jake packte sie am Arm und stürmte mit ihr durch die Tür.

Er konnte die unterschiedlichen Schrittmuster verfolgen (was für Ohren Monty hatte!), als sie einander knapp verpaßten. Normale Schritte, die von unten kamen, hastige Schritte auf Zehenspitzen, die hinauf in das nächste Stockwerk eilten und dort verklangen, bevor die Schritte von unten die Intensivstation erreichten.

Jilly und Jake waren in Sicherheit.

11. KAPITEL

Er war es nicht. Er sah sich verzweifelt nach einem Versteck um, als ihm diese Erkenntnis dämmerte. Es mochte angehen, sich in eine Ecke zu drängen, wenn zwei Egomanen, die völlig in ihren eigenen Angelegenheiten gefangen waren, sich ausschließlich auf das unglückliche Subjekt konzentrierten, das ein weiterer Meilenstein in ihrer Karriere werden sollte. Doch richtige Besucher hatten die Angewohnheit, sich im Zimmer umzusehen, um sich zu vergewissern, daß alles nur mögliche getan wurde, um dem geliebten Angehörigen Bequemlichkeit und beste Pflege zu garantieren. Das hatte er selbst getan, als er Miranda besucht hatte. Es bot auch einen Anlaß, gelegentlich den Blick von dem verweinten Gesicht, oder in diesem Fall von der reglosen Gestalt, zu lösen.

Der Nachttisch. Er stand nicht unmittelbar neben dem Bett, man hatte ihn zur Seite geschoben, um Platz für die Geräte zu schaffen. Es gab auch keinen Bedarf für die Wasserkaraffe, die Papiertücher, Tabletten und anderen Dinge, die darauf herumlagen. Der Patient hatte in seinem jetzigen Zustand keine Wünsche oder Bedürfnisse. Wenn die Situation sich verbesserte, würde der Tisch wieder an seinen Platz geschoben werden. Bis dahin aber stand er unscheinbar an der Wand, und die kleine Tür unter den Ablagefächern stand einen Spaltbreit offen.

Blitzschnell hatte er sie weiter geöffnet und war hineingeschlüpft. Es gelang ihm nicht, die Tür vollständig zu verschließen, und er verfluchte seine ungeschickten Klauen und Pfoten. Vielleicht war es aber auch ganz gut so, so konnte er wenigstens hinaus sehen.

Nicht, daß es viel zu sehen gab. Das Leben auf Bodenhöhe bewegte sich im Bereich des Langweiligen. Kein Wunder, daß Katzen als Ausgleich diese Extrasinne hatten oder daß sie mit Vorliebe so viel Zeit auf Stühlen und Tischen verbrachten. Fußgelenke sind nun einmal nicht die ausdrucksstärksten Bestandteile der menschlichen Anatomie.

»Oohhh ...« Er hörte, wie Tottie langsam tief Luft holte, als sie das Zimmer betrat.

»Es geht ihm besser, als er aussieht«, sagte Miranda heftig. »Er wird aus diesem Zustand aufwachen. Sieh nur, Burt, er hat schon mehr Farbe bekommen.«

»Das stimmt.« Ein falscher Tonfall lag in der Stimme des Agenten. Es klang, als überlegte er, wie schnell er sich unter einem Vorwand verabschieden konnte. »Du siehst prächtig aus, Win, alter Junge. Haha, du hast uns einen ganz schönen Schreck eingejagt. Solltest dich was schämen, alle so aufzuregen.«

»Win, mein Lieber ...« Er spürte, daß Tottie eine seiner Hände ergriffen hatte. »Du wirst wieder in Ordnung kommen. Deine Freunde sind hier. Wir werden uns um dich kümmern.«

»Win ...« Miranda hatte seine andere Hand genommen. »Win, die Ärzte sagen, daß sie nicht sicher sein können, ob du uns hörst oder nicht. Ich *weiß*, daß du es kannst. Mach dir keine Sorgen. Wir sind hier, und wir werden hier bleiben. Ich werde einen Plan aufstellen – alle deine Freunde werden kommen, dich besuchen und mit dir sprechen. Du bist nicht allein, du bist nicht vergessen ...«

»Ganz richtig, alter Junge«, sagte Burt. »Du wirst keinen Augenblick Ruhe haben. Miranda hat jeden aufgetrieben, den du je getroffen hast. Sie werden vorbeikommen und dich langweilen, bis du aus reiner

Selbstverteidigung aus dem Koma aufwachst.« Seine Stimme war zu herzlich, er glaubte kein Wort von dem, was er sagte. Aber Miranda war immer noch eine beitragzahlende Klientin, auch wenn Win abgeschrieben werden mußte.

»Wir bringen dich durch, Win«, sagte Tottie. »Du kannst dich auf uns verlassen. Wir werden nicht zulassen, daß sie ...« Sie brach plötzlich ab.

»Wir sind hier, Win«, sagte Miranda mit fester Stimme. »Wir bleiben hier. Du mußt dir um nichts Sorgen machen. Konzentrier dich nur auf deine Genesung. Um alles andere kümmern wir uns.«

Liebe Miranda. Sie war eine Kämpfernatur. Er spürte, wie ein wohlwollendes Schnurren in seiner Kehle aufstieg. Es war nicht immer leicht, mit einer Kämpfernatur zusammenzuleben, aber wenn man ganz unten war, war es genau das, was man an seiner Seite brauchte. Liebe Miranda, Gott segne sie.

»Was ist mit Antoinette passiert?« Burt sah sich um. »Ich dachte, sie käme mit Geoffrey und Jennet hierher. Ich hatte eigentlich erwartet, daß sie schon vor uns hier waren.«

»Sie ist schon wieder weg«, sagte Tottie. »Ich habe mit der Rezeption unten gesprochen. Madame erschien, warf einen Blick auf Win und steigerte sich dann in einen schönen Hysterieanfall hinein. Nun, es ist jedenfalls ein Weg, dafür zu sorgen, daß die Kinder sich auf sie und nicht auf Win konzentrieren, nicht wahr? Sie konnte es noch nie ertragen, nicht im Mittelpunkt zu stehen. Sie mußten sie wegbringen und beruhigen. Sie sagte, daß sie später vielleicht wiederkäme – aber diese Schwester rechnet nicht damit.«

Gott segne auch dich, liebe Tottie. Sie war eine scharfsinnige Frau. Eine liebevolle Frau ... warmherzig ... freundlich ... verständnisvoll ... und hatte immer ein paar schmackhafte Bissen für ihren Freund Monty zur Hand ...

Verdammt! Er ertappte sich dabei, wie er sich nach vorn schob, und hielt inne. Montys Instinkte hatten ihn überrumpelt und wollten wieder das Kommando ergreifen.

Wieder stellte er sich die beunruhigende Frage: was war mit seinen eigenen Instinkten in diesem regungslosen Körper geschehen?

»Win, Darling ...« Mirandas Stimme bebte. »Komm zu mir zurück!«

Diesmal trieb ihn sein eigener Instinkt halb aus dem Schränkchen heraus, bevor er sich zur Ruhe mahnen konnte. So würde es niemals funktionieren. Sie würde es nicht begreifen. Schlimmer, sie würde nur eine Katze sehen, deren Haare möglicherweise die antiseptische Umgebung des Krankenzimmers beschmutzen würden. Sie würden ihn wegbringen, zurück in das Haus oder ins Theater.

Er würde nicht in der Lage sein, sein Eigentum zu bewachen – sein ›Instrument‹.

Miranda schluchzte jetzt leise. Tottie stieß undeutliche Kummerlaute aus. Die Geräte summten, brummten und piepten, fuhren unbeirrt mit ihrer lebenserhaltenden Arbeit fort.

»Komm jetzt«, sagte Burt. »Ich bringe dich nach Hause. Du brauchst Ruhe. Die Sache hat dich ganz schön mitgenommen.«

»Das stimmt«, sagte Tottie. »Geht ihr ruhig. Ich übernehme die erste Schicht hier. Ich habe das Textbuch von *Sicherer Hafen* mitgebracht, seinem ersten großen Erfolg. Ich werde hier sitzen und es ihm vorlesen. Wenn ihn irgend etwas erreicht, dann das. Es würde mich nicht überraschen, wenn er sich plötzlich aufsetzte und anfangen würde, den Dialog mit mir zu sprechen.«

»Danke, Tottie.« Das Geräusch von Abschiedsküßchen. »Du bist ein Schatz. Geoffrey wird etwa um Mitternacht kommen und dich ablösen.«

»Es ist auch kein Problem, wenn er nicht kommt. Ich habe früher oft genug am Bett meiner kranken Kinder gesessen. Ich habe keine Angst, daß ich meinen Schönheitsschlaf verpasse.«

Sie ging mit ihnen zur Tür und kam alleine zurück. Man hörte das Scharren eines Stuhls.

»Also gut«, sagte sie. »Erster Akt, erste Szene, der Vorhang hebt sich, und du sitzt in deinem weißen Aran-Pullover am Kai. Erinnerst du dich? Das Publikum war still. Das war das letzte Mal, daß sie nicht bei deinem Auftritt applaudierten. Und dieser weiße Aran-Pullover wurde der Modeschrei der Saison – und der nächsten. Jeder lief darin herum, aber sie sahen darin nicht so aus wie du. Ein junger Gott, das warst du ...«

Ja, ja, er erinnerte sich. Umhüllt vom sanften Klang ihrer Stimme, besänftigt durch die Erinnerung an vergangene Triumphe, entspannte er sich. Die Augen fielen ihm zu. Nur für einen Moment, versprach er sich. Nur für einen Moment ...

»Ich hatte auch eine Rolle in dem Stück, weißt du. Manchmal frage ich mich, ob du dich daran erinnerst ...« Etwas in Totties Stimme machte ihn plötzlich wieder hellwach.

»Erinnerst du dich daran, Win – oder denkst du lieber nicht mehr daran?« Sie schwieg für eine ganze Weile, und er wußte, daß sie ›Das Instrument‹ anstarrte.

»Ich spielte deine kleine Schwester. Die, die im zweiten Akt stirbt und die du im dritten Akt rächen willst. Es war meine erste große Rolle ... und gleichzeitig die letzte, wie sich erweisen sollte. Erinnerst du dich, Win?

Ach, ob du dich erinnern würdest, selbst wenn du es könntest? Ich werde es natürlich niemals vergessen. Ich dachte, es ist der Beginn einer großen Karriere. Dumm von mir, nicht wahr? Wie wir uns selbst etwas vormachen ...«

Dachte sie immer noch daran? Sie hatten nie davon gesprochen, als sie sich Jahre später wieder begegnet waren. Er dachte, es hätte ihr nichts ausgemacht ... nicht allzu viel. Schließlich war sie glücklich verheiratet gewesen und im Begriff, eine Familie zu gründen. Während er selbst erst kurz vorher mit Antoinette zusammengekommen war, und die Versuchung, ihr eine Rolle im gleichen Stück ...

»Ich war noch eine Braut ... sozusagen. Ich hatte nicht damit gerechnet, so schnell schwanger zu werden. Wir wollten das Baby, aber ich wollte auch meine Karriere. Wie viele Mädchen haben wohl auf diesem Riff schon Schiffbruch erlitten?

Ich blieb im Stück, bis ich im fünften Monat war – aber es war nicht schwer zu erraten, daß du nicht glücklich darüber warst. Ich glaube, es hat dir Angst eingejagt. Diese Szene, in der du mich packen und durch die Luft schwingen mußt – es war nicht nur, daß ich schwerer wurde. Du hattest Angst, daß du irgendeinen Schaden anrichten oder mich fallenlassen würdest.

Schließlich ließ das Management mich fallen. O ja, sie sagten mir, daß ich die Rolle wieder übernehmen könnte, sobald das Baby da wäre. Auch du hattest es mir versprochen. Obwohl ich wußte, daß du die Rolle für deine neue Freundin wolltest, glaubte ich dir. Aber es kam nie dazu. Antoinette hatte einen Riesenerfolg mit der Rolle, und sie nahmen sie ihr nicht weg, um sie mir zurückzugeben, obwohl sie es verprochen hatten.

Na, vielleicht war es ja ganz gut so«, seufzte Tottie. »Pat war ohnehin nicht begeistert davon, daß ich wieder arbeiten wollte. Er verdiente genug. Und das zweite Baby kam direkt nach dem ersten. Also hat es mir nicht viel ausgemacht ... damals.

Aber nachdem Pat so plötzlich gestorben war, brauchte ich das Geld. Ich wäre auch gerne wieder auf die Bühne gegangen. Oh, es ist keine schlechte Sache, als Kostümfrau zu arbeiten und nebenbei ein paar Kleider zu nähen ... aber manchmal, Win, nur manchmal, frage ich mich, was aus meinem Leben geworden wäre, wenn du und Antoinette nicht mein Comeback blockiert hättet ...«

12.
KAPITEL

Gefahr! Das plötzliche, blitzartige Bewußtsein einer unmittelbar drohenden Gefahr machte ihn hellwach, den Bruchteil einer Sekunde, bevor Tottie schrie.

Dunkelheit! Er sprang auf und stieß mit dem Kopf an die Ablage über sich, bevor ihm wieder einfiel, wo er war, wer er war.

Was war denn dann mit seiner Katzensicht? Er konnte überhaupt nichts sehen. War er in dem Nachttisch eingeschlossen worden?

Nein ... Er stieß gegen die Tür, und sie gab mühelos nach, öffnete sich in weitere Dunkelheit. Mit wachsender Sorge schlüpfte er hinaus in das Zimmer. Es war völlig dunkel ... und still.

Still! Still! Das war die Gefahrenquelle: die lebenswichtigen Geräte hatten aufgehört zu arbeiten.

»Stromausfall ...«, sagte Tottie mit halberstickter Stimme. Er hörte, wie sie durch die Tür taumelte, hinaus auf den ebenfalls völlig dunklen Flur. »Was ist mit der Notstromversorgung? Schwester! Schwester! Was ist hier los? Warum springt das Notstromaggregat nicht an?«

Still ... Nur daß er unten, weit entfernt, hören konnte, was Tottie nicht hörte: das Geräusch hastiger Schritte, die schwachen Panikrufe, sogar ein paar Flüche. Das, was von der Belegschaft übrig geblieben war, versuchte mit dem plötzlichen Notfall fertigzuwerden.

»Win! O Gott ... Win!« Tottie tastete sich zurück zum Bett. »Win, ist alles in Ordnung?« rief sie völlig außer sich. »Wo ist dein Puls? Oh, Gott, ich kann ihn nicht finden!«

Kein Puls? Sein Fell sträubte sich knisternd. *Kein Puls?* Was würde mit ihm geschehen? Würde er für immer in Montys Körper gefangen sein? Nein, nicht für immer – für die begrenzte Lebensspanne, die diesem kleinen, pelzigen, verletzlichen Körper zugemessen war. Noch ein paar Monate ... ein paar Jahre ...

»Streichhölzer ...« Tottie sprach mit sich selbst. »Streichhölzer ... ich habe doch kürzlich an dem Abend in dem Restaurant ein Briefchen eingesteckt.« Er hörte, wie Gegenstände auf den Boden fielen, als sie in ihrer Handtasche herumwühlte.

»Aaaaah!« Sie hatte sie gefunden. Das Kratzen eines

Streichholzes auf der rauhen Reibfläche. Ein Licht flammte auf.

»Win?« Sie beugte sich über die ruhende Gestalt und hielt die Flamme dicht an sein Gesicht. »Win ...?«

Das Streichholz erlosch.

»Nein! O nein!« Sie entzündete ein weiteres Streichholz und schirmte es diesmal mit der Hand ab. Als es sich seinem Gesicht näherte, erlosch es wieder.

Was geschah mit ihm? Er konnte die Spannung nicht länger ertragen. Ohne die Konsequenzen zu bedenken, sprang er auf das Kopfkissen zu.

Er hatte sich verschätzt. Seine Krallen fuhren automatisch aus und krallten sich in etwas hinein, als er versuchte, sich festzuhalten. Sie gruben sich tief in weiches, verletzliches Fleisch.

»Aaauuaa!« Er erkannte seine eigene Stimme, fest und tönend, laut genug, um Tote zu erwecken. Schnell zog er die Krallen wieder ein und leckte mit Montys Reflexen entschuldigend an den Wunden.

»Win? Win?« Ein weiteres Streichholz flammte auf. Er duckte sich, versuchte, sich hinter der protestierend hochgezogenen Schulter zu verstecken.

»Win – sag das nochmal! Sprich mit Tottie!« Sie beugte sich dichter über ihn. Die kleine Flamme flakkerte über Nase und Mund des ›Instruments‹. Sie flammte noch einmal kurz auf und erlöschte dann plötzlich.

»DAD! DAD!« Der Schrei dröhnte durch das Gebäude. Riesenschritte, die drei Stufen auf einmal nahmen, erklangen auf der Treppe, ohne die Gefahr eines gebrochenen Beins – oder Genicks – zu achten. »DAD!«

Ein unregelmäßiges elektrisches Summen ertönte ... die Lichter flackerten ... die Geräte kamen stotternd wieder in Gang ...

»DAD!« Geoffrey platzte ins Zimmer. »Dad, bist du in Ordnung?«

Sie alle sahen den erhobenen Kopf, hörten das empörte »Grr …«, als die Lichter ein letztes Mal flakkerten und dann wieder beständig leuchteten.

Der Kopf sank wieder auf das Kissen, die Augen schlossen sich … aber die Brust hob sich weiterhin kräftiger, als das vorher der Fall gewesen war.

»Grr …« ertönte ein letzter Protest, bevor Monty sich wieder in Stille und Unbeweglichkeit zurückzog.

»O Geoff …« Tottie drehte sich um, um Geoffrey zu begrüßen, und der Kater nutzte diese Ablenkung, um auf den Boden zu springen und sich wieder in den Schutz des Nachttisches zu flüchten.

»Geoff, Geoff …« Tottie fiel ihm lachend und weinend in die Arme. »Win wird wieder gesund werden! Er hat die Streichhölzer selbst ausgeblasen. Er braucht diese gräßlichen Maschinen nicht mehr. Er kann ohne sie atmen!«

13.
KAPITEL

Er fühlte sich sicher, solange Geoffrey über ›Das Instrument‹ wachte. Guter Junge, Geoffrey. Noch eine Kämpfernatur. Im Augenblick hielt er der Oberschwester die wohlverdiente Predigt.

»Ich verlange eine ausführliche Erklärung dafür.« Geoffreys Stimme war kalt genug, um einem Eisbär eine Gänsehaut zu verpassen.

»Sie sagen, daß der Strom ausgefallen sei. Aber nirgendwo draußen gab es ein Anzeichen für einen Stromausfall. Unterwegs brannte Licht in den Häusern, und die Straßenlampen waren alle an. Es scheint so, als habe es den einzigen Stromausfall in diesem Gebäude hier gegeben – in einem Krankenhaus! Und was war mit ihren Hilfssystemen? Ich bin immer davon ausgegangen, daß Krankenhäuser für einen solchen Fall ein Notstromaggregat haben.«

»Das haben wir auch, aber ...« Die Oberschwester war verwirrt und in die Enge getrieben. Sie versuchte etwas zu verheimlichen. Er konnte es an ihrer Stimme hören.

»Aber was?«

»Wir untersuchen es noch. Es ist etwas schiefgegangen.«

»Das kann man wohl sagen!« Geoffrey kannte kein Erbarmen. »Wir reden hier über das Leben meines Vaters. Es ist nicht der Verdienst von St. Monica, daß er noch lebt. Wenn er völlig von dieser Maschine abhängig gewesen wäre, wäre er jetzt tot!«

Genau! Wenn der gute, alte Monty die alten Blasebälge nicht in Gang gehalten hätte, hätten sie morgen früh den Begräbnisgottesdienst in St. Paul, Covent Garden, bestellen können.

»Tot«, betonte Geoffrey. »Wie der alte Knabe im Zimmer gegenüber.«

»Oh!« Die Oberschwester wich unwillkürlich einen Schritt zurück.

»Haben Sie gedacht, ich hätte das nicht mitbekommen? Es war eindeutig, als Sie einen Blick hier herein geworfen haben, gesehen haben, daß mein Vater in Ordnung ist – und dann verschwunden sind. Ich habe den Aufruhr in dem anderen Zimmer gehört – und dann die Stille.«

»Ich kann wirklich nicht den Zustand von anderen Patienten mit Ihnen diskutieren«, sagte die Oberschwester mit eisiger Stimme.

»Sie meinen, Sie trauen sich nicht. Der Patient ist tot.«

»Sie können nicht ...« Die Oberin zögerte, überlegte sich anscheinend, welche Taktik sie wählen sollte. »... sicher sein.«

»Sollte er noch leben, so haben Sie ihn in einem dunklen Zimmer zurückgelassen«, bemerkte Geoffrey. »Mit einem abgestellten Beatmungsgerät.«

Das war es! Das war die Quelle des Unbehagens, das er immer noch empfand. Das Geräusch der Maschine aus dem anderen Zimmer fehlte, und wie Geoffrey schon gesagt hatte, war es dunkel dort drüben. Der alte Knabe hatte alle irdischen Lasten abgeschüttelt, als der Strom ausfiel. *So wie es ihm zugedacht gewesen war*?

Jemand hatte versucht, ihn im Theater zu töten – waren sie ihm hierher gefolgt, um die Sache zu Ende zu bringen?

Er spürte wieder den Schlag im Rücken, der ihn von der Leiter gerissen und auf den Boden stürzen lassen hatte. *Jilly glaubte nicht, daß es ein Unfall war.* Sie hatte Bilder von seiner Verletzung gemacht, um es zu beweisen. Sie war vielleicht ein Miststück, aber ein schlaues Miststück. Dieses Beweismittel würde von unschätzbarem Wert sein, falls er davon Gebrauch machen konnte. Nicht falls. Es war nur eine Frage der Zeit.

Hmm, Jilly ... Für einen Augenblick erinnerte er sich an den berechnenden Unterton in ihrer Stimme, als sie davon gesprochen hatte, wieviel besser ihre Exklusivstory sein würde, wenn Winstanley Fortescue sterben mußte ... Und der Fotograf hatte sehnsüchtig darauf hingewiesen, daß die ›letzten Fotos‹ einen viel besseren Preis erzielen würden …

Nein! Nein! Er hatte ja Verfolgungswahn! Das war kein Grund, jemanden umzubringen. Außerdem war Jilly nicht im Theater gewesen, als der erste Versuch unternommen worden war. Nein, jemand mußte einen persönlicheren Grund haben. Aber welchen?

»Und da wir gerade von diesen höllischen Maschinen reden …« Geoffrey gab immer noch kein Pardon. »Es wird Zeit, daß Sie meinen Vater davon befreien. Er hat bewiesen, daß er sie nicht braucht. Er kommt allein zurecht.«

»Das müssen Sie mit dem Arzt besprechen.« Erleichtert konnte die Oberschwester auf eine höhere Autorität verweisen. »Ich kann so etwas ohne seine Erlaubnis nicht anordnen. Morgen früh gegen zehn wird er seine Visite machen. Dann können Sie mit ihm sprechen.«

»Ach, tatsächlich?« fragte Geoffrey leicht höhnisch. »Und was ist, wenn vorher etwas passiert? Es hat schon einen Stromausfall gegeben. Nehmen Sie einmal an, es gibt eine Überspannung. Die Maschine könnte ihn aktiv verletzen.«

»Das ist nicht wahrscheinlich …«

»Das sagen Sie auch von dem Stromausfall.«

»In den Maschinen sind Schutzvorrichtungen für einen solchen Fall eingebaut.«

»So wie das Notstromaggregat bereit stand, was?«

Guter Sohn! Der Junge kümmerte sich richtig um seinen Vater. Er ließ diesen medizinischen Stümpern nichts durchgehen. Weiter so, Junge! Jetzt lerne ich dich erst richtig kennen. Wir werden noch gute Zeiten miteinander haben … wenn das alles hier vorbei ist.

»Es gab einen Wackelkontakt …« Bei ihrem verwirrten Entschuldigungsversuch rutschte der Oberschwester zuviel heraus. »Er ist jetzt repariert.«

»Rechtzeitig zum nächsten Stromausfall?«

»Wir hatten keinen Stromausfall! Der Hauptschalter im Sicherungskasten hat sich gelöst ...« Sie brach plötzlich ab.

Hat sich gelöst ... oder ist umgelegt worden? So war es also gemacht worden. Mord durch Fernbedienung. Die Vorgehensweise eines Feiglings. Die Methode von jemandem, der die schreckliche Tat vollbringen wollte, ohne ihre Auswirkungen sehen zu müssen, ohne das Opfer sterben zu sehen.

Also, ein Feigling und ein Opportunist. Jemand, der die Gelegenheit vor sich sah und aus einem Impuls heraus handelte. Und jemand, der verbrecherisch dumm war – ein Mörder, der das falsche Opfer umgebracht hatte ...

Nachdenklich leckte er an einer Pfote und fuhr sich damit über das Gesicht. Merkwürdig, wie beruhigend es war, sich so zu waschen. Es schien auch die Konzentration zu fördern. Es gab viel, über das nachgedacht werden mußte. Kein Wunder, daß Katzen so sauber waren.

»Sie müssen morgen früh mit dem Arzt sprechen.« Die Stimme wurde so scharf, wie eine professionelle Troststimme unter außergewöhnlichen Umständen gerade noch werden durfte. Das Geräusch der Absätze auf dem Boden war abschließend. Das Thema war erledigt.

»Mach dir keine Sorgen, Dad.« Das Scharren eines Stuhls erklang, der an das Bett herangezogen wurde. »Wir werden dieser Sache auf den Grund gehen. Ich werde bis morgen früh hier bleiben und mir den Arzt schnappen, sobald er ankommt.«

»Am besten ist es ...« Der Stuhl wurde wieder zurückgeschoben. »... ich gehe runter und rufe Cynthia an. Sie wollte eigentlich die nächste Schicht übernehmen. Ich werde ihr sagen, daß ich die ganze Nacht hier bleibe und sie morgen früh um acht kommen kann.«

Das wird ihr nicht gefallen. Cynthia war kein Morgenmensch. Das war einer der Gründe, warum sie es in der Filmindustrie nicht weiter gebracht hatte. Damals, als es noch eine Filmindustrie gegeben hatte. Das Theater paßte ihr besser. Nachmittagsvorstellungen waren die früheste Gelegenheit, bei der sie glanzvoll auftreten konnte.

Geoffrey hatte das Zimmer verlassen – vorläufig. Vorsichtig streckte er die Nase hinaus und sah sich um. Leere und Stille – gut! Er schlich über den Boden an die Seite des Bettes, sammelte sich und sprang. Diesmal landete er wie geplant auf dem Kopfkissen.

Eine schwache Regung erschien auf dem Gesicht neben ihm, aber die Augen blieben eigensinnig geschlossen. Nun, was hatte er denn erwartet?

Monty ... Monty, alter Junge. Er schnüffelte an einem Ohr herum und stieß ein leises Miauen aus. *Kannst du mich hören? Kannst du mich verstehen? Was sollen wir machen?*

Tief in der Kehle ›Des Instruments‹ grollte ein leises, antwortendes Knurren. Es öffnete die Augen und sah sich mit wildem Blick um. Es erkannte sich, wußte aber nicht, was es damit anfangen sollte. Nun, ihm selbst erging es nicht besser.

Immer mit der Ruhe ... Drang er zu ihm durch, oder waren sie immer noch zwei verschiedene Gattungen, so weit voneinander entfernt wie eh und je?

Der Kopf bewegte sich, versuchte seinen Kopf zu berühren und sich daran zu reiben.

Himmel – das war eine Idee. So war es geschehen, konnte es so auch rückgängig gemacht werden?

Auf der Stirn ›Des Instruments‹ war ein blauer Fleck, ungefähr an der gleichen Stelle, wo seine eigene Stirn schmerzte. Er zielte darauf und stieß dagegen. Nichts geschah. Aber Monty zuckte nicht zurück. Er schien zu verstehen, was hier versucht wurde.

Er zielte noch einmal auf den blauen Fleck und traf ihn diesmal fester. Tief im Inneren seines Schädels flackerte etwas auf. Noch einmal! Er nahm Anlauf und stürzte sich auf den Fleck. Monty wimmerte vor Schmerz, und die Maschinen neben dem Bett flackerten und veränderten ihr Geräusch.

Er ging bis zum Fußende des Bettes zurück und bereitete sich auf einen neuen Ansturm vor …

»Ich sehe dich!« Die Stimme von der Tür ließ ihn innehalten, bevor er losrennen konnte. Er duckte sich und hoffte, daß sie nicht an ihn gerichtet war.

»Was machst du hier drinnen, Katze? Ich glaube nicht, daß du hier sein solltest.« Lady Theodora kam in das Zimmer und blickte mißbilligend durch ihre Brille.

»Und Win!« Sie blieb neben dem Bett stehen und blickte auf die Berühmtheit hinab, die darin lag.

»Dann hat die kleine Kröte also nicht gelogen! Oliver hat mir meine Brille gebracht, und …« Sie schien nicht zu registrieren, daß ihr alter Freund ihr nicht antwortete.

»Er hat mir gesagt, daß du hier seist, aber ich habe ihm nicht richtig geglaubt. Was ist denn mit *dir* los?« Sie stieß plötzlich ein Lachen aus. »Was macht ein netter Mann wie du an solch einem Ort?«

Monty lag reglos da und beobachtete sie wachsam, als sie sich über ihn beugte. Aber ihre Stimme war vertraut, ihre Gestalt bekannt. Er hatte keine Angst. Sein Kopf hob sich leicht zur Begrüßung.

Der Kater kroch vorwärts, angetrieben von Instinkten, die sich Wins Kontrolle entzogen. *Nette Lady. Freundin. Futter,* klang es beharrlich tief aus dem Inneren seiner derzeitigen Gestalt. Ihm fiel ein, daß Lady Theodoras letzten beiden Stücke im Chesterton aufgeführt worden waren. Natürlich kannte Monty sie.

»Und du.« Sie bemerkte, daß der Kater langsam herankam, als handelte er gegen seine eigene Überzeugung. »Wie bist du hier rein gekommen?« Sie blickte ihn wieder mißbilligend an und rückte ihre Brille zurecht.

»Moment mal, ich kenne dich! Du bist Monty! Du bist der Chesterton-Kater. Was machst *du* denn hier?«

Leicht beunruhigt, zögerte der Kater und duckte sich wieder. Etwas in seinem Inneren sagte ihm, daß Lady Theodora launische Anwandlungen haben konnte, ihn zum Beispiel plötzlich mit einer heftigen Handbewegung vertreiben konnte, wenn er sich für einen gemütlichen Abend auf ihrem Schoß niederließ. In welcher Stimmung war sie heute abend?

»Monty ...« Einladend streckte sie ihm die Hand entgegen. »Lieber alter Monty. Komm, Monty, du kennst mich doch. Komm zu Theodora«, sagte sie lokkend. »Sei ein guter Junge. Guter Monty, komm her ... komm ...«

Schreckerfüllt sah er, wie sich ›Das Instrument‹ in Reaktion auf ihr Locken schwankend aufsetzte und vom Bett zu wälzen begann, in Richtung auf Theodora zu.

Die Wellenlinien auf den Monitoren wurden zu schroffen Berggipfeln und tiefen Abgründen. Elektronische Pieptöne kreischten hysterisch los. Lämpchen blinkten auf, Warnglocken ertönten.

Mit einem konsternierten Japsen wich Lady Theodora zurück, drehte sich um und stürzte aus dem Zimmer, während hinter ihr die Hölle losbrach.

Er blieb noch einen Moment stehen und zuckte voller Mitgefühl zusammen, als ›Das Instrument‹ mit ungeschickten Bewegungen der unvertrauten Glieder auf dem Boden landete und dort keuchend liegen blieb.

Dann drehte er sich um, rannte aus dem Zimmer und folgte Theodora zum Treppenhaus.

Unten konnte er die Aufregung hören, als die restliche Belegschaft dem neuen Notfall entgegenhastete. Der Aufzug surrte, wildes Stimmengewirr erhob sich.

Wieder einmal nahmen Schritte drei Stufen auf einmal, während Geoffrey brüllte: »DAD! ... DAD! ...«

14.
KAPITEL

»Tante Thea, wo bist du gewesen?« Oliver Crump war im Wohnzimmer und kritzelte etwas in ein Notizbuch. Er erhob sich und ging auf seine Tante zu, die ihre Suite betrat.

»Was machst du hier?« fragte Lady Theodora ungnädig. »Ich dachte, du wärst heute abend im Theater, um das Talent von irgend jemandem zu verleumden.«

»Die Aufführung war vor einer Stunde zu Ende. Ich dachte, ich sehe noch einmal bei dir vorbei, bevor ich meine Besprechung in der Redaktion abgebe.«

»Ist es das, was du da mit deinem Notizbuch

machst? Hör sofort auf damit! Ich will nicht, daß du deine Schweinereien in meiner Suite begehst.«

»Nur ein paar Notizen, Tante Thea.« Er ließ das Notizbuch hastig verschwinden und redete besänftigend auf sie ein. »Wie geht es dir? Ich habe mir Sorgen um dich gemacht. Das Gebäude lag völlig im Dunkeln, als ich ankam. Ich konnte die Hand nicht vor Augen sehen und niemanden finden, den ich fragen konnte, was los ist. Glücklichweise kam der Strom gerade rechtzeitig wieder, so daß ich den Aufzug benutzen konnte ...«

»Du solltest die Treppen benutzen. Etwas von deinem überflüssigen Fett abtrainieren!«

»Dann, als du nicht hier warst ...« Crump war ein Experte darin, nicht zu hören, was er nicht hören wollte. Das und sein dickes Fell hatten ihn in seine gegenwärtige Position gebracht. »... habe ich mich gesetzt, um auf dich zu warten. Ich hoffte, daß du dich nicht zu weit entfernt hattest.«

»Du meinst wohl, du hast gehofft, daß ich nicht abgehauen bin.« Lady Theodora ging an ihm vorbei und setzte sich auf der anderen Seite des Zimmers in einen Lehnstuhl. Sie schlug sich mit der Hand auf den Schoß, um Monty einzuladen.

»Wo hast du diese Katze her?« sagte Oliver mißbilligend. »Sie werden doch wohl in einem Krankenhaus keine Tiere dulden? Bist du draußen gewesen?«

»Kümmere dich um deine Angelegenheiten!« Sie schlug sich noch einmal auf den Schoß, und der Kater sprang zu ihr hoch. Beide saßen da und starrten Oliver an.

»Und halt den Mund, was die Katze angeht. Seine Gesellschaft ist mir lieber als deine.«

»Ich sehe schon, daß du in einer deiner launischen

Stimmungen bist.« Oliver seufzte voller Selbstmitleid. »Hast du etwas zu abend gegessen? Du weißt, daß du bei Kräften bleiben mußt.«

»Das Essen ist abscheulich!« Lady Theodora machte eine abfällige Handbewegung in Richtung des langsam erstarrenden Hühnchenpürees. Der Kater miaute leise und starrte gierig auf das verlassene Essen.

»Willst du es, Monty?« Sie blickte zu ihm nieder. »Ich glaube nicht, daß es dir schaden kann. Dein Magen ist so konstruiert, daß er mit allem fertig wird, nicht wahr? Sogar mit diesem Schlangenfraß.« Sie stellte den Teller auf den Boden. Der Kater sprang von ihrem Schoß und machte sich darüber her.

»Ich bin damit nicht einverstanden.« Oliver schüttelte den Kopf. Er wußte, wie unwichtig sein Einverständnis für seine Tante war. »Bazillen ...«

»Die einzige Bazille bist du!« Sie sah, wie er in übertriebener Geduld den Kopf senkte. »Eine Bazille – und ein Wurm. Ich bin froh, daß deine Mutter nicht mehr erleben muß, wie tief du gesunken bist.«

»Bitte, Tante Thea.«

»Und wie hat dir das Stück heute abend gefallen?« Sie wechselte abrupt das Thema. »Wem schneidest du morgen zum Vergnügen deiner schwachsinnigen Leser die Kehle durch?«

»Ich glaube, es wird jetzt langsam Zeit für mich ...«

»Ich habe dich etwas gefragt!« Die Katze schloß sich ihrem anklagenden Blick an.

»Es war kein sehr gutes Stück. Ehrlich nicht, Tante Thea.« Seine Armesündermiene erweckte weder die Zuneigung seiner Tante noch die der Katze. »Und die Schauspieler waren ... Fehlbesetzungen, um es möglichst gnädig auszudrücken.«

»Wann bist *du* jemals gnädig gewesen?«

»Ich werde dir ein Exemplar zukommen lassen.« Oliver ging rückwärts auf die Tür zu. »Dann kannst du es selbst lesen ...«

»Hallo! Ich dachte mir doch, daß ich vertraute Stimmen höre.« Jilly blockierte die Tür, und ihr schneller, gieriger Blick glitt durch das Zimmer.

»Mein lieber Oliver, was machst du denn hier? Oh, ich verstehe ...« Sie sah Lady Theodora an. »Dies ist also ein persönlicher Besuch, kein beruflicher?«

»Oliver ...?« Lady Theodoras Stimme hob sich gefährlich. »Wer ist diese ... Kreatur?«

»Entschuldige, Tante Thea, ich wußte nicht, daß ihr euch noch nicht kennt. Das ist Jilly Zanna. Sie arbeitet für den *London Record*. Sie macht eine Menge Prominenteninterviews. Es überrascht mich, daß ihr beide ...«

»Monty!« Lady Theodora bückte sich und nahm den Kater in die Arme. (Glücklicherweise hatte er den Teller schon leer gegessen.) »Monty, wir sind von Aasgeiern umgeben!«

Wie wahr, wie wahr. Und wie schlau von der guten alten Thea, sofort zu dem wesentlichen Punkt zu kommen. Er mußte gähnen. Er hatte das Gefühl, daß er mit der Situation besser fertig werden konnte, wenn er ein kleines Nickerchen gemacht hatte. Ein Katzennickerchen, hähähä.

»Wo kommt denn dieser Kater her?« Jilly starrte auf die gebleckten scharfen, spitzen Zähne und die rosafarbene, gekrümmte Zunge. »Wie ist der denn wieder hereingekommen?«

»Aasgeier«, summte Lady Theodora dem Kater zu. »Häßlich, böse ... und gefährlich. Halt dich von ihnen fern, Monty.«

»Ich fürchte, sie ist heute abend nicht besonders gut

gelaunt«, sagte Oliver entschuldigend. »Aber was machst du eigentlich hier?«

»Ich ...« Jilly schlug die Wimpern nieder. Sie wirkte unwahrscheinlich ernst. »Ich bin gekommen, um Win zu besuchen. Er ist auch hier, weißt du.«

»Er ist unten.« Oliver warf ihr einen scharfen Blick zu. »Was machst du in diesem Stockwerk hier oben?«

»Herumschnüffeln, nehme ich an«, sagte Lady Theodora. »Ich habe das von Ihnen und Win gehört. Hat Miranda es schon herausgefunden?«

»Tante Thea, bitte ...«

»Ich bin mit einem Freund hier«, sagte Jilly schnell. »Wir sind getrennt worden, als die Lampen ausgingen. Ich habe ihn gesucht.«

»Was ist los mit Win?« fragte Lady Theodora. »Warum sammeln sich die Geier? Warum ist er an diese Maschinen angeschlossen? War es ein Herzinfarkt?«

»Nein, er hatte einen Unfall bei den Proben. Ist schlimm gestürzt.« Oliver kniff plötzlich die Augen zusammen. »Woher weißt du, daß er an Maschinen angeschlossen ist? Hast du herumgeschnüffelt, Tante Thea?«

»Die Schwester hat es mir erzählt.« Die knappe Feststellung betonte ihre Empörung über seine Unterstellungen.

»Und warum sind *Sie* hier, Lady Theodora?« säuselte Jilly. »Ich hoffe, es ist nichts Ernstes. Sie sehen doch gut aus. Doch wohl kein Anflug Ihres alten Problems, oder?«

»Wenn du auch nur ein Wort mit einer Andeutung davon druckst, werden wir dich verklagen!« schnappte Oliver. »Tante Thea ruht sich hier nur etwas aus, bevor sie in ein paar Wochen ihren neuen Film beginnt.«

»Natürlich«, sagte Jilly. »Ich verstehe. Es gibt Leute, die es bequemer finden, sich zu Hause auszuruhen, aber Lady Theodora ist anscheinend der Ansicht, daß dort zu viele, äh, Ablenkungen verfügbar sind.«

»Ein Wort davon ...«, drohte Oliver. »Du kannst dir nicht noch eine Verleumdungsklage leisten, Jilly. Du weißt, daß deine Herren und Gebieter langsam anfangen zu überlegen, ob du nicht zu teuer wirst.«

»Vielleicht«, sagte Jilly mit funkelnden Augen. »Aber wenn die Storys gut genug sind, kann ich sie selbst an eine bessere Zeitung verkaufen. Vielleicht sogar an ein Fernsehmagazin.«

So war das also! Darum war sie immer so versessen darauf gewesen, ihn ins Fernsehstudio zu begleiten, als er an dem Pilotfilm zu dieser geplanten amerikanischen Serie gearbeitet hatte. Die Serie sollte von zwei rivalisierenden Managern in der gleichen internationalen Firma handeln, die beide überflüssig geworden waren und sich, da sie in ihrem Alter auf dem rezessionsgeprägten Arbeitsmarkt keine neue Stelle finden konnten, zusammengetan hatten, um sich als Hochstapler an der Firma zu rächen, die sie entlassen hatte. Das Projekt war auf die seltsame Weise, die für Fernsehprojekte so typisch ist, in eine Art Schwebezustand geraten, und nur die Zeit würde erweisen, ob es in einem schwarzen Loch verschwunden war oder zu irgendeinem künftigen – und wahrscheinlich höchst unpassenden – Zeitpunkt wieder aktiviert werden würde.

Zum Beispiel jetzt. Konnte es noch einen ungünstigeren Zeitpunkt geben? Ein Schauder überlief ihn, als er sich vorstellte, wie ›Das Instrument‹ – unbeholfen gesteuert von Monty – versuchte, sich vor der Kamera zu bewegen.

»Sei vorsichtig, Jilly«, sagte Oliver Crump mit unheilverkündender Miene. »Sei bloß vorsichtig.«

»Also wirklich, Oliver.« Jilly lachte unsicher. »Das klingt, als wolltest du mir drohen.«

»Tatsächlich?« Olivers Lächeln wirkte gefährlich. »Schade, daß du keine Zeugen hast. Meine Tante hat nichts gehört. Und der Kater wird nichts sagen.«

Sei dir da mal nicht zu sicher. Der Kater blickte unparteiisch von Jilly zu Oliver.

»So sieht das also aus.« Jilly legte jetzt unverhohlene Feindseligkeit an den Tag. »Sei lieber selber vorsichtig, Oliver. Es haben schon ganz andere Männer als du versucht, mir vorzuschreiben, was ich tun soll. Sie mußten feststellen ...«

»Uuuahhh.« Lady Theodora gähnte gewaltig.

»Wir langweilen dich, Tante Thea.« Oliver war geübt darin, einen Wink zu verstehen. »Es ist schon spät. Geh zu Bett und schlaf dich mal gut aus. Ich werde dich morgen wieder besuchen.«

»Mach dir keine Mühe«, sagte sie und gähnte noch einmal.

Der Kater gähnte aus Sympathie mit. Schlaf ... das klang soooo gut. Er blinzelte benommen und versuchte, die schleichende Trägheit zu bekämpfen, die ihm sagte, daß er sich entspannen sollte, sich neben Thea auf dem Bett zusammenrollen und schlafen sollte ...

Er wurde aufgehoben und in Richtung Schlafzimmer getragen.

»Vielleicht komme ich morgen auch noch einmal vorbei, Lady Theodora.« Jilly gab noch nicht auf. »Wir könnten ein Interview machen. Das wäre eine gute Vorabreklame für Ihren Film.«

»Vielleicht.« Lady Theodora drehte sich um und sah

sie an. Sorgfältig schätzte sie ab, wie sehr ihre nächste Bemerkung ihren Neffen verärgern würde. »Vergessen Sie nicht eine Flasche Gin mitzubringen, wenn Sie vorbeikommen.«

»Das hast du nicht gehört, Jilly.« Oliver packte sie so fest am Arm, daß sie aufstöhnte. »Du wirst nichts dergleichen tun!«

»Sie werden es, wenn Sie ein Interview wollen.«

»Tante Thea, halt dich da raus!«

»Achte du auf deine Manieren, Oliver!« Sie lockerte ihren Griff um die Katze, ließ sie auf den Boden schlüpfen und zog sich in die Ecke zurück, um die Streithähne zu beobachten.

Warum Oliver einen verlorenen Kampf führte, um den Ruf von Lady Theodora zu schützen, wußte er selbst nicht. Alle im Theater, und die meisten Leute außerhalb, kannten seit Jahren den Grund für ihre periodischen Rückzüge aus der Gesellschaft. Und wenn sie sich mit großem Pressewirbel in die Betty Ford Klinik zurückzöge, würde das ihrer Karriere wahrscheinlich einen neuen Schub geben. Ein gepfeffertes Interview mit Jilly hätte vielleicht die gleiche Wirkung.

»Laß mich los!« Jilly wurde langsam wütend. »Ich werde noch blaue Flecken bekommen.«

»Du kannst von Glück reden, wenn es dabei bleibt ...« Oliver kämpfte mit der einen Hand mit Jilly und mit der anderen mit dem Türknauf. Die Tür schwang plötzlich auf.

»Jilly!« Der Fotograf stand direkt vor der Tür. »Ich habe dich gesucht. Bist du hier gewesen?«

»Wo bist *du* denn gewesen?« Jilly starrte ihn an, kniff dann die Augen zusammen und ließ ihren Blick bedeutungsvoll von der Kamera zu Lady Theodora wandern.

»Auf dem Dach.« Beiläufig brachte Jake seine Kamera in Position. »Ich habe ein paar großartige Bilder vom nächtlichen London gemacht.«

»Raus jetzt mit euch allen!« fauchte Oliver.

»Klar, Chef. Nur eine Sekunde ...« Die Kamera blitzte auf, dann noch einmal.

»Hören Sie auf damit!« Oliver ließ Jilly los, um den Fotografen zu verfolgen, der um Lady Theodora herumsprang und mehrere Bilder machte.

Thea warf sich zuvorkommend in Positur, während er sie umkreiste.

»Lieber Freund«, säuselte sie. »Ich bin wirklich nicht passend dafür gekleidet.«

»Sie sehen großartig aus«, versicherte er ihr. »Drehen Sie sich nur noch ein bißchen in diese Richtung ...«

»Aufhören!« Olivers Stimme steigerte sich zu einem Kreischen. »Das genügt!« Er drückte auf einen Knopf, um einen Pfleger herbeizurufen. »Ich lasse Sie hinauswerfen!«

»Bemüh dich nicht.« Jilly ging auf die Tür zu. »Komm, Jake, wir gehen.«

»Und ob ihr geht! Und ich werde dafür sorgen, daß ihr Hausverbot bekommt«, gab Oliver bekannt. »Ich werde sicherstellen, daß sie euch nie wieder hier hereinlassen!«

»Ach?« Jilly warf ihm einen kalten Blick zu und ließ dann ihren Trotz in den hinteren Bereich des Raumes schweifen.

»Gordons oder Beefeater?« rief sie.

15. KAPITEL

Erschöpft wie sie war, schlief Miranda fast bis Mittag. Sobald sie das Telefon eingestöpselt hatte, begann es zu klingeln. Für einen Augenblick packte sie die Angst, dann fiel es ihr wieder ein.

Win ging es besser, viel besser. Es war wieder sicher, das Telefon zu beantworten.

»Hallo?« Sie nahm den Hörer auf und meldete sich eifrig.

»Oh ...« Etwas von ihrem Enthusiasmus schwand dahin. »Rufus, hallo. Ich hatte nicht damit gerechnet, so früh etwas von dir zu hören. Nur ... so früh ist es auch wieder nicht, stimmt's ...? Nein, nein, ich habe die Zeitung noch nicht gelesen.« Ihre Stimme wurde kühl. »Und ich lese nie den *London Record*.«

Am anderen Ende der Leitung wurde ein Wortschwall abgefeuert, mähte wie Maschinengewehrfeuer alles nieder, was ihm im Weg stand. Ungläubig hörte sie zu.

»*Was* schreiben sie?« Aber warum war sie eigentlich so schockiert und empört? Sie hatte die gleiche Überlegung selbst schon angestellt. Aber sie war in diesem Moment überreizt gewesen, die Nerven zum Zerreißen gespannt, am Ende ihrer Kraft. Sie hatte sich aus dieser Vertrauenskrise, diesem Abgrund der Verdächtigungen selbst herausgerissen und war wieder in eine gesunde und vernünftige Welt zurückgekehrt, wo solche Dinge niemals geschehen konnten. Warum sollte jemand Win töten wollen? Wen sollte er so verletzt haben?

»Bild? Sie haben Bilder gedruckt?« Die Welt geriet wieder durcheinander. *Beweis*? Wie konnte es für etwas so Undenkbares einen Beweis geben?

»Stimmt etwas nicht, Liebes?« Tottie stand in der Tür und betrachtete sie besorgt. Wie lange stand sie schon da?

»Alles in Ordnung.« Die Antwort kam automatisch, resultierte aus einer plötzlichen Verärgerung. Sie hatte vergessen, daß Tottie wieder die Nacht – oder was davon übrig geblieben war – hier verbracht hatte. Es schien zu diesem Zeitpunkt das Vernünftigste zu sein. Tottie war gekommen, um zu berichten, was während des Stromausfalls in St. Monica passiert war. Es wäre herzlos gewesen, sie um diese Uhrzeit nach Hause in ihre kleine Wohnung in der Vorstadt zu schicken, selbst wenn sie ihr ein Minicab gerufen hätte. Besonders angesichts der Tatsache, daß ein Gästezimmer vorhanden war und Tottie davon wußte. Sie hatte sogar eine kleine hoffnungsvolle Anspielung darauf gemacht. Es wäre unhöflich gewesen, sie in die Nacht hinaus zu schicken. Schließlich war es ihre Wache an Wins Bett gewesen, die sie den letzten Zug nach Hause hatte verpassen lassen.

»Oh.« Tottie kam in das Zimmer. »Ich hatte den Eindruck, daß du aufgebracht klingst. Ich hatte Angst ...«

»Ich meine, nichts ist in Ordnung«, korrigierte Miranda sich. »Aber nicht so, wie du meinst ... Was? Nein, entschuldige Rufus, ich habe nicht mit dir gesprochen. Tottie hat mich gerade etwas gefragt. Ja, sie ist hier. Nein, nein, du brauchst nicht herzukommen ...« Miranda spürte, wie sie immer gereizter wurde. Alle meinten es nur gut, aber niemand schien zu begreifen, daß man auch einmal eine Weile für sich sein mußte, um zu verarbeiten, was geschehen war. Das Recht auf Privatsphäre war immer das erste Opfer einer Krise. Die anderen empfanden es als ihre Pflicht, sich um einen zu scharen und die Verantwortung für die banalsten Einzelheiten des täglichen Lebens an sich zu reißen, weil sie damit angeblich »behilflich« waren.

»Ja, natürlich bist du willkommen. Aber ... Rufus? Rufus?« Mit einem Seufzer legte sie den Hörer auf. Manchmal war eine solche Störung ... äh, Hilfe ... willkommen. Aber in anderen Momenten ...

»Tottie«, sagte sie impulsiv. »Könntest du ein Engel sein, loslaufen und die Zeitungen holen? Vor allem ...« Sie versuchte nicht zu würgen. »... den *London Record*.«

»O Gott.« Tottie verstand sofort. »Sie bringen die Story über den Unfall, nicht wahr? Nun, ich glaube, wir hätten es sowieso nicht für ewig geheimhalten können.«

»Es ist viel schlimmer.« Plötzlich war Tottie wieder eine geliebte Freundin und Verbündete. »Viel, viel schlimmer. Darum hat Rufus angerufen. Hol einfach die Zeitungen, dann wirst du schon sehen.«

Als Tottie das Haus verlassen hatte, empfand Miranda ihr Haus wieder als ihr eigenes, für wie kurze Zeit auch immer.

Sehr kurz. Wieder klingelte das Telefon. Als sie abnahm, erklang die unverkennbare Stimme eines Nachwuchsjournalisten.

»Was können Sie mir über den Mordanschlag auf Winstanley Fortescue sagen?« begann er ohne Einleitung. Wahrscheinlich war er sich darüber im klaren, daß jedes einleitende Wort Zeit zum Überlegen gab, und hoffte, den Befragten zu überrumpeln. »Wer waren seine Feinde? Wen verdächtigen Sie?«

»Tut mir leid, Sie haben sich verwählt.« Sie zog den Stecker aus der Wand und legte den Hörer auf das tote Telefon.

Tot. Sie mußte feststellen, daß die Panik sie nicht verlassen hatte, sie hatte nur geschlummert, während sie geschlafen hatte. Lange Stunden geschlafen hatte, in denen alles mögliche passiert sein mochte. *Win*! Sie fiel auf die Knie und stöpselte mit bebenden Händen das Telefon wieder ein.

Es begann sofort zu klingeln. Nein, nicht das Krankenhaus – noch ein verfluchter Journalist! Wie sie voneinander schmarotzten, ihre Storys in den Zeitungen der anderen entdeckten! Sie unterbrach die Leitung, ohne etwas zu sagen und begann dann schnell zu wählen, bevor noch jemand von ihnen durchkommen konnte.

Nach der üblichen Verzögerung sorgte St. Monica widerwillig dafür, daß der Anruf zu Geoffrey durchgestellt wurde. Er klang müde und erschöpft – aber fröhlich.

»Dad geht es nicht schlecht, gar nicht schlecht. Ganz gut sogar, wenn man bedenkt, daß er aus dem Bett gefallen ist ...«

»Aus dem Bett gefallen?« hörte Miranda sich kreischen. »Wie ist denn das passiert?«

»Wir sind nicht ganz sicher. Niemand war in dem Moment im Zimmer. Ich war ...« Geoffrey verteidigte sich gegen einen Vorwurf der Nachlässigkeit, den sie nicht erhoben hatte. »Ich war unten, um Cynthia anzurufen, als plötzlich die Hölle los war. Sie wollten mich überreden, unten zu bleiben, aber die Art und Weise, wie sie mich ansahen, verriet mir, daß es etwas mit Dad zu tun hatte.

Ich rannte die Treppe hinauf. Sie waren wütend,

konnten mich aber nicht aufhalten. Sie wußten, daß ich es wußte. Sie wußten, daß ich ihnen Schwierigkeiten machen würde, wenn …« Er brach ab, und sie konnte ihn schlucken hören.

»Ich rannte in sein Zimmer, und da war er. Auf dem Boden neben dem Bett, auf Händen und Knien. Die Hälfte der Drähte und Schläuche hing noch an ihm. Er sah mich und fing an, auf mich zu zu kriechen, auf allen vieren. O Miranda …« Für einen Moment zeigte sich seine Jugend. »Miranda, es war schrecklich! Ich dachte …

Aber er war in Ordnung, hatte nur ein paar Schrammen. Dann legten sie ihn wieder ins Bett und schlossen ihn erneut an. Ich versuchte, sie davon abzuhalten. Ich habe ihnen immer wieder gesagt, daß er diese Maschinen nicht mehr braucht. Sie scheinen ihn vielmehr zu beunruhigen. Er schafft es jetzt alleine. Man muß ihn in Ruhe lassen, damit er sich friedlich erholen kann. Ohne Ärzte, die an ihm herumpfuschen …«

»Das finde ich auch!« Miranda fühlte, wie ein Entschluß in ihr keimte und sich verhärtete. Aber es ging nicht nur um die Ärzte und das medizinische Personal …

»Hast du heute morgen schon die Zeitungen gelesen?«

»Was?« Ihr plötzlicher Themenwechsel verwirrte ihn. »Nein. Warum? Sollte ich? Warum?«

»Jilly …« sagte Miranda frostig. »Seine *Freundin*, Jilly …«

»Hat …?« Geoffrey schluckte wieder hörbar. »Sie hat doch die Story nicht … oder doch?«

»Rufus hat mich eben angerufen. Tottie ist gerade unterwegs, um die Zeitungen zu holen. Rufus sagt, es gebe sogar Fotos … von Win im Bett … in St. Monica.«

»Fotos?« Geoffreys Stimme hob sich ungläubig. »Von Dad? Hier? Wie ist sie hereingekommen?«

»Das frage ich mich auch«, sagte Miranda. »Und *wann* ist sie hereingekommen? Ist sie daran schuld, daß Win aus dem Bett gefallen ist? Wenn sie versucht haben, Fotos zu machen ...«

»Sie muß sich hereingeschlichen haben, als das Licht aus war. Sonst war immer jemand bei Dad.« Plötzliche Selbstvorwürfe klangen in seiner Stimme. »Außer in den paar Minuten, in denen ich unten telefoniert habe.«

Miranda hörte, wie die Haustür zufiel. Totties Schritte hallten ebenso laut durch den Flur wie ihr Wehklagen.

»Oh, oh, oh, meine Liebe ...« Sie kam in das Zimmer, den *London Record* vor sich ausgebreitet. »Das wird Win nicht gefallen. Ganz und gar nicht gefallen. Er wird außer sich sein.«

»Bleib dran, Geoffrey, Tottie ist gerade zurückgekommen.«

»Sieh! Sieh doch!« Tottie wedelte mit der Zeitung vor ihren erschrockenen Augen. »Mitten auf einer Doppelseite – nackt wie am Tag seiner Geburt!«

»O mein Gott! Win wird jemanden dafür umbringen!« Miranda fühlte, wie ihr Herz höher schlug. Das war Jillys Ende.

»Glaubst du, daß etwas Wahres daran ist?« fragte Tottie ängstlich und zeigte auf die Schlagzeile:

»ODER WURDE ER GESTOSSEN?« Der üble blaue Fleck unten an Wins Rücken war umsichtig mit einem Pfeil markiert worden, damit auch der letzte Analphabet unter den Geisteskranken, die die vermeintliche Leserschaft von Jillys Schmierblatt bildeten, ihn nicht übersahen.

»Miranda ...?« sagte Geoffrey. »Miranda, bist du noch da?«

»Er sollte keinen blauen Fleck an dieser Stelle haben«, sagte Tottie. »Er ist kopfüber gefallen. Wir haben es alle gesehen. Er ist mit dem Kopf voran mit dem armen Monty zusammengestoßen. Wahrscheinlich sind sie beide immer noch durcheinander.« Sie sah sich flüchtig um. »Wo *ist* eigentlich der arme Monty? Ich habe ihn seit gestern nicht mehr gesehen. Glaubst du, daß es ihm schlechter geht und er sich zum Sterben in irgendeine Ecke zurückgezogen hat? Weißt du, Katzen tun so etwas. Sie sondern sich ab und ...«

»Miranda ...?« rief Geoffrey besorgt.

Miranda starrte mit wachsendem Schrecken auf den Fleck. Hatte *wirklich* jemand versucht, Win zu töten?

Und schlimmer, versuchten sie es vielleicht immer noch? Dieser immer verdächtiger werdende Stromausfall bedeutete, daß die lebenswichtigen Maschinen ausgesetzt hatten. Wenn Win nicht kräftig genug gewesen wäre, selbständig weiter zu atmen ...

Und was war geschehen, bevor Geoffrey in das Zimmer zurückgekehrt war und ihn auf Händen und Knien auf dem Boden vorgefunden hatte?

»Miranda ...?«

»Ich komme sofort rüber, Geoffrey«, sagte sie. »Ich melde Win dort ab. Ich bringe ihn nach Hause, wo ich auf ihn aufpassen kann.«

16. KAPITEL

Ganz so einfach war es nicht.

»Ich bin nicht sicher, ob das eine gute Idee ist, Miranda.« Rufus war gerade rechtzeitig eingetroffen, um sie zum Krankenhaus zu begleiten. »Das Beste, was die Medizin zu bieten hat, steht direkt neben Wins Bett in St. Monica. Wenn du ihn nach Hause bringst, und es ergeben sich irgendwelche Komplikationen ...« Er warf einen Blick zur Seite, um zu sehen, wie sie seinen Rat aufnahm. »Du weißt, daß du es dir nie verzeihen würdest, wenn etwas passierte.«

»Und wo war die Medizin, als die Lichter ausgingen?« Tottie kam Miranda zur Hilfe. »Ich dachte, ich sterbe, als die Maschinen aussetzten. Und ich war sicher, daß es um Win geschehen war.«

»Ja, aber so ein Unglück wird in hundert Jahren nicht noch einmal geschehen.« Rufus' Stimme verriet seine Verärgerung über Tottie. »Ist dir klar, wie unwahrscheinlich das wäre?«

»Ungefähr genauso unwahrscheinlich wie die Tatsache, daß man Win kurze Zeit später auf dem Fußboden gefunden hat«, sagte Miranda kalt. »Wie hoch *ist* die Wahrscheinlichkeit, daß der gleichen Person innerhalb von achtundvierzig Stunden drei ernsthafte ›Unglücke‹ widerfahren, Rufus? Du bist der Spieler. Du solltest es wissen.«

»So etwas kann immer wieder einmal vorkommen«, gab Rufus zu. »Wir nennen es eine Pechsträhne. Weißt du noch, wie du in drei Flops hintereinander mitgespielt hast?«

»Ich hatte dir direkt *gesagt*, daß *Mondträume* nicht

laufen würde.« Es war ein Fehler gewesen, Miranda daran zu erinnern. Es stärkte nicht gerade ihr Vertrauen in sein Urteilsvermögen.

»Ooooh, ja.« Tottie zuckte zusammen. »Diese poetischen Mondscheingeschichten sind immer eine riskante Sache. Man zieht zwar ein paar kultische Bewunderer an, aber sie können das Stück nicht lange im Programm halten. Und die Art und Weise wie der arme Autor sich umgebracht hat, nachdem du seine Hoffnungen bestärkt und dann das Stück abgesetzt hast, ist auch nicht gerade gut angekommen.«

»Schon gut! Schon gut!« schnaubte Rufus. »Das ist Schnee von gestern und nicht unser Thema. Wir reden über Win und darüber, was das Beste für ihn ist.«

»Natürlich wäre das Stück vielleicht noch eine Weile gelaufen, wenn Win nicht so plötzlich aufgehört hätte.« Tottie war noch immmer in der Vergangenheit. »Es war zu ...«

»Da sind wir!« Miranda tastete nach dem Türgriff, als das Taxi in die Einfahrt bog und vor dem Eingang von St. Monica zum Stehen kam. Nichts geschah. Diese verdammten neuen Taxis mit ihren vom Fahrer kontrollierten Türöffnungsmechanismen! Der blöde Kerl würde die Tür erst öffnen, wenn er sein Geld hatte. Sahen sie so aus, als ...?

»Jawohl, gut!« Rufus winkte mit seiner Brieftasche, und beruhigt durch diesen Anblick gab der Fahrer die Tür frei. Miranda stolperte hinaus und behielt nur mit Mühe das Gleichgewicht. Tottie war unmittelbar hinter ihr und streckte die Hand aus, um sie zu stützen.

»Geht schon voran.« Rufus winkte sie vorwärts. »Ich komme gleich nach.« Er drehte sich um und wandte sich an den Fahrer.

»Wir sehen uns oben«, sagte Tottie und folgte Miranda, die durch die Eingangstür stürmte, ohne noch einen Blick zurückzuwerfen.

»In Ordnung, meine Liebe, geh nur voran.« Keuchend wiederholte Tottie Rufus' Worte. »Ich bin direkt hinter dir.« Sie seufzte, als Miranda den Aufzug ignorierte und die Treppe hinaufraste. »Direkt hinter ...«

Verkehrsstau! Miranda blieb in der Tür stehen und sah sich um. Geoffrey wandte sich Cynthia in einer Weise zu, die man nur beschwichtigend nennen konnte. Peter Farley lungerte direkt neben der Tür herum. Er wirkte ein wenig schuldbewußt, aber auch entschlossen. Win lag still im Bett, ein Auge geschlossen, das andere halb geöffnet. Typisch! Er nahm alles auf, was um ihn herum geschah, hielt sich aber heraus.

»Ich fürchte, wir haben das etwas durcheinander gebracht«, sagte Peter Farley. »Das letzte, was ich gehört habe, war, daß jetzt meine Schicht ist.«

»Tut mir leid, mein Alter«, sagte Geoffrey. »Ich war die ganze Nacht hier, und noch länger. Ich habe Cynthia ein paarmal vertröstet, habe aber vergessen, daß du als nächster auf der Liste stehst.«

»Dann kannst du es übernehmen«, sagte Cynthia erleichtert. »Ich bin völlig erschöpft. Die ganze Nacht hindurch ein Anruf nach dem anderen! Geoffrey hat sich immer wieder anders überlegt, wie es weitergehen soll. Es war ...«

»Guten Morgen«, sagte Miranda steif. »Alle Mann an Bord, wie ich sehe.«

»Miranda.« Cynthia begrüßte sie ohne Enthusiasmus. »Wie *geht* es dir? Ich hoffe, *du* hast dich wenigstens etwas erholen können.«

»Ein bißchen, ja. Hallo, Win.« Seltsamerweise

scheute sie sich, ihm vor all diesen beobachtenden Blicken auch nur das kleinste Küßchen zu geben. Sie begnügte sich damit, ihm zärtlich die Hand auf die Wange zu legen und wußte, daß sie das Richtige getan hatte, als er sich dankbar daran schmiegte.

»Mach dir keine Sorgen, Liebling«, sagte sie. »Du kommst nach Hause.«

»Ach übrigens ...« Geoffrey sah besorgt aus. »Ich habe mit dem Arzt darüber gesprochen. Er ist dagegen. Er schlägt vor, daß du wartest, bis Sir Reginald ihn untersucht hat. Wenn Sir Reginald einverstanden ist, ist auch er einverstanden. Er meint, du solltest die Entscheidung bis dahin verschieben.«

»Das ist keine schlechte Idee, Miranda.« Rufus war angekommen. Er nickte den anderen im Zimmer zu, bevor er fortfuhr. »Eine zweite Expertenmeinung, das ist das Richtige. Reggies Flugzeug trifft in diesen Minuten ein. Gib ihm etwas Zeit für den Zoll und die Einwanderungsbehörde. Er wird dann sofort nach St. Monica kommen. Er wird Win untersuchen und dir sagen, was er meint. Es würde mich nicht überraschen, wenn du dann deinen Willen bekommst. Wenn du mich fragst, Win sieht schon viel besser aus.« Er hob munter die Stimme. »Du machst gute Vorschritte, was, alter Junge?«

Win schloß sein Auge und schien sich zurückzuziehen. Miranda sah das als gutes Zeichen an. Rufus hatte oft diese Wirkung auf ihn gehabt.

»Ich habe sie wenigstens dazu bringen können, die meisten Schläuche zu entfernen«, sagte Geoffrey. »Sie haben ihm mehr geschadet als genützt, als er angefangen hat, sich zu bewegen und aufstehen wollte.« Die unangenehme Erinnerung ließ Geoffrey die Augen schließen. »Einige hatten sich ohnehin schon bei seinem Sturz gelöst.«

»Hmmm, ja ...« Rufus wich das Blut aus dem Gesicht. Miranda fiel ein, daß er nicht der geeignete Mann für Unfälle und Notfälle war. Er verlangte immer als erster danach, daß der Krankenwagen von St. Johns gerufen wurde, auch wenn die Situation nicht mehr Fachkunde erforderte als einen Bühnenmeister, der eine Riechsalzflasche dabeihatte.

»Nun ...« Rufus sah so aus, als könnte er jetzt selbst ein Riechsalz gebrauchen. »Denkt auch noch jemand an das Theater? Nach dem Mittagessen haben wir Probe. Hat jemand die Absicht, daran teilzunehmen?«

»Ja, ja, natürlich«, sagte Peter Farley schuldbewußt. Er wußte, für wen die Probe angesetzt worden war. »Ich wollte nur vorher noch ein paar Stunden bei Win sitzen. Ich dachte, daß ich dran bin, aber sie haben vergessen mir zu sagen, daß sie den Plan geändert haben. Ich hatte vor, meinen Text laut vorzulesen. Ich dachte, vielleicht dringen die Worte zu ihm durch und helfen ihm, aus dem Koma zu erwachen.«

»Das stimmt«, sagte Tottie. »Wenn Win mitbekommt, daß ein anderer seine Rolle übernimmt, würde ihn das von den Toten erwecken. Oje!« Sie warf Miranda einen nervösen Blick zu. »Es tut mir leid, Liebes.«

Miranda verzieh ihr mit einer nachsichtigen Handbewegung. Taktlosigkeit war im Moment ihr geringstes Problem.

»Oh! Ich wußte nicht, daß hier eine *Party* gefeiert wird!« Das nächste Problem – Antoinette – erschien in der Tür, Jennet direkt hinter sich.

Rufus stöhnte und murmelte etwas Unverständliches und wahrscheinlich Obszönes.

»Antoinette.« Miranda beherrschte sich mühsam. »Und Jennet.« Sie schenkte dem jungen Mädchen ein ehrliches Lächeln. Sie konnte nichts für ihre Mutter. Es war Win, der einen besseren Geschmack hätte haben sollen.

»Hallo, Mutter, Jen.« Geoffrey schien sich unbehaglich zu fühlen, und das aus gutem Grund. Offensichtlich hatte er Antoinette gesagt, daß jetzt ein guter Zeitpunkt war, vorbeizukommen und einen Blick auf Win zu werfen, ohne daß es jemand mitbekam. Es war typisch für Antoinettes Verfolgungswahn anzunehmen, daß jeder – daß Miranda – ihr Auftauchen mißbilligen würde.

»Geoffrey hat mir gesagt, was du tust.« Antoinette war immer schon der Ansicht gewesen, daß Angriff die beste Verteidigung sei. Kein Wunder, daß Win es immer schwieriger gefunden hatte, mit ihr zusammenzuleben. »Daß du einen Dienstplan von alten Freunden und Kollegen aufgestellt hast, die bei Win sitzen und von alten Zeiten reden sollen. Ich kann nicht begreifen, warum du nicht mit mir angefangen hast. Schließlich habe ich mehr Jahre mit Win verbracht und mehr gemeinsame Erinnerungen mit ihm als jeder andere hier.«

Dich eingeschlossen, hing unausgesprochen in der Luft.

»Es fängt ja gerade erst an, Liebes«, schaltete Tottie sich besänftigend ein. »Keine Angst, jeder von uns wird drankommen.«

»Vielleicht wird es jetzt auch gar nicht mehr nötig sein«, sagte Miranda. »Win scheint aus dem Koma aufgewacht zu sein.«

»Nicht daß es einen großen Unterschied zu machen scheint.« Tottie betrachtete zweifelnd die geschlossenen Augen und das verschlossene Gesicht. »Er ist noch immer nicht richtig bei uns. Nicht so, wie es sein sollte.«

»Sir Reginald wird bald hier sein«, sagte Miranda. »Wir werden mehr wissen, wenn er seine Untersuchungen vorgenommen hat.«

»Ich weiß gar nicht, was ich überhaupt hier mache«, beschwerte sich Cynthia. »Ich hatte es so verstanden, daß ich alleine bei Win sitzen sollte, um mit ihm zu reden und ihn ins Leben zurückzuholen. Ich habe sogar ...« Ihre Stimme hob sich verdrossen. »Ich habe sogar ein Buch mit Gedichten mitgebracht, um ihm daraus vorzulesen. Und dann komme ich hierhin – und es gibt einen Massenauftritt!«

Sie hatte nicht ganz unrecht, mußte Miranda zugeben. Es waren zu viele wohlgesinnte Leute im Zimmer. (Wirklich? Waren sie alle *wohl*gesinnt?) Auf jeden Fall waren es zu viele Leute.

»So schlimm ist es nun auch wieder nicht.« Geoffrey klang langsam ein wenig genervt. »Ich hätte alles besser koordinieren sollen, aber wir hatten hier Probleme, und ich wurde abgelenkt. Ich hatte den Plan nicht mehr richtig im Kopf.«

»Ich hoffe, deinen Text hast du besser im Kopf.« Cynthia geriet in schlechte Stimmung.

»Geoffrey wird großartig sein!« Antoinette kam ihrem Sohn zur Hilfe. »Wenn der Rest des Ensembles nur halb so gut ist ...« Sie sah von Cynthia zu Peter. »... wird niemand Win vermissen.«

»O Liebes«, klagte Tottie. »Das geht jetzt zu weit.«

»Mutter, das ist nicht dein Ernst«, sagte Geoffrey. Jennet entfernte sich schweigend von ihrer Mutter und ging durch das Zimmer zum Fenster und blickte hinunter auf den Rasen.

»Doch, das ist ihr Ernst«, sagte Cynthia. »Sie hat nie etwas für Win empfunden. Nie!«

»Ich nehme an, das ist deine Ausrede dafür, daß du

dich eingemischt hast, um ihn mir wegzunehmen!« sagte Antoinette mit erhobener Stimme.

»Man mußte ihn dir gar nicht wegnehmen!« fauchte Cynthia.

Der Geräuschpegel im Zimmer stieg gefährlich an. Miranda überlegte, ob sie sich einschalten sollte, beschloß dann aber, sich herauszuhalten. Jedes Wort von ihr würde wahrscheinlich dazu führen, daß sich beide Parteien gegen sie verbündeten.

»Jetzt laßt uns doch ruhig bleiben ...«, versuchte es Rufus. Er vertraute auf die Theorie, daß keine der Streitenden in die Hand beißen würde, die die Gehaltsschecks unterschrieb.

»Vielleicht sollte ich zurück ins Theater gehen.« Peter Farley ging auf die Tür zu, blieb dann aber kurz davor stehen.

»Lady Theodora!« Er ging zur Seite, um sie hineinzulassen.

»Ihr macht hier unten genug Lärm, um die Toten zu erwecken!« Sie schwebte herein, Monty im Arm, und sah sich verachtungsvoll um.

»Warum hat Win diese merkwürdige Hautfarbe? Und warum zuckt er so?«

17. KAPITEL

Jeder Kater würde zucken, wenn seine Ex-Geliebten um ihn herum waren, und bei all dem Lärm. Der pelzige Körper wand sich unbehaglich in Lady Theodoras Armen. Sie packte ihn fester. Er war ihre Stütze in diesem Auftritt, und sie würde ihn nicht entwischen lassen.

»Win!« Die Feindseligkeiten hörten abrupt auf, als Miranda zu der Gestalt im Bett hinübereilte. »Win!« Sie nahm seine Hand und spürte, wie ihr Händedruck schwach erwidert wurde. Oder war das nur wieder eine Zuckung?

»Wo ist die Schwester?« rief sie verzweifelt. »Der Arzt?«

Im Hintergrund betätigte jemand den Rufknopf.

»Seine Farbe hat sich schon etwas gebessert.« Lady Theodora stolzierte zum Bett hinüber und warf einen verständigen Blick darauf. »Auch kein Zucken mehr. Der Mann braucht Ruhe und Frieden, wenn du mich fragst.«

Die Katze in ihren Armen heulte kurz zustimmend. Die Gestalt im Bett riskierte es, ein Auge zu öffnen, um festzustellen, woher das Geräusch kam.

»Win!« Das Auge schloß sich wieder, als Miranda sich über ihn beugte und ihm die Sicht nahm. »Win – sprich mit mir, Liebling!«

»*Miaauuu*!« Er konnte nicht anders. Er versuchte, zu ihr zu gelangen, aber Lady Theodora hielt ihn fest.

»Monty!« Tottie kam auf ihn zu. »Es *ist* Monty! Was machst du denn hier?«

»Was machen all diese Leute hier?« konterte Lady Theodora. Sie hielt Monty fest, als Tottie die Arme ausstreckte, um ihn zu nehmen.

»Das ist eine gute Frage.« Miranda richtete sich auf und warf einen finsteren Blick auf die Versammlung. »Wie seid ihr überhaupt alle hereingekommen? Was denken die sich eigentlich an der Rezeption, jeden zu einem so kranken Mann zu lassen?«

»Da war niemand, als ich gekommen bin«, verteidigte sich Peter Farley.

»Sie haben im Moment zu wenig Leute«, sagte Geoffrey gleichzeitig. »Die Grippewelle hat sie übel erwischt.«

»Schlamperei!« sagte Lady Theodora mit Nachdruck. »Skandalöse Schlamperei! Mit diesem Laden geht es rapide abwärts. Sie lassen sogar meinen Neffen immer wieder herein.«

Die Gestalt auf dem Bett zuckte wieder.

»Jetzt ist es genug!« Miranda riß der Geduldsfaden, sie wurde wütend. »Raus! Mit euch allen! Raus hier!«

»Genau«, pflichtete Tottie ihr bei. »Ihr seid zu viele. Es regt Win auf.«

»Seine Kinder haben ein Recht darauf, hier zu sein!« Antoinette war entschlossen, ihr Revier zu verteidigen. »Und ich auch!«

»Ihr könnt später wiederkommen.« Tottie versuchte, vernünftig mit ihr zu reden. »Einer nach dem anderen.«

»Ich wollte sowieso gerade gehen«, sagte Peter Farley wahrheitsgemäß – und dankbar. »Huch!« Wieder wäre er beinah an der Tür mit jemandem zusammengestoßen.

»Raus aus diesem Zimmer!« Die scharfe Kommandostimme, unterstützt von der strengen Uniform der Oberschwester, duldete keinen Widerspruch. »Sofort!«

Peter gelang endlich sein Aufbruch. Jennet, die es vermied, ihre Mutter anzusehen, folgte dicht hinter ihm.

»Ich bin die ganze Nacht hier gewesen.« Geoffrey schien das Gefühl zu haben, sich bei Miranda entschuldigen zu müssen. »Ich würde mich gerne vor der Probe noch etwas ausruhen.«

»Leg dich auf die Chaiselongue in meiner Garderobe«, sagte sie. »In *unserer* Garderobe.«

»*Ausruhen*?« Cynthias Tonfall machte deutlich, daß *sie* nicht nur um ihren Schlaf gebracht worden war, sondern auch um angenehme Träume und Seelenfrieden. »*Ausruhen*?« Sie stieß ein kurzes, bitteres Lachen aus, um ihre Verständnislosigkeit zu unterstreichen. »In so einem Moment? Während der arme, liebe Win ...« Sie streckte sehnsüchtig die Arme nach ihm aus.

Miranda stellte sich vor ihn. »Es ist jetzt Zeit zu gehen, Cynthia«, sagte sie mit fester Stimme. »Ich werde dich später anrufen.«

»*Mich* brauchst du nicht später anzurufen«, sagte Antoinette. »Weil ich hierbleiben werde.«

»Rufus ...?« fragte Miranda bittend über ihren Kopf hinweg.

»Ja.« Seufzend ging er zu Antoinette und legte ihr einen Arm um die Schulter. »Laß uns zum Lunch gehen. Wohin du willst.«

»Nun ...« Antoinette ließ sich bestechen, warf Miranda aber einen drohenden Blick zu, mit dem sie ihre Rückkehr ankündigte. Miranda hatte nicht daran gezweifelt.

Während der Raum sich leerte, begann Win wieder ruhiger zu atmen. Seine Augen blieben hartnäckig geschlossen, aber sie wußte, daß er bei Bewußtsein war.

»Das gilt auch für die übrigen!« Die Oberschwester ging zu Win hinüber und fühlte automatisch nach seinem Puls. »Raus!«

»Ich bin seine Frau«, sagte Miranda kühl. »Ich warte auf das Eintreffen seines Hausarztes. Sir Reginald kommt aus den Staaten und wird jeden Moment hier sein.«

»Los doch, werfen Sie mich hinaus!« sagte Lady

Theodora herausfordernd. »Ich würde dieses Höllenloch liebend gerne verlassen. Unglücklicherweise habe ich das Pech, hier untergebracht zu sein.«

»Wir werden Sie gleich in ihr Zimmer zurückbringen, Lady Theodora.« Die Augen der Schwester verengten sich, als sie Lady Theodora zum ersten Mal richtig ansah. »Woher haben Sie diese Katze?«

»Er ist gekommen, um mir einen Besuch abzustatten. Wir sind alte Freunde, nicht wahr, Monty?«

»Die Katze verschwindet! Und zwar sofort!« Die Oberschwester wurde abgelenkt, als der Patient sich plötzlich regte. Mit gerunzelter Stirn blickte sie auf ihn hinab.

»Ich werde Monty zurück ins Theater bringen.« Tottie setzte sich in Bewegung. »Dort gehört er schließlich hin, nicht wahr, Monty? Komm, Monty. Komm zu Tottie ...«

Die Gestalt auf dem Bett schlug die Augen auf und sah sich wild um. Sie begann zu kämpfen, wollte ihre Handgelenke aus dem Griff der Oberschwester lösen.

»Bitte, gehen Sie. Der Patient regt sich auf.« Die Oberschwester änderte ihren Griff und versuchte, ihn unten zu halten. »Sehen Sie denn nicht ...?«

Ruhig, Monty, ruhig ... Der Kater befreite sich und sprang auf das Bett. Er stieß Laute aus, die halb Schnurren, halb Schreie waren.

»So ist es besser«, sagte die Oberschwester, als der Patient aufhörte zu kämpfen. Sie schlug mit der Hand nach dem Kater, versuchte ihn vom Bett zu fegen.

Er wich ihr mühelos aus und kroch weiter, so daß Kater und Mann sich Gesicht an Gesicht gegenüber befanden und einander in die Augen sahen.

Im Zeitlupentempo beugten sich beide vor, so daß sie sich mit der Stirn berührten. Langsam schaukelten sie ihre Köpfe hin und her, rieben sich mit der Stirn aneinander, die Augen geschlossen. Das Schnurren des Katers war im ganzen Zimmer zu hören. Der Mann stieß leise, zufriedene Laute aus.

»Seht euch das an«, sagte Tottie staunend. »Ich habe gar nicht gewußt, daß Win und Monty sich so mögen. Ist das nicht süß?«

»Keime!« Die Oberschwester wurde wieder dienstlich. »Katzen sind nicht sauber.«

»Reden Sie keinen Unsinn«, protestierte Tottie. »Monty ist der reinlichste Kater in der ganzen Stadt. Sehen Sie nur, wie weiß sein Fell leuchtet – das weiße Fell jedenfalls, das schwarze glänzt sauber. Außerdem tut er Win gut, oder etwa nicht? Ich wette, daß Wins Puls sich schon beruhigt hat.«

»Das ist nicht der springende Punkt.« Die Oberschwester vermied es, die Tatsache anzusprechen, die sie verwirrte: Der Puls des Patienten hatte sich tatsächlich beruhigt und war langsamer geworden. Seine Panikattacke war vorüber.

»In manchen Krankenhäusern werden Katzen und Hunde sogar als ständige Haustiere für die Patienten gehalten«, betonte Tottie.

»Nun, in St. Monica jedenfalls nicht!«

»Zu schade, dieser Ort könnte eine Katze brauchen, damit er etwas fröhlicher wird«, sagte Lady Theodora. »Ein schauriges Loch, schreckliche Atmosphäre, und ...« Sie brütete immer noch über ihrem eigenen Leid ... »... sie lassen jeden herein.«

»Ich bringe Sie gleich in ihr eigenes Zimmer zurück«, sagte die Oberschwester grimmig. »Aber zuerst ...« Sie versuchte den Kater zu packen.

»Iiirrk!« Mit einem Ruck zog sie die Hand zurück. Ein roter Striemen zog sich über ihren Handrücken, und Blut tropfte auf das weiße Laken.

»Monty, du böser Junge!« Tottie fing den Kater und schüttelte ihn ein wenig. »Es tut mir leid. Ich weiß nicht, was über ihn gekommen ist. Er ist sonst so ein liebes Tier. Er kratzt *nie*. Na, jedenfalls fast nie.«

»Die Katze hat mich nicht gekratzt ...« Die Oberschwester starrte ungläubig auf Winstanley Fortescues Hand. Sie war immer noch wie eine Klaue gekrümmt, und unter den Fingernägeln sah man etwas Blut.

»Es war der Patient!«

18. KAPITEL

Verfluchtes Weib! Nein, nein ... nicht verflucht ... so hart wollte er es nicht sagen. Verdammt, vielleicht. Oder nur verflixt. Ja, verflixt, das war besser, das traf es eher ...

Verflixtes Weib! ... Jetzt, da er sich nicht mehr sicher war, wer – oder was – da draußen zuhörte, hatte er das Gefühl, etwas mehr auf seine Sprache achten zu müssen ... auf seine Gedanken ... auf alles.

Aber es war auf jeden Fall ärgerlich, eingefangen und von Tottie in ein Taxi verfrachtet und von ›Dem Instrument‹ weggebracht zu werden, wo er doch hingehörte. Zurück in das Chesterton Theater, wo er ebenfalls hingehörte, aber auf eine andere Art und in anderer Gestalt.

Aber Tottie konnte man nicht die Schuld geben. Schnell entlastete er sie vor jedem, der es registrieren mochte. Tottie konnte nicht wissen ... Er wußte ja selbst nicht, was geschehen war ...

Außerdem war Miranda noch in St. Monica und bewachte ›Das Instrument‹. Und Sir Reginald würde jeden Moment eintreffen. Man konnte darauf vertrauen, daß er – unter Mirandas Anweisungen – seine Untersuchungen äußerst sorgfältig vornehmen würde.

Miranda würde ›Das Instrument‹ blitzschnell zurück in die Sicherheit des Hauses in Merrimore Square bringen. Sir Reginald würde die beste medizinische und psychologische Hilfe mobilisieren, die nur möglich war, und der Genesungsprozeß konnte beginnen.

Was immer das nutzen mochte. Welchen Wert konnte ein Humanpsychologe oder -psychiater für eine Katze haben? Besonders wenn er keine Ahnung hatte, wen er behandelte?

Die Tatsache, daß ›Das Instrument‹ die Oberschwester gekratzt hatte, würde ihnen nicht viel weiterhelfen. Es gab wahrscheinlich keinen Arzt, der nicht schon irgendwann einmal insgeheim irgendeine übereifrige Oberschwester hatte anfallen wollen. Es würde ihnen nicht besonders abnormal vorkommen.

»Sei jetzt ein guter Junge und verhalte dich ruhig«, sagte Tottie, während sie in ihrem Portemonnaie nach dem Taxigeld suchte.

Ja, ja … Er entspannte sich und leistete keinen Widerstand, als sie ihn zum Bühneneingang trug. Wenn er schon nicht in St. Monica bei ›Dem Instrument‹ sein konnte, war er hier gut aufgehoben. Hier hatte es alles angefangen. Es gab hier etwas zu erledigen …

»Davy! Gut, daß ich dich treffe …« Der Bühnenmeister öffnete die Tür. »Ich weiß, es ist nicht weit, aber ich mußte ein Taxi nehmen, weil ich Monty zurückbringe. Ich wollte möglichst wenig mit ihm zu Fuß gehen, er hätte mir aus dem Arm springen und weglaufen können. Meinst du, ich könnte das Geld aus der Portokasse ersetzt bekommen?«

»Ich wüßte nicht, was dagegen spricht«, sagte Davy jovial. »Monty zum Theater zurückzubringen, das hört sich für mich wie die ideale Entschuldigung an. Es gibt viel Arbeit für ihn. Ich habe in letzter Zeit viel Piepsen und Gekrabbel gehört. Ich glaube, im Chesterton hat sich eine neue Mäusefamilie angesiedelt.«

»Monty wird sie schon verscheuchen, jetzt, da er wieder hier ist, nicht wahr, Monty?« Ihre Arme entspannten sich, und er konnte ihre Erleichterung spüren. Komisch, ihm war nie in den Sinn gekommen, daß sie so knapp bei Kasse war, daß ein paar Pfund für eine Taxifahrt eine erwähnenswerte Ausgabe für sie waren. Eine Ausgabe, die sie unbedingt ersetzt haben mußte.

Ein Grund mehr dafür, daß Tottie niemals etwas getan hätte, was das Stück hätte gefährden können. Sie brauchte das Geld, das eine lange Spieldauer einbringen würde.

»Na, dann mal los, Monty.« Sie ließ ihn aus ihren Armen gleiten. »Mach deine Runde und laß die kleinen Ekel dich riechen. Das wird sie entmutigen.«

Er gähnte und reckte sich, machte einen Buckel. Eine Runde machen, jawohl. Man erwartete von einem Kater, daß er herumstreunte. Niemand dachte sich etwas dabei, wenn er eine Katze sah, die in irgendwelchen finsteren Ecken herumstöberte. Niemand dachte im Traum daran, auf seine Unterhaltung zu achten, nur weil eine Katze in der Nähe saß und zuhörte ...

»Wie geht es Win?« fragte Davy.

»Schon viel besser. Miranda hofft, daß sie ihn nach

Hause bringen kann, sobald sie mit Sir Reginald gesprochen hat.«

»Das ist gut.« Davy sah sie an. »Wie groß sind die Chancen, daß er wieder in das Stück einsteigen wird? Wird er es bis zur Premiere schaffen?«

»Oh, das kann ich nicht beurteilen, mein Lieber. Ich würde an deiner Stelle nicht damit rechnen. Nicht zu *diesem* Stück. Aber was weiß ich schon? Ich verstehe nichts von Medizin.«

»Ich würde deinem gesunden Menschenverstand mehr glauben als jedem Arzt.«

»Das ist sehr nett von dir, mein Lieber, aber sehr unwissenschaftlich. Du solltest mit Sir Reginald reden, wenn er Gelegenheit hatte, die Situation zu beurteilen. Miranda ist sicher, daß Win sich viel besser fühlen wird, wenn sie ihn nach Hause bringt. Wegen der vertrauten Umgebung und allem.«

»Vielleicht hat sie recht. Zu Hause hat er es besser. Geoffrey regt sich noch immer darüber auf, was gestern nacht geschehen ist. Wenn Win nicht so kräftig gewesen wäre, hätte er den Stromausfall nicht überlebt. Geoff sagt, in einem anderen Zimmer war ein alter Bursche, der es nicht überstanden hat.«

»Es war schrecklich, einfach schrecklich.« Ein Frösteln überlief Tottie. »Ich werde nie den grauenhaften Augenblick vergessen, als die Lichter ausgingen und alle Maschinen aussetzten. Wenn es Win so schlecht gegangen wäre, wie sie dachten, wäre es für ihn der Schlußvorhang gewesen.«

»So kann man doch kein Krankenhaus führen – besonders nicht ein so teures. Je schneller Miranda ihn nach Hause bringt, desto besser.«

»Davy ...« Tottie packte ihn mit weit aufgerissenen Augen am Arm. »Davy, glaubst du ... vielleicht ... all diese Dinge, die geschehen sind, eins nach dem anderen. Du glaubst doch nicht, vielleicht, daß … daß Wins Zeit gekommen ist?«

»Immer mit der Ruhe. Er ist immer noch bei uns, oder?« Davy blickte besorgt auf ihr blasses Gesicht hinab. »Du brauchst einen kräftigen Schluck. Laß uns schnell auf einen Drink ins *Grub and Moth* hinübergehen. Es wird dir guttun.«

»Ich habe nicht *gerne* solche Einfälle, aber manchmal sieht es so aus …« Totties Stimme erstarb, als sie hinausgingen und die Bühnentür hinter ihnen zufiel.

Sie haben mich einfach zurückgelassen! Empörung überschwemmte ihn, bevor ihm einfiel, daß ein Kater nicht damit rechnen konnte, in den Pub eingeladen zu werden. Und doch ging er gelegentlich dort hin. Fremde Erinnerungen stiegen wieder in ihm hoch: Wurststückchen … ein paar Happen Steak mit Bohnen … ein Brocken Käse. Die Stammgäste waren nette, großzügige Leute, und Butterfly, die Kneipenkatze, war immer zu einer freundschaftlichen Balgerei aufgelegt, und wenn sie in der richtigen Stimmung war, auch zu mehr. Ja, vielleicht schaute er später selbst noch einmal dort vorbei.

Aber jetzt galt es erst einmal, sein Revier zu durchstreifen und zu sehen, was so los war. Es schien lange her, seit er sich zuletzt richtig hier umgesehen hatte. Er lief den Flur entlang, an den Umkleideräumen vorbei. Die Bühne rief ihn wie eine geräuschvolle Mausefalle.

Geoffrey und Peter machten gerade Pause und diskutierten Peters leicht abweichende Interpretation der Rolle, die er übernommen hatte. Sie aßen Sandwiches. Essen!

»Hallo, Monty.« Peter Farley tätschelte den Kopf des

Katers und ließ ihn an seinem Sandwich herumschnuppern. Er wußte, daß er kein Risiko damit einging. »Willst du mal beißen?«

Bääh! Der Kater wich ein paar Schritte zurück, schüttelte den Kopf und nieste. Farley war durchaus ein netter Kerl und anständiger Schauspieler, aber sein Vollkornbrot barg Tofu und Bohnenkeimlinge, dünn bestrichen mit Pfefferminzjoghurt.

»Das ist gemein«, lachte Geoffrey. »Hier, komm her, Monty. Du kannst von mir etwas abhaben.« Er winkte Monty einladend zu.

Thunfisch! Das war schon besser! Geoffrey war ein vernünftiger Bursche. Er biß in ein großes Brötchen, das buchstäblich von Thunfischmayonnaise überfloß.

»Hier, alter Bursche.« Geoffrey zog einen großen Bissen Thunfisch aus seinem Brötchen und warf ihn vor Monty auf den Boden.

Ein Essen für die Götter! Das Frühstück war schon lange her, und die gute alte Thea hatte ihm zwar ihr gekochtes Ei überlassen, aber er hatte festgestellt, daß das nicht lange vorhielt.

»Damit hast du ja kurzen Prozeß gemacht, Bursche. Wann hat denn zuletzt jemand daran gedacht, dich zu füttern? Hier, hast du noch einen Bissen.«

Ein weiterer Brocken Götterspeise fiel ihm vor die Füße. Was für ein prächtiger Kerl Geoffrey doch war! Die Gene setzen sich immer durch. Die Jahre mit Antoinette hatten ihn keineswegs verdorben.

Der Kater verharrte einen Augenblick, um sich an Geoffreys Knöcheln zu reiben und seine Dankbarkeit für die Großzügigkeit auszudrücken. *Champagner und Kaviar mein Junge, wenn ich wieder ich selbst bin. Ein Flug mit der Concorde nach New York und ein, zwei Wochen, in denen wir uns die neuesten Stücke ansehen und ich dich mit allen wichtigen Leuten bekanntmache und deiner Karriere einen Stoß gebe, der sie in die Erdumlaufbahn schickt.*

»Schon gut, schon gut.« Geoffrey lachte wieder, viel entspannter jetzt, als hätte er es nach den langen, angstvollen Stunden der Sorge um seinen Vater erst wieder lernen müssen.

»Verrückter Kerl!« Liebevoll kraulte er Montys Ohr. »Jetzt aber zurück zu deinem Mittagessen, bevor die Mäuse kommen und es dir stehlen. Ich habe Beschwerden gehört, daß sie wieder hereingekommen sind.«

Sollte ihm nur eine über den Weg laufen! Sein Schwanz zuckte heftig. Sie würden es ja wohl nicht *wagen*, sich an sein Essen heranzumachen, oder? Aber sicher ist sicher – er senkte den Kopf und stellte überrascht fest, daß die letzte Spende mit ein paar Bissen in seinem Bauch verschwunden war. Hoffnungsvoll blickte er wieder zu Geoffrey hoch.

»Na gut.« Geoffrey klappte die beiden Hälften des Brötchens auseinander, kratzte den meisten Belag auf die eine Hälfte und legte sie für Monty auf den Boden.

»Du verwöhnst diesen Kater«, sagte Peter.

»Er hat es verdient. Wenn er Vaters Sturz nicht abgebremst hätte ... Wenn Vater mit dem Kopf auf den Boden geknallt wäre, ohne vorher von dem armen Monty abzuprallen, wäre es vielleicht ein Schädelbruch statt einer Gehirnerschütterung gewesen. Er hätte es vielleicht nicht überlebt.«

»Ach ja, dieser Sturz.« Peter Farley schien unbehaglich zumute zu sein. »Sag mal, was hältst du eigentlich von dieser Zeitungsgeschichte?«

»Ich halte sie für verachtungswürdig, ich halte sie für ein Eindringen in die Privatsphäre, ich halte ...«

»Glaubst du, sie könnte wahr sein?«

Der Kater hörte für einen Moment auf zu essen und blickte interessiert von einem zum anderen.

»Diese Stelle auf seinem Rücken ...« Peter sah sich nervös um und senkte die Stimme. »Wie könnte man sie sonst erklären?«

»Ich weiß es nicht, aber ich werde heute noch mit Sir Reginald sprechen. Vielleicht fällt ihm dazu etwas ein.«

»Die Bühnenarbeiter waren an diesem Tag mit dem Bühnenbild beschäftigt – sie sind immer noch dabei.« Ein plötzliches Hämmern und Sägen aus dem Hintergrund bestätigte diese Feststellung. »Überall lagen alle möglichen Stangen, Leisten und Holzstücke herum. Vielleicht war es ein Unfall. Einer von ihnen hat vielleicht achtlos einen Balken getragen ...«

»Das ist möglich, denke ich. Aber keiner hat sich bisher dazu bekannt.«

»Nein, nein, damit ist auch nicht zu rechnen. Nicht nach dem, was passiert ist.« Peter klang immer unglücklicher. »Man kann es ihnen nicht einmal übelnehmen, würde ich sagen. Allerdings ...«

»Allerdings was?« Geoffrey warf ihm einen scharfen Blick zu. »Hast du etwas gesehen? Kannst du jemanden identifizieren?«

»Nein, nein, nichts dergleichen. Ich habe mich gerade noch rechtzeitig umgedreht, um Win fallen zu sehen. Es sah eigentlich mehr so aus, als ob er gesprungen wäre ...« Ein Schauer überlief Peter. »Aber ... weißt du ... die Presse wird langsam unruhig. Davy mußte schon ein paar Fotografen verscheuchen, die hereinkommen wollten, um Bilder zu machen. Diese Art von öffentlicher Beachtung können wir nicht gebrauchen.«

Der Kater verlor das Interesse und wandte sich wieder seinem Essen zu. Ein Ohr spitzte er immer noch abwesend. Da war etwas, über das er nachdenken mußte – später.

»Mach dir keine Sorgen. Rufus wird sich um die Presse kümmern. Sie werden keine großen Nachforschungen anstellen. Die meisten von ihnen wissen, daß Jilly Zanna immer versucht, etwas aufzubauschen – nur die schlimmsten Schmierblätter werden ihr folgen.«

»Viele Leute lesen die schlimmsten Schmierblätter«, sagte Peter.

»Ist doch keine schlechte Sache. Vielleicht stürmen die Neugierigen dann zu den Vorverkaufsstellen.«

Richtig, mein Junge, sieh zu, daß die Leute ihre Hintern in das Theater bewegen, und scher dich den Teufel drum, wie sie dort hinkommen. Der Kater warf ihm einen zustimmenden Blick zu, bevor ihm einfiel, daß es der Unfall ›Des Instruments‹ war, der die Leute heranlocken würde. Und ›Das Instrument‹ würde nicht einmal anwesend sein können, um sich für den Beifall zu bedanken.

Sein Fell knisterte, sein Schwanz zuckte, und seine Gelassenheit schwand langsam. Außerdem war kein Thunfisch mehr da, nur noch das langweilige alte Brötchen. Welche Katze, die etwas auf sich hielt, würde das schon essen? Er drehte sich um und schlich von der Bühne.

»Hierher, Monty ...« Einer der Bühnenarbeiter schnalzte mit den Fingern nach ihm. Ein anderer warf mit einem Holzspan nach ihm. Er ignorierte sie beide.

Ein Gefühl der Erschöpfung überkam ihn. Es würde nett sein, ein weiches Kissen zu finden, auf dem er sich zusammenrollen konnte, sich noch ein wenig zu putzen und dann ein kleines Nickerchen zu machen.

Ja, das war es, was er jetzt wollte. Automatisch steuerte er Totties Reich an. Dort gab es nicht nur Kissen, sondern auch immer weiche Stoffhaufen, eine Untertasse mit frischer Milch, die stets nachgefüllt wurde, und Katzenfutter in einer Ecke.

Totties Kostümgarderobe befand sich am Ende des Flurs, in dem die Schauspielergarderoben lagen, so weit wie möglich von der Bühne entfernt, so daß man dort das Surren der Nähmaschine nicht hören konnte, wenn es nötig war, etwas während einer Aufführung zu flicken.

Als er an Cynthias Garderobe vorbeischlenderte, bemerkte er, daß die Tür halb offen stand. Das war praktisch eine Einladung, oder etwa nicht? Vielleicht sehnte Cynthia sich nach Gesellschaft. Er schlüpfte in den Raum und fand ihn zu seiner Überraschung und leichten Enttäuschung leer vor.

Nein, nein, nicht ganz leer. Auf der Chaiselongue bewegte sich eines der flauschigen weißen Kissen und schlug die Augen auf. Malfi. Die Herzogin von Malfi. Wie konnte er sie nur übersehen haben?

Was für ein göttliches Geschöpf. Sogar in seiner menschlichen Gestalt hatte er sie immer gemocht. Jetzt hatte diese Sympathie auf einmal eine andere Qualität. Er starrte sie bewundernd an. Sie war hinreißend, exotisch, aufregend ... und allein.

Alles, was von Monty noch übrig geblieben war, übernahm plötzlich das Kommando. Er wehrte sich kurz dagegen, wurde aber von Kräften vorwärts getrieben, die sich seiner Kontrolle entzogen. Malfi beobachtete ihn, als er auf sie zukam. Ihre Augen schienen größer und tiefer zu werden, während er sich ihr näherte.

Tief, unergründlich, leuchtend blau, man konnte in

diesen Augen ertrinken. Er sprang neben sie auf die Chaiselongue.

Malfi reckte sich genießerisch und zuckte verführerisch mit ihrem langen, federleichten Schwanz. Sie war eine Zauberin – und er war verloren.

Aber ... Aber ... Er konnte doch nicht ... Ein letzter bewußter Protest regte sich in ihm, bevor er überwältigt wurde. *Monty konnte.*

Monty und Malfi, einmal sich selbst überlassen, hatten keinerlei Schwierigkeiten miteinander. Er konnte nur daneben stehen, wie in einem Traum, gleichzeitig Zuschauer und auf eine unheimliche Art und Weise Mitwirkender, und darauf warten, daß die Episode vorüberging.

Denk nicht darüber nach ... versuch nicht, es zu begreifen ... du drehst sonst nur durch ...

Vielleicht war er schon verrückt. Hatte die ganze Zeit über Halluzinationen. Seit dem Moment, als er auf den Boden geprallt war, was schon ein ganzes Leben lang zurückzuliegen schien. Noch ein Leben.

Wenn er überhaupt gefallen war und sich den Kopf gestoßen hatte. Wenn das nicht alles eine bizarre psychiatrische Episode war. Wer sollte den Wunsch gehabt haben, ihn zu töten? Und so dazu entschlossen gewesen sein, daß er zweimal zugeschlagen hatte und dabei einen anderen Patienten der Intensivstation getötet hatte?

Aber andererseits – konnte es sein, daß die ganze Sache nur in seiner Einbildung geschehen war? Oder *das hier*? Er würde sich in Zukunft nie wieder ohne Schuldgefühle als Katzenliebhaber bezeichnen können. Wenn es überhaupt eine Zukunft für ihn gab. Wenn er jemals aus diesem Traum erwachte ...

19. KAPITEL

»Widerliches, schmutziges Biest!« Nichts Traumhaftes war an der Hand, die über sein Ohr schrammte.

»Monster!« Ein eiserner Griff schloß sich um sein Genick und riß ihn aus seiner angenehmen Beschäftigung.

»Urrgh ...« Sein eigenes Fell würgte ihn, und er konnte sich nur hilflos in Cynthias brutalem Griff winden. Doch es entging ihm nicht, daß Malfi davongeflitzt war. Sie versteckte sich hinter dem Wandschirm in der Ecke und versuchte vorzugeben, daß sie überhaupt nicht dagewesen war.

»Wehe, du läßt dich noch einmal in der Nähe der armen Malfi sehen!« Er spürte einen letzten Schlag und wurde dann durch die Luft geschleudert, während die Tür hinter ihm zugeknallt wurde.

Ihm war nie klar gewesen, daß Cynthia so bösartig sein konnte. Gut, daß sie gelegentlich recht temperamentvoll sein konnte, war eine Sache. Aber daß sie sich in so einen heulenden Zankteufel verwandeln konnte! Und das nach all den Gelegenheiten, bei denen sie ihn beruhigt und getröstet hatte, wenn Miranda wütend auf ihn gewesen war. Er hatte sich sogar gefragt, ob er mit ihr nicht ein friedlicheres Leben haben würde.

Der Körper, den Monty ihm überlassen hatte, überschlug sich anmutig in der Luft und landete dann federnd auf allen vier Pfoten. Benommen schüttelte er sich.

»In flagranti erwischt, was Monty?« Obszönes Gelächter dröhnte um ihn herum.

Seine Ohren zuckten heftig, sein Schwanz stellte

sich auf. Wenn es etwas gab, das noch unangenehmer war, als beim Liebesspiel erwischt zu werden, dann war es, beim Erwischtwerden gesehen zu werden. Verachtungsvoll warf er nicht einmal einen Blick in Richtung der unziemlichen Heiterkeit. Er drehte sich um und stolzierte den Flur entlang.

»Mach dir nichts draus, hörst du?« rief einer der Bühnenarbeiter. »Es war doch sicher schön genug.«

Nun ja, das stimmte. Malfi war ein entzückendes kleines Geschöpf. Er fühlte, daß sie ihn vielleicht verstehen würde, wenn er versuchte, ihr sein Problem begreiflich zu machen. Er hatte in der Vergangenheit eher beiläufig registriert, daß Cynthia Malfi häufig mit ins Theater brachte. Das bedeutete, daß Malfi oft hier sein würde, solange das Stück lief – und Cynthia würde viel Zeit auf der Bühne verbringen müssen. *Hähähä.*

Plötzlich begriff er mit ungläubigem Schrecken, daß er künftige Rendezvous mit einer Katze plante.

Warum nicht? Er war jetzt selbst eine Katze.

Es war einfach alles zuviel! Völlig entnervt stürzte er durch die offene Tür in die Garderobe und rollte sich auf seinem Lieblingssessel zusammen. Es war auch Totties Lieblingssessel, aber er wußte, daß sie ihn nicht vertreiben würde, wenn sie ihn bei ihrer Rückkehr dort vorfinden würde.

Er hatte sich eigentlich putzen wollen, aber physisch und mental erschöpft von seinen Bemühungen, schlief er ein …

Er träumte von Miranda. Miranda, wie sie war, als er sie kennenlernte, so jung und lebendig und vertrauensvoll, seine Tage – und Nächte – mit Lachen erfüllt …

Plötzlich erschien Antoinette … und der Traum

wurde düster, das Lachen verschwand. Antoinette hielt einen jüngeren Geoffrey an der einen Hand und Jennet an der anderen. Ihre dunklen Augen beschuldigten ihn all seiner Mängel als Ehemann und Vater. Er spürte, wie er um die Worte rang, die es ihnen begreiflich machen würden, die alles in Ordnung bringen würden ... aber die Worte kamen nicht.

Statt dessen tauchte Cynthia auf. Auch sie starrte ihn anklagend an. Auf irgendeine unbestimmte Weise hatte er sie im Stich gelassen. Aber Cynthia war nicht von der sensiblen Sorte. Sie war stärker als Miranda, sogar stärker als Antoinette.

Die härteste von ihnen war Jilly. Etwas bewegte sich in den Schatten, und sie erschien auf der Mitte der Bühne und schüttelte die Hand mit der gleichen lässigen Bewegung, mit der sie das Laken zurückgeworfen hatte, um ihn der Kamera auszusetzen.

Frauen, Frauen, zu viele Frauen. Zu viele Komplikationen. Er hatte seit längerem das Gefühl, daß er was tun sollte, um sein Leben einfacher zu machen. Es mußte himmlisch sein, einfach einmal zur Seite zu treten, von der Bühne abzutreten – vorübergehend, natürlich, vorübergehend – und die anderen einfach machen zu lassen. Ohne ihn.

Sie tanzten jetzt um ihn herum, und er duckte sich in dem Kreis, den sie bildeten, auf den Boden. Er war ein Kater. Ein männliches Wesen in Katzenform. Aber sie kamen immer näher, und er hockte hilflos vor ihnen. Er sah sich nach einer Fluchtmöglichkeit um ... und da, direkt außerhalb des Kreises, sah er ...

Malfi! Sie blinzelte mit den großen, blauen Augen, beobachtete, mit unergründlichem Blick ... Aber er wußte, daß sie überlegte, ob sie sich dem gegen ihn gerichteten Tanz der anderen Frauen anschließen sollte. Warum? Eifersüchtig wie eine Katze, das war eine alte Redensart. Und wahr, wie die meisten alten Redensarten. Aber Malfi hatte nichts, worauf sie eifersüchtig sein konnte ...

Unwillkürlich füllte eine andere Erinnerung seine Träume, und Butterfly erschien vor ihm. Diese süße, kleine rötliche Kneipenkatze. Oh, sie hatten schon viel Spaß miteinander gehabt, wenn es im Theater dunkel war und der Pub geschlossen hatte ...

Malfi schob sich langsam vorwärts und schloß sich den anderen Frauen an, die ihn umkreisten. Eifersüchtig, eindeutig eifersüchtig – und wie viele andere ... Indiskretionen ... gab es da in Montys Vergangenheit, auf die sie eifersüchtig sein konnte?

Frauen! Weibchen! Sie waren nie zufrieden. Es gab keine Ausflucht, keinen Frieden. Weder für Mann noch für Kater.

Sie kamen immer näher ... Seine Pfoten scharrten wild über den Boden. Die leisen Geräusche, die er unwillkürlich machte, weckten ihn schließlich auf.

Es war dunkel. Wie lange hatte er geschlafen? Er schüttelte sich und setzte sich auf. Seine Instinkte schrien nach mehr Schlaf, aber er kämpfte dagegen an. *Wer weiß, was er wieder träumen würde*? Das war wirklich der Haken daran. Er würde es nicht riskieren, noch einmal in *diesen* Alptraum zu geraten.

Auch draußen war es dunkel und still. Waren alle schon nach Hause gegangen? Er reckte sich und sprang auf den Boden. Die Macht von Montys Gewohnheit führte ihn hinüber in die Ecke, um nachzusehen, ob es dort etwas für ihn gab.

Er fand frische Milch und Wasser und in seinem Napf unvertrautes Essen. Mißtrauisch schnupperte er daran herum. War das fertig gekauftes Katzenfutter?

Es schien aus Hühnchen und Rindfleisch zu bestehen, und er mußte zugeben, daß es verlockend roch. Prüfend fuhr er mit der Zunge darüber. Nicht schlecht. Eigentlich sogar ziemlich gut. Ehe er sich versah, hatte er es verputzt.

Das war frisches Essen ... nun ja, Essen aus einer frisch geöffneten Dose. Das bedeutete, daß jemand – Tottie – hier gewesen sein mußte, während er geschlafen hatte. Wie war das mit der Theorie, daß Katzen mit einem offenen Auge schliefen?

Aber er war keine Katze – keine richtige Katze. Er erinnerte sich an den Schlitz des weiß schimmernden Auges ›Des Instruments‹. Montys Reaktion auf die seltsame Umgebung, in der er sich wiedergefunden hatte. Der katzenbewohnte Körper schlief wahrscheinlich immer noch mit einem offenen Auge, während die menschbetriebene Katze gefährliche menschliche Gewohnheiten annahm, die sie einem herumstreifenden Feind wehrlos ausliefern konnten.

Oder gab es eine viel einfachere Erklärung? Katzen schliefen nicht immer mit einem offenen Auge, nicht, wenn sie sich an einem sicheren Ort befanden, bei Leuten, denen sie vertrauten. Es konnte nur Tottie gewesen sein, die hier gewesen war. Ihre Gegenwart würde Monty keine Gefahr signalisieren. Er vertraute ihr vollständig und hatte daher weiter geschlafen.

Ja, so mußte es gewesen sein. Niemand konnte vor Tottie Angst haben. Ihre Gegenwart würde Monty überhaupt nicht gestört haben. Wenn überhaupt, hätte sie ihm ein zusätzliches Gefühl der Sicherheit gegeben.

Da draußen war ein Geräusch. Er sprang auf, schüttelte sich und bewegte sich vorsichtig auf das Geräusch zu. Als er den Flur erreichte, hörte er, wie sich das ursprüngliche Geräusch – war es ein Klicken gewesen? – in ein beständiges Rascheln verwandelte.

Mäuse? Seine Ohren spitzten sich, ein Zittern durchlief seinen Körper. Schnell und leise bewegte er sich vorwärts. *Er würde sie erwischen*! Das war *sein* Theater, *sein* Revier ...

Er schüttelte sich wieder, versuchte den Katzenkörper unter Kontrolle zu bringen. Da vorne war irgendwo etwas Unheimlicheres als eine Maus. Dieses Klicken war das Klicken eines Türschlosses gewesen. Und wenn jemand eine Garderobe in guter Absicht betreten hatte, warum hatte er dann das Licht nicht angemacht?

Es war in Geoffreys Garderobe. Nun, in der Garderobe, die er sich mit Peter Farley teilte. Sich weiterhin teilen würde. Selbst wenn Farley jetzt die Rolle des Stars übernahm, würde niemand erwarten, daß er in die Star-Garderobe umziehen würde – nicht solange sie von der Frau des Stars belegt war.

Das Geräusch von heimlichen Bewegungen erklang weiterhin. Nicht einmal das Flackern einer Taschenlampe war zu sehen. Jemand bewegte sich so sicher in der Dunkelheit wie eine Katze.

Malfi? Hatte sie die Maus zuerst gehört und sich auf die Jagd nach ihr gemacht? Schlich sie in dem Umkleideraum herum ... allein? Hähähä!

Schluß damit! Er kämpfte gegen Montys lüsterne Instinkte an. Natürlich war es nicht die Herzogin von Malfi. Cynthia wäre niemals nach Hause gegangen und hätte sie über Nacht allein im Theater zurückgelassen. Besonders nicht, wenn Monty in der Nähe war.

Jemand anderes war dort drin. Jemand, der größer als Malfi war und etwas Schlimmeres im Sinn hatte. Aber was?

Die Tür stand weit offen. Damit jemand sich schnell zurückziehen konnte? Jemand, der Übles im Sinn hatte, hatte aufgehört, sich zu bewegen, und war erstarrt. Mit Instinkten, die so scharf waren wie die einer Katze, wartete er ab, um herauszufinden, was nicht stimmte. Jemand, der wußte, daß er beobachtet wurde, aber nicht von wem, und der bereit war, jeder Gefahr zu begegnen …

Wenn er nur etwas tun könnte! Er fuhr unwillkürlich die Krallen aus und bleckte die Zähne, erinnerte sich daran, daß er nicht völlig wehrlos war. Aber konnte er den Eindringling damit vertreiben? Vielleicht war es klüger, abzuwarten und zu sehen, was er im Schilde führte.

Es war völlig still geworden. Man hörte nicht einmal ein Atmen. Der Gedanke, daß der Eindringling genauso verwirrt war wie er selbst, tröstete ihn etwas. Er duckte sich tiefer, zwinkerte und versuchte zu erkennen, was geschah.

Er war jetzt hinter ihm! Zu spät hörte er auf die Instinkte, die er geerbt hatte. Er hatte Zeit bei dem Versuch verloren, sich gedanklich mit der Situation auseinanderzusetzen. Wenn es darauf ankam, war der menschliche Verstand weniger hilfreich als die Katzeninstinkte. Und jetzt kam es darauf an.

Er drehte sich weg und schoß gerade noch rechtzeitig davon. Er spürte den Luftzug des brutalen Tritts, der ihn um den Bruchteil einer Sekunde verfehlte. Fauchend und knurrend prallte er gegen die gegenüberliegende Wand.

Der Eindringling versuchte nicht länger, sich ruhig zu verhalten. Er rannte auf den Flur und auf den Bühneneingang zu, und seine Schritte hallten durch die Dunkelheit. Die Bühnentür wurde zugeknallt – der Eindringling war verschwunden.

Langsam kroch der Kater vorwärts, immer noch angespannt und kampfbereit, alle Sinne geschärft. Aber es war niemand mehr da. Er war allein in dem verlassenen Theater. Allein ... und in Sicherheit.

Gerettet von seinem Grundinstinkt. Dem Instinkt zu überleben. Mensch und Tier waren gleichermaßen damit ausgestattet, aber beim Tier war er vielleicht etwas effektiver. Es fiel ihm nicht ein, innezuhalten und Überlegungen anzustellen, bevor es eine Ausweichbewegung machte.

Auf die Grundinstinkte! Er trottete zurück in Totties Zimmer. Ein Schluck Milch würde für den Toast als Ersatz für Champagner dienen müssen.

Die Grundinstinkte. Unwillkürlich schienen auf einmal das weiße Fell und die tiefblauen Augen der Herzogin von Malfi vor ihm zu schweben. Schuldbewußt stand er da.

Aber auch die etwas *abgründigeren Instinkte* hatten einen Toast verdient. Wo wären wir ohne sie? Er fragte sich, wo Malfi in diesem Moment war. Auf einem Kissen zusammengerollt in Cynthias Wohnung wahrscheinlich.

Aber Butterfly war direkt nebenan. Vielleicht sogar noch näher. Wenn der Pub abends zumachte, war für Butterfly die Zeit des Heulens gekommen. Sie war vielleicht jetzt draußen und wartete auf einen Freund.

Er schlürfte hastig die Milch, schlang das Essen in sich hinein. Man mußte bei Kräften bleiben. *Hähähä*.

Nein! Warte! Was machte er? Was dachte er? Er kämpfte gegen die Katzeninstinkte. Die Instinkte, die er gerade noch so bewundert hatte. Jetzt waren sie undenkbar ... *undenkbar*.

»*Miaauaauuaaiiaauu*.« Draußen klang ein Sirenenruf durch die Nacht. Butterfly ... süße, schöne Butterfly.

Er hörte auf zu denken. Der Kater hatte gewonnen. Er sprang auf das Fensterbrett. Tottie ließ das Fenster immer einen Spaltbreit offen stehen, damit er kommen und gehen konnte, wie es ihm gefiel. Das Fenster war mit Gittern gegen Einbrecher versehen, aber zwischen den Stangen war für eine geschmeidige Katze genug Platz, um hindurchzuschlüpfen. Monty schlüpfte und stieß einen Antwortruf für die Schönheit seiner Träume aus: »*Hier bin ich* ...«

20. KAPITEL

»Oh, mein Lieber, ich habe einen Schwips.« Tottie lehnte sich an Davys Schulter und atmete in der milden Frühlingsluft tief durch. »Ich bin eindeutig ein bißchen beschwipst.«

»Das tut dir mal gut«, sagte Davy. Er war selbst nicht mehr gerade nüchtern, aber er fühlte sich wohl dabei. Jedenfalls im Augenblick.

Der Wirt hatte vor einiger Zeit schon »Letzte Runde« gerufen, und jetzt saßen sie vor dem Chesterton, die Rücken gegen das Gebäude gelehnt. Wie die Obdachlosen. Oder, wenn man sich an glücklichere Tage erinnerte, wie eifrige Fans, die die ganze Nacht hindurch warteten, um morgens die ersten zu sein, wenn der Schalter öffnete, so daß sie die besten Galerieplätze bekamen und auf ihre Idole hinunterblicken und sie feiern konnten. Drei Pfund und sechs Pence für den Eintritt und noch einmal sechs Pence für das Programm. Das waren noch Zeiten!

»Ach, Davy«, seufzte Tottie. »Was ist nur aus der Welt geworden?«

»Gute Frage.« Davy nickte zustimmend und nickte traurig immer weiter. »Gute Frage.«

»Aber wie ist die Antwort?«

»Auf welche Frage?« Davy hatte den Faden verloren.

»Was war das?« Die Dezibelexplosion irgendwo im hinteren Bereich des Theaters ließ Tottie auffahren.

»O nein!« Ihr Kopf wurde klarer, und sie identifizierte die Geräusche. »Es ist Monty! Monty und Butterfly schon wieder! Und dabei hatte ich beim letzten Mal schon solche Schwierigkeiten, die ganzen kleinen Kätzchen irgendwo unterzubringen.«

»Schöne Kätzchen«, sagte Davy sentimental. »Schön. Mein kleiner Flutterby war das schönste von allen.« Er kramte in seiner Tasche herum. »Habe ich dir schon die Bilder von meinem kleinen Flutter ...«

»Schon oft.« Tottie kam mühsam auf die Beine und zog Davy hoch. »Beeil dich.« Sie führte ihn zu dem kleinen Weg zwischen dem Chesterton und dem *Grub and Moth*, der zu dem Gelände hinter den Gebäuden führte.

»Da ist er – fang ihn ein!«

Oh, diese Schmach! Das war das Würdeloseste an einem Katzendasein – die Art und Weise, wie Menschen einen packen und herumstoßen konnten. Sie konnten einen in einem höchst prekären Augenblick den Lenden der Geliebten entreißen – und einem eins hinter die Ohren geben.

»Heute nicht, Monty.« Und Davy hatte noch die Nerven, amüsiert zu sein.

Das zahl ich dir heim! knurrte der Kater mit zuckendem Schwanz.

»Hör jetzt auf!« Tottie schüttelte ihn ein wenig und preßte ihn dann fest an sich. »Wir haben hier genug Probleme, auch ohne daß du verrückt spielst.«

»Obwohl die Lage sich gebessert hat«, sagte Davy. »Als du auf der Toilette warst, habe ich Miranda angerufen, und sie hörte sich schon viel optimistischer an. Sie haben es ihr ausgeredet, Win sofort nach Hause zu bringen. Sir Reginald will ihn noch ein paar Tage zur Beobachtung dabehalten, aber zum Ausgleich haben sie ihn von der Intensivsstation verlegt. Er ist jetzt oben in der Suite neben Thea. Das ist für sie beide nett – sie können sich gegenseitig besuchen.«

»Laß uns gehen und ihn besuchen!« sagte Tottie impulsiv.

»Was, jetzt? Ist es nicht ein bißchen spät für einen Besuch?«

»Darum ist er ja in St. Monica. Sie kennen sich dort mit Theaterleuten aus. Wir lassen nicht locker, bis der Vorhang fällt. Win wird um diese Zeit hellwach sein. Wenn nicht, können wir immer noch Thea für einen Augenblick besuchen. Sie hat noch nie in ihrem Leben vor zwei Uhr nachts das Licht ausgemacht.« Und boshaft fügte sie hinzu: »Jedenfalls dann nicht, wenn sie nicht einen Grund dafür hatte, den sie in St. Monica wahrscheinlich nicht finden wird.«

»Nun ...« Davy ließ sich überreden. »Was ist mit Monty? Sollen wir ihn ins Theater sperren, bevor wir aufbrechen? Du müßtest dann gehen und dein Fenster zumachen, sonst haut er wieder ab.«

»Monty kann mitkommen. Er liebt seinen Win, stimmt's Monty? Und Win liebt ihn. Es ist bemerkenswert, wie sehr die beiden sich zugetan sind. Das hätte ich nie gedacht.«

Ja! Ja! Der Kater rieb eifrig seinen Kopf an Totties Kinn. Es gab nichts, was er mehr wollte, als nach St. Monica zurückzukehren und sich von den Fortschritten zu überzeugen, die ›Das Instrument‹ machte.

21. KAPITEL

»Es gibt Idioten ...«, hörten sie Lady Theodora ausrufen, als sie aus dem Aufzug traten und über den Flur gingen.

»... und es gibt Riesenidioten. Und dann gibt es da noch Oliver Crump!«

»Na, na, Tante Thea ...«, hörten sie Crump blöken.

»Ich weiß nicht, wie er das aushält«, murmelte Davy. »Ich würde den alten Drachen erwürgen, wenn er so mit mir reden würde.«

»Zweifellos hat er sie sehr in sein Herz geschlossen«, sagte Tottie spitz. »Und umgekehrt genauso.«

»Ihr Geld vielleicht«, sagte Davy. »Hör nur, wie er wieder herumschleimt. Es würde ihm recht geschehen, wenn sie alles einem Heim für alte Katzen hinterläßt.«

»Monty würde das gefallen, was, Monty?«

»Wenn Monty seine Karten richtig ausspielt, könnte er vielleicht ihr Alleinerbe werden. Sie mag ihn mehr als Oliver.«

»Wer tut das nicht?« Tottie spähte durch eine der offenen Türen. »Hier ist Win! Er sitzt sogar in einem Sessel! Win, Liebling ...« Sie schoß durch das Zimmer, um ihm einen Kuß auf die Wange zu geben. Er wich kaum zurück. »Du siehst viel besser aus. Sicher fühlst du dich auch besser!«

»Sie hat recht, Win«, sagte Davy. »Du siehst eine Million mal besser aus als bei meinem letzten Besuch.«

Beide standen da, sahen ihn hoffnungsvoll an und warteten auf ein Zeichen dafür, daß der alte Win wieder da war.

Die Gestalt in dem Sessel erwiderte ernst ihre Blicke.

»Win ...?« Totties Lächeln schwand. »Win, du kennst uns doch, oder? Es ist Tottie ... und Davy ... und Monty.«

Er hatte den Kater bisher noch nicht bemerkt. Er war von Totties Armen halb verdeckt worden. Jetzt veränderte sich sein Gesicht. Seine Augen leuchteten auf, die Lippen verzogen sich zu einem Lä cheln. Er beugte sich eifrig vor und streckte die Arme schwankend nach Monty aus.

Der Kater preßte sich enger an Tottie. Der Gedanke, sich ›Dem Instrument‹ zu nähern, hätte ihm besser gefallen, wenn er sicher gewesen wäre, daß es seine eigene Kraft kannte. Eine allzu überschwengliche Umarmung konnte eine Katze zerquetschen – oder zumindest ernsthaft verletzen.

»Ja, Monty ist gekommen, um dich zu besuchen.« Tottie schien ähnliche Bedenken zu haben. Sie übergab Monty nicht den ausgestreckten Händen. Statt dessen ließ sie ihn auf den Boden hinunter, wo er selbst zwischen Annäherung und Flucht wählen konnte.

Er blieb erst einmal sitzen, den Schwanz eng um den Körper gewickelt, und beobachtete ›Das Instrument‹. Es schien in einem guten Zustand zu sein.

Dafür würde das Krankenhaus natürlich – in physischer Hinsicht – sorgen.

»Win, willst du uns nicht begrüßen?« Tottie senkte ihre Stimme und wandte sich an Davy. »Herrje, man konnte sich besser mit ihm unterhalten, als er die Augen noch zu hatte. Da wußte man wenigstens nicht, ob er einen hört oder nicht. Jetzt muß man sich fragen, ob er einen versteht oder nicht.«

»Ich glaube, er versteht uns. Es dauert nur etwas länger, bis er begreift. Er hat eine schwere Gehirnerschütterung erlitten. Er braucht nur etwas Zeit ...«

»Ach, ihr seid es!« sagte Lady Theodora von der Tür her. »Ich habe Stimmen gehört und wußte nicht, wer gekommen war. Hallo, Tottie. Hallo, Davy. Ihr könnt genauso gut einen Augenblick bei mir hereinschauen. Win ist heute nacht nicht in der Verfassung, jemanden so blendend zu unterhalten, wie das sonst seine Art ist.«

»Thea, Liebes.« Tottie unterzog sich wieder einmal dem Ritual der Bühnenküsse, während Davy zur Begrüßung mit der Hand winkte. »Was machst du so, meine Liebe?«

»Ich mache überhaupt nichts«, sagte Thea. »Öde, fad und nutzlos, so ist das Leben hier. Ich langweile mich, habe keine Freude, aber dafür Durst. Und nur um Salz in meine Wunden zu streuen, lassen sie immer wieder meinen Neffen herein, damit er mich ärgern kann.«

»Das ist schlimm, Liebes.« Tottie brachte gedankenverloren ihr Mitgefühl zum Ausdruck. »Aber es wird sich doch gelohnt haben, nicht wahr, wenn die Filmaufnahmen beginnen und du erholt und strahlend für deine Rolle aussiehst?«

»Ach, da bist du, Tante Thea.« Oliver Crump kam

ins Zimmer. »Ich habe mich schon gefragt, wohin du verschwunden bist. Kaum dreht man ihr einmal den Rücken zu ...«, beklagte er sich bei den anderen.

»Seht ihr! Ich habe nicht einen Moment Ruhe!« wütete Lady Theodora. »Raus mit dir! Geh raus und laß mich mit meinen Freunden allein!«

»Aber, aber, Tante Thea, es sind auch meine Freunde«, betonte Oliver. »Hallo, Tottie, Davy.«

Es war gut, daß alle Aufmerksamkeit auf Lady Theodora und ihrem Neffen ruhte. Niemand sah, daß die Katze Oliver leicht anspuckte. Und ebenso sah niemand, wie der Mann im Sessel sich als Reaktion darauf wieder regte.

Er war zunächst wieder zurückgesunken, hatte nur auf seine Hände gestarrt und gelegentlich prüfend mit seinen Daumen gewackelt. Damit hörte er jetzt auf. Er hob den Kopf und betrachtete Monty mit einem erstaunten Gesichtsausdruck. Offensichtlich war er mit einem Problem beschäftigt, mit einer ganzen Reihe von Problemen.

Der Kater sprang auf die Lehne seines Sessels. Er spürte, daß jetzt, da ›Das Instrument‹ ruhiger geworden war, keine Gefahr mehr drohte. Sie sahen sich schweigend an, während im Hintergrund der Streit tobte.

Der Mann schien mit den Schultern zu zucken und hob dann eine Hand zum Mund. Er leckte sich sorgfältig die Finger ab und fuhr sich dann mit der Hand über das Gesicht.

Tu das nicht! Die Pfote des Katers schoß vor und knuffte ihn am Ohr. Dann sahen sich beide schuldbewußt um.

Alles in Ordnung, niemand hatte sie beobachtet.

»Und du bist heute nachmittag nicht ans Telefon

gegangen«, setzte Oliver seine Liste der Anschuldigungen fort. »Ich habe mir Sorgen um dich gemacht. Ich wußte, daß du um diese Zeit kein Nickerchen machst.«

»Ich hatte anderes zu tun«, sagte Lady Theodora hochmütig. »Ich bin nämlich interviewt worden. Also habe ich es einfach klingeln lassen. Du hast es sowieso nicht lange versucht.«

»Interviewt worden?« Oliver war sofort alarmiert. »Von welcher Zeitung? Wie sind sie hier hereingekommen? Was hast du ihnen gesagt?«

»Es war ein Magazin«, korrigierte sie ihn. »*American Theatre Today* bringt einen Artikel mit einem Überlick über die internationale Theaterszene. Hat sie *gesagt*.« Lady Theodora schürzte ungläubig die Lippen.

»Was hat sie? Willst du damit sagen, daß sie dir einen Bären aufgebunden hat?«

»Oh, ich weiß genau, wer sie war. Sie hat sich eine blonde Perücke aufgesetzt und amerikanischen Akzent vorgetäuscht, aber ich habe sie erkannt. Es war dieses Zeitungsflittchen von Win. Sie hat sich hereingeschlichen und mich benutzt, um an ihn heranzukommen.« Lady Theodora grinste freudlos. »Hat ihr nicht viel genützt.«

Sie alle sahen Winstanley Fortescue an. Er erwiderte ihre Blicke gelassen mit einem unergründlichen Gesichtsausdruck. Monty saß auf der Lehne seines Sessels und sah sie ebenfalls ernst an. Seine Schwanzspitze zuckte.

Nein, es würde im Augenblick niemandem viel nützen, mit Winstanley Fortescue zu sprechen. Da konnte man gleich versuchen, mit Monty Konversation zu machen.

»Es geht ihm jetzt besser«, sagte Lady Theodora.

»Er ist nicht mehr so unruhig. Kein Wunder, dieses dumme Miststück würde jeden auf die Palme bringen.«

»Sie haben sie hier hereingelassen?« fragte Tottie wütend.

»Was sollte ich denn machen? Mich ihr in den Weg stellen? Sie ist größer, jünger und gesünder als ich. Und rücksichtsloser. Ich muß schon sagen, früher hatte Win einen besseren Geschmack.«

Der Schwanz des Katers zuckte heftiger und begann hin und her zu wedeln. Monty warf Lady Thea einen verächtlichen Blick zu, und auch seine Barthaare zuckten jetzt.

Der Mann registrierte den Stimmungsumschwung, bewegte sich unruhig und sah sich um. Er schien nicht zu mögen, was er sah, und erst als sein Blick auf Monty fiel, entspannte er sich wieder. Er streckte die Hand aus und berührte den Kater zärtlich.

»Die Wirkung, die Monty auf ihn hat, ist wundervoll«, sagte Tottie. »Sie harmonieren unglaublich miteinander. Ich glaube, das Chesterton muß sich langsam nach einer neuen Katze umsehen. Monty wird nicht mehr lange im Theater wohnen.«

»Da könntest du recht haben«, sagte Davy. »Es sieht so aus, als würde Monty sich in eine Ein-Mann-Katze verwandeln.«

Als er so oft den vertrauten Namen hörte, wurde der Mann wieder unruhig. Der Kater schnurrte ihn besänftigend an und hoffte, daß sie endlich das Thema wechselten. Obwohl das Thema schließlich ja doch ein Dauerthema werden würde. Konnten er und Monty nach allem, was sie zusammen durchgemacht hatten, je wieder getrennte Wege gehen, wenn das alles hier vorbei war? *Wenn* es überhaupt vorbeiging.

Wenn sie nicht für den Rest ihrer Leben im Körper des anderen stecken würden.

Der Mann schüttelte den Kopf, als wollte er unerwünschte Gedanken vertreiben. Er blickte auf den Tisch neben seinem Sessel und griff sehr langsam und sehr vorsichtig nach dem kleinen Krug mit Orangensaft.

Etwas war nicht in Ordnung! Der Kater spürte Gefahr und duckte sich, bereit loszurennen … oder zu kämpfen. *Was war nicht in Ordnung*?

Der Mann brauchte mehrere Versuche, bis sich seine Hand um den Griff des Krugs schloß. Als er den Krug hob, wackelte dieser unsicher, stieß mit einem heftigen Klirren an das Glas und warf es fast um.

»Laß mich das machen, Win.« Tottie eilte zur Hilfe. »Deine Koordination ist noch nicht wieder die beste. Aber das wird schon noch werden«, versicherte sie ihm und schenkte den Saft ein. »Und deine Stimme wird auch wiederkommen. Du brauchst nur etwas Geduld …«

Etwas war ganz und gar nicht in Ordnung! Dieser schreckliche Geruch! Konnte Tottie ihn nicht riechen? Er stach ihm in die Augen, und seine Zunge rollte sich zurück, um die Kehle zu schützen.

»Nein, nein.« Sie wich den tastenden Händen aus. »Ich halte es für dich. Du mußt dich um nichts kümmern. Trink einfach.« Sie hob Winstanley Fortescue das Glas an die Lippen.

Der Kater sprang. Er traf das Glas, stieß es aus Totties Hand, und es flog durch die Luft. Der Orangensaft spritzte in einem weiten Bogen neben dem Glas auf den Teppich.

»Monty! Böser Kater!« schimpfte Tottie. »Was ist nur in letzter Zeit mit dir los? So etwas hast du doch früher nicht getan! Bist du eifersüchtig, weil ich mich so viel um Win kümmere?«

Der Kater duckte sich in eine Ecke, starrte auf die langsam größer werdende Orangensaftpfütze und fauchte heftig.

»Seht doch!« Lady Theodoras Bühnenflüstern war alarmierender als ein Schrei. Ihre Blicke folgten ihrem ausgestreckten Finger.

Der Orangensaft dampfte und warf Blasen, fraß sich durch den Teppich auf den Boden. Der Umriß der Pfütze vergrößerte sich, als die Säure sich in die umliegenden Teppichfasern fraß.

»Wenn Win das getrunken hätte ...!« Lady Theodora schauderte und schloß kurz die Augen.

»Zur Hölle!« keuchte Oliver Crump. »Jilly hatte recht. Jemand versucht *tatsächlich*, Winstanley Fortescue zu ermorden!«

22. KAPITEL

»Wenn du auch nur ein Wort davon schreibst ...« Davy wirbelte herum, packte Oliver Crump an den Rockaufschlägen und zog ihn zu sich heran. »Wenn du es wagst, auch nur die leiseste Andeutung davon zu machen ...zieh ich dir das Fell über die Ohren.«

»Und ich ...« – Lady Theodora sprach die größere Drohung aus – »... werde dich enterben.«

»Seid nicht albern!« wehrte Oliver Crump sich. »Jeder wird es erfahren, wenn die Polizei erst eintrifft.«

»Polizei?« Tottie eilte zu der immer noch fauchenden Katze und nahm sie auf den Arm. »Welche Polizei? Wir rufen doch nicht die Polizei, oder doch?«

»Natürlich nicht«, sagte Lady Theodora. »Das würde nur zu unangenehmen Fragen führen. Fragen über jeden von uns, und warum wir hier sind. Auf diese Art von Publicity können wir alle verzichten.«

»Aber, aber ...«, blökte ihr Neffe. »Dies ist ein Mord ... ein versuchter Mord. Und es ist nicht der erste Versuch. Ihr könnt nicht untätig zusehen, wie Winstanley Fortescue ermordet wird, nur weil ihr Angst vor einer schlechten Presse habt.«

»Hüte deine Zunge!« Aus schmalen Augen fixierte Lady Theodora ihren Neffen. »Und schließ nicht von dir auf andere! Niemand will untätig zusehen.«

»Das will ich meinen!« Tottie trat mit Monty im Arm vor. »Win wird hier verschwinden, sobald Miranda mit einem Taxi hier ist und ihn abmeldet. Er kommt nach Hause, wo wir uns richtig um ihn kümmern können. Ich weiß nicht, was in St. Monica vorgeht, aber es ist ganz und gar nicht mehr der Ort, der es einmal war.«

Das stimmt. Man kann hier zu Tode kommen. Der Kater rieb heftig seinen Kopf an ihr. *Bring mich nach Hause. Bring mich nach Hause. Bring uns beide nach Hause.*

»Guter, alter Monty.« Tottie kraulte ihn hinter den Ohren. »Du hast Win das Leben gerettet, weißt du das? Du hast Wins Leben gerettet.«

Das hatte er! Das hatte er! Mehr als Tottie sich vorstellen konnte. Es waren Montys scharfer Geruchssinn, Montys Muskeln und Reflexe gewesen, die den Tag gerettet hatten. Die ihn selbst gerettet hatten, die sie beide gerettet hatten. Wenn diese schädliche, ätzende Flüssigkeit in ›Das Instrument‹ hineingelangt wäre, sich so durch das zarte Gewebe der Speiseröhre gefressen hätte, wie es sich durch den Teppich gefressen hatte, dann wäre Winstanley Fortescue seinem Tod begegnet. Einem schrecklichen, qualvollen Tod. *Wer konnte ihn so sehr hassen*?

Der Kater und der Mann starrten auf das Loch in dem Teppich und sahen sich dann in die Augen. Monty-in-Win wußte, was geschehen war und streckte die Hand nach dem Kater aus. Wieviel von Win war noch in Win enthalten?

»So ist es richtig, Win.« Tottie legte ihm den Kater in die Arme. »Du nimmst Monty, während ich Miranda anrufe. Und dann holen wir die Oberschwester herauf und teilen ihr mit, daß sie dem Arzt – ja, und auch Sir Reginald – erklären kann, warum du bei Nacht und Nebel ausgezogen bist.«

»Weißt du, Tante Thea ...« Oliver sah seine Tante nachdenklich an. »Ich glaube, du solltest auch nicht länger hierbleiben. Es ist nicht sicher.«

»Unsinn!« sagte Lady Theodora. »Niemand will *mich* um die Ecke bringen.«

»Noch nicht«, sagte Oliver. »Aber wenn Win nicht mehr hier ist, richten sie ihre Aufmerksamkeit vielleicht auf einen der anderen Patienten.«

»Wer?«

»Das kann man nie wissen.« Oliver blickte über die Schulter zur Tür. »Es hat in den letzten Jahren einige Fälle gegeben, in denen Pflegepersonal Patienten umgebracht hat. Manchmal einfach nur, weil sie sich über sie geärgert hatten.«

Konnte es sein, daß Crump die Lösung gefunden hatte? Aber nein, das würde nicht den ersten Unfall – den ersten Mordversuch – erklären, der ihn erst nach St. Monica gebracht hatte. Und als es einmal hier war, hatte ›Das Instrument‹ die meiste Zeit über einfach nur ruhig und bewußtlos dagelegen. Es konnte nichts getan haben, daß das Pflegepersonal gegen es aufgebracht hätte.

Wenn es jemanden gab, der die Oberschwester verrückt machte oder die Schwestern bis an die Grenzen ihrer Geduld erzürnte, dann war es Lady Theodora.

»Du mochtest doch dieses nette Pflegeheim in Bournemouth, nicht wahr?« lockte Oliver. »Du könntest sofort packen, ich würde dich dann dorthin fahren. Es ist egal, um wieviel Uhr man dort eintrifft.«

»Warum gehe ich nicht einfach in meine Wohnung zurück?« fragte Lady Theodora listig. »Ich habe die Behandlung hier – wenn man es überhaupt so nennen kann – sowieso schon fast abgeschlossen. Ich kann sie zu Hause zu Ende bringen. Ich hätte es bequemer, und du müßtest dir keine Sorgen mehr machen, daß ich ermordet werde.«

»Hmm, ja«, sagte Oliver. Das war es nicht, was ihm Sorgen bereitete, und sie wußte es.

»Aber vielleicht würde es dir gar nichts ausmachen, wenn ich er mordet würde.« Lady Theodoras Stimme senkte sich bei der Andeutung dieser Möglichkeit. »Das Leben wäre viel leichter mit all dem Geld, nicht wahr, Oliver? Und ohne ständig um eine reizbare alte Lady herumspringen zu müssen.«

»Tante Thea«, sagte er klagend. »Sag nicht so etwas. Ohne dich wäre ich verloren.«

»Das wärst du, Oliver, das wärst du wirklich. Vergiß das nicht.«

Interessant ... sehr interessant. Er beobachtete, wie Oliver Crump vollends die Segel strich.

»Nun, vielleicht bist du zu Hause wirklich besser aufgehoben, Tante Thea. Ich muß sagen, daß St.

Monica im Augenblick kein besonders gesunder Ort zu sein scheint, und Bournemouth ist unangenehm weit entfernt. Wenn du zu Hause bist, kann ich ab und zu bei dir vorbei schauen ...«

»Das tust du immer, Oliver«, seufzte Lady Theodora. »Das tust du immer.«

»So.« Tottie legte den Hörer auf und wandte sich wieder den anderen zu. »Das wäre erledigt. Miranda ist unterwegs. Mach dir keine Sorgen.« Sie klopfte Win auf die Schulter und kraulte Monty unter dem Kinn – und beide empfanden das gleiche Gefühl leichter Gereiztheit.

»Wir werden dich im Handumdrehen hier heraus haben.«

23.

KAPITEL

Im Verlauf der restlichen Woche machte Winstanley Fortescue gute Fortschritte. In seinem eigenen Haus reagierten schlummernde Instinkte auf die vertraute Umgebung. Es zog ihn sofort zu seinem Lieblingssessel, und er fand den Weg zu jedem Raum des Hauses. Er erinnerte sich sogar an das defekte Schloß der Verandatür, und zum ersten Mal erschien versuchsweise sein Lächeln.

Jetzt, da er sich entspannte, fand er langsam wieder zu seiner alten Beweglichkeit zurück. Er sprach noch immer sehr zögerlich, versuchte sich nur selten an ein, zwei Wörtern. Vokale schienen ihm leichter zu fallen als Konsonanten.

Der Kater beobachtete ihn gespannt, wich kaum von seiner Seite.

»Es ist erstaunlich, wie gut die beiden sich verstehen.« Miranda bestätigte die Beobachtung, die Tottie schon früher gemacht hatte. »Es gibt Augenblicke, in denen man meinen könnte, daß sie ein *Teil* des anderen sind.«

»Die meisten Katzen haben ein gutes Einfühlungsvermögen, und Monty ist schlauer als die meisten, würde ich sagen.« Geoffrey streichelte den Kater, der auf seinem Schoß lag. »Er weiß, daß Dad beruhigende Gesellschaft braucht, und er trägt seinen Teil dazu bei. Er hat einen sehr besänftigenden Einfluß auf ihn. Er ist sogar so beruhigend, daß ich Gefahr laufe einzuschlafen, wenn ich noch lange hier sitze und ihn streichle.«

»Das könnte dir nicht schaden, mein Lieber«, sagte Tottie. »Du hast bei all der Aufregung in letzter Zeit nicht viel Schlaf gehabt. Seit Wins ... Sturz hat eine Krise die nächste abgelöst.«

»Glaubst *du*, daß es ein Unfall war?« Geoffrey ging sofort darauf ein, aber die Frage war an Miranda gerichtet.

»Ich bin mir nicht sicher«, sagte Miranda langsam. »Ich glaube, ich wollte es glauben ... bis diese anderen Ereignisse anfingen.«

»Willst du immer noch nicht, daß die Polizei eingeschaltet wird?«

»O nein, das wäre keine gute Idee«, sagte Tottie schnell.

»Nein!« Miranda schüttelte den Kopf.

Sie hatten verdammt recht! Der Kater warf ihnen einen zustimmenden Blick zu. Keine Polizei, keine Öffentlichkeit. Geoffrey meinte es gut, aber wenn die

Medien herausfinden würden, was zwischen dem Mann und dem Kater passiert war …

»Ich nehme an, du bist auch nicht damit einverstanden, daß wir einen Privatdetektiv beauftragen?«

Miranda schüttelte wieder den Kopf, noch heftiger diesmal. Geoffrey wußte nicht, was er da vorschlug – und sie konnte es ihm nicht sagen. Wie konnte man seinem Stiefsohn schonend beibringen, daß seine Mutter die Hauptverdächtige war? Nur Antoinette besaß die erforderliche Gehässigkeit – und hegte seit der Scheidung einen tiefen Groll gegen Win. Dazu kam, daß Antoinette so … unausgeglichen war. Ihre zunehmende Unberechenbarkeit, die in ihrer Jugend als Lebendigkeit durchgegangen war, wurde jetzt, in ihren mittleren Jahren, als Exzentrizität betrachtet. Näherte sie sich mit dem Ablauf der Jahre der Grenze zum Wahnsinn?

Miranda sah Tottie an, und beide zuckten hilflos mit den Schultern. Tottie wußte Bescheid.

»Nein«, sagte Miranda, als Geoffrey offensichtlich widersprechen wollte. »Kein Privatdetektiv. Jetzt, da Win wieder sicher zu Hause ist, rechne ich nicht mit weiteren Schwierigkeiten. Wir werden weiterhin die Augen aufhalten, aber ich glaube, wir haben das Schlimmste überstanden.« Jetzt, da ich dafür sorgen kann, daß Antoinette nie wieder in seine Nähe kommt.

»Prrr …« Der Kater schnurrte laut seine Zustimmung.

»Uuurrr …«, ahmte Winstanley Fortescue ihn nach.

»Sagtest du etwas, Liebling?« Miranda drehte sich hoffnungsvoll um.

Ein hinreißend weiches Lächeln erschien in Winstanley Fortescues Gesicht, und er blinzelte ihr langsam zu. Er wiederholte seinen Kommentar nicht.

»Er übt«, sagte Miranda. »Er übt so tapfer. Sir Reginald sagt, daß seine Kehle keinen Schaden genommen hat ...« Ihre eigene Kehle war für einen Augenblick wie zugeschnürt. Wenn Win diesen tödlichen Orangensaft getrunken hätte ... Sie würde mit Sir Reginald sprechen müssen – vielleicht war es an der Zeit, Antoinette zu ihrem eigenen Besten einliefern zu lassen. Unauffällig und ohne großen Skandal, in ein diskretes Pflegeheim, wo sie unter ständiger Aufsicht stand. Aber ... würde Geoffrey ihr jemals verzeihen, wenn sie Antoinettes Einweisung in die Wege leitete?

»Wir haben es Monty zu verdanken, daß seiner Kehle nichts passiert ist.« Geoffrey tätschelte den Kopf des Katers besonders herzlich und wurde mit einem lauten Schnurren belohnt. »Und er weiß, daß wir über ihn reden, stimmt's, alter Junge?«

Du würdest dich wundern, was ich alles weiß, alter Junge. Was ich nicht weiß, ist, wer mich töten will, und warum. Er blickte zu ›Dem Instrument‹ hinüber, das sich halb in dem großen Armsessel zusammengerollt hatte. ›Das Instrument‹ war anwesend gewesen, als jemand das Zimmer betreten und die ätzende Substanz in den Orangensaft getan hatte. Vielleicht hatte er die Untat sogar gesehen. *Wenn er nur sprechen könnte.*

»Uuurr ...« ›Das Instrument‹ schien seinen Hinweis aus der Luft zu greifen.

»Was ist los, Liebling?« Miranda eilte an seine Seite. »Möchtest du etwas?«

»Uuueess ...«

»Er meint Essen«, übersetzte Miranda. »Ich weiß nicht, was sie ihm in St. Monica vorgesetzt haben, aber seit er nach Hause gekommen ist, hat er ständig einen Riesenhunger.«

»Grrallnnn ...« Winstanley Fortescue rieb seinen Kopf schmeichelnd an ihrer Taille.

»Er ist verrückt nach Garnelen.« Miranda streichelte ihn. »Kannst du ›Garnelen‹ sagen, Win? Es war schon fast richtig. Komm, versuch es noch einmal, ... Garnelen ... Garnelen ...«

»Ach, meine Liebe«, seufzte Tottie.

»Wir wollen nicht, daß Fremde ihn so sehen«, sagte Geoffrey. »Aber ich habe mich gefragt ... Madame Rosetti, die Sprachlehrerin. Sie hat ihm geholfen, als er für das Wasserratten-Kabarett singen mußte, und sie hat mit ihm den italienischen Akzent eingeübt, den er für die Fernsehserie *Schrecken in der Toskana* brauchte. Meint ihr nicht, sie könnte jetzt auch etwas für ihn tun?«

»Das ist eine großartige Idee!« sagte Miranda. »Wir bestellen sie direkt für morgen früh, damit sie mit ihm arbeiten kann.«

24. KAPITEL

Aber vor dem Morgen kam die Nacht.

Geoffrey beschloß, im Theater vorbeizusehen, bevor er nach Hause zu seiner Wohnung in Highgate fuhr.

Auch Tottie wollte kurz zum Theater. Sie hatte ihre Pflichten in der Kostümgarderobe in letzter Zeit ziemlich vernachlässigt, und die Kostüme, die Peter Farley von Win übernahm, mußten geändert werden. Sie ging zusammen mit Geoffrey.

Miranda zog die Vorhänge zu, legte noch ein paar Scheite rauchloses Brennmaterial in das Feuer und vergewisserte sich, daß Win bequem davor saß. Es hatte sanft zu regnen begonnen. Es war eine Nacht für Heim und Herd. Monty, der sich auf der Lehne von Wins Sofa ausgestreckt hatte, empfand offenbar genauso.

»Zum Abendessen gibt es Fischfilets, Jungs«, teilte Miranda ihnen mit. »Ich habe bei Marks welche geholt.«

Win regte sich und lächelte sie mit schläfriger Zustimmung an, ein Lächeln, das ihr fast das Herz brach. Fisch war im Moment seine Lieblingsspeise. Sie fragte sich, ob das daran lag, daß nach allgemeiner Ansicht Fisch gut für das Gehirn war, und ob ein Instinkt tief in seinem Inneren ihm sagte, daß sein armes Gehirn jede Hilfe benötigte, die es bekommen konnte.

»Ich werde sie kurz im Ofen aufwärmen.« Sie warf einen Blick in das Fernsehprogramm und entschied sich dagegen. Seit seiner Rückkehr hatte Win kein Interesse für Fernsehen gezeigt, und es kam nichts, das sie selbst besonders interessiert hätte. Dafür brachte Radio Drei die Aufzeichnung eines Konzerts der Royal Liverpool Philharmoniker. Sie stellte das Radio ein, und die sanften Klänge schwebten durch das Zimmer. Win lächelte wieder, und Montys Schnurren wurde lauter. Sie hatte eine gute Wahl getroffen.

Miranda sank ihnen gegenüber in das Sofa, lehnte sich zurück und entspannte sich langsam. Win sah so viel besser aus, seit er zu Hause war. Mit jedem Tag wirkte er kräftiger und wieder mehr wie er selbst. Die

Sprachschwierigkeiten waren jetzt das größte Problem, und sicher würde Madame Rosetti dabei helfen können ...

Das Telefon schrillte plötzlich und ließ sie alle zusammenfahren. »Ich gehe dran«, sagte Miranda, als hätte Win vorgehabt, den Hörer abzunehmen – so wie er es sonst tat. Sie stand auf und ging hinüber zu dem Rosenholztisch.

»Hallo? Was?« Die Stimme am anderen Ende sprach so schnell, daß die Wörter sich überschlugen. »Wer spricht da?«

»Oh, tut mir leid, tut mir leid. Ich bin's, Peter, Peter Farley.« Die Stimme klang erstickt und war kaum zu erkennen, stammte offenbar von jemandem, der unter großer Anspannung stand. »Es tut mir leid, daß ich um diese Zeit noch störe, aber ... ich wollte mal hören, ob ich mit Win sprechen kann.«

»Peter, es tut mir leid, aber ich fürchte, Win kann jetzt nicht ans Telefon kommen. Und überhaupt, er ... es geht ihm noch nicht so gut, daß er sprechen könnte.«

»Aber ich dachte, es geht ihm schon viel besser?«

»Besser, ja, aber er ist noch nicht vollständig wiederhergestellt. Es gibt da noch ein Problem mit seiner Stimme ...« Miranda hörte, wie ihre eigene Stimme erstarb. Wins Stimme war immer ein so wesentlicher Bestandteil seiner Bühnenpräsenz gewesen. Es war unvorstellbar, daß er sie nicht in vollem Umfang wiedergewinnen sollte. »Ich bin sicher, daß er alles versteht ...« War sie das? »... aber er kann nicht richtig antworten ... noch nicht.«

»Ach so, ja, ich verstehe.« Seine Stimme verriet ihr, daß er nicht verstand, aber bereit war, sich mit jedem

Kommentar für die Öffentlichkeit abzufinden, der nötig war, um die Sachlage zu verschleiern.

»Aber es ist äußerst wichtig, daß ich ein paar Minuten mit Win reden kann«, beharrte er. »Und mit dir natürlich auch. Meinst du, ich könnte eben vorbeikommen – nur für ein paar Minuten?«

»Jetzt?« Miranda ließ sich ihre Zweifel und ihr leichtes Befremden an der Stimme anmerken. »Es ist schon nach elf ...und Win muß im Moment früh ins Bett gehen, weißt du. Er braucht seinen Schlaf.«

»Ja, ja, natürlich.« Er schien irgendwie verzweifelt zu sein. »Aber ich *muß* seinen ... Muß ihn sehen, *ihn*.«

»Nun ja, ...« Miranda erlag ihrer wachsenden Neugier. »Wenn es nicht lange dauert ...« Ihre Stimme wurde schärfer. »In den nächsten zehn Minuten – oder überhaupt nicht.«

»Ich komme sofort, versprochen. Ich werde schon wieder verschwunden sein, bevor du gemerkt hast, daß ich gekommen bin.«

Aber er kam nicht.

Eine Stunde später gab Miranda äußerst verärgert das Warten auf. Sie hatte in letzter Zeit schon zuviel gewartet. So sehr sie ihre Kollegen auch mochte – die meisten wenigstens –, so wenig betrachtete sie sie noch durch die rosarote Brille, die sie am Anfang ihrer Karriere im übertragenen Sinne auf der Nase gehabt hatte.

Die Jahre hatten sie weiser gemacht. Sicher, einige ihrer Kollegen waren ernsthaft und leidenschaftlich in ihren Ansichten, verfolgten mit heißem Herzen nur die besten Absichten ... aber wenn sie ihr Gegenüber einmal von ihrer Sicht der Dinge überzeugt hatten, ließ ihr Interesse oft schnell nach. Verschwand vielleicht völlig. Dann tanzten sie dem nächsten Irrlicht entgegen, an dem sie Gefallen fanden, und ihre frisch bekehrte Gefolgschaft konnte ihnen nur noch hinterherblicken und sich verdutzt die Augen reiben.

Eigentlich hatte sie Peter Farley nicht dieser wohlbekannten Kategorie zugerechnet, aber es zeigte sich wieder einmal, daß man nie sicher sein konnte. Vielleicht hatte er sie aber auch bezüglich des zeitlichen Limits zu sehr beim Wort genommen. Irgend etwas hatte ihn länger als zehn Minuten aufgehalten, so daß er sich zu »überhaupt nicht« entschlossen hatte.

»Ach ja ...« Sie stand auf und begann, die Lampen auszumachen, bis nur noch eine brannte, die ihr den Weg aus dem Zimmer beleuchten sollte. »Zeit, ins Bett zu gehen.«

Das Konzert neigte sich seinem Ende zu. Das Orchester erhob sich zu einer vertrauten, geliebten Melodie. Sie sah Win an, um zu sehen, ob auch er sie erkannte. Irgend etwas an der Art, wie er den Kopf neigte, die Wärme in seinen Augen, sagten ihr, daß er es tat.

»Erinnerst du dich, Win?« Sie ging auf ihn zu und streckte ihm die Hände entgegen. »Du warst Heinrich der Achte, und ich war Anne Boleyn. Du hattest das Lied geschrieben, und die Hofmusikanten spielten es für uns ... nur für uns ... und wir tanzten ...«

Leise begann sie zu singen:

Alas, my love, you do me wrong
To cast me off discourteously
For I have lo-o-ved you so long ...

Win reagierte darauf, er tat es *wirklich*! Er stand schwankend auf – ohne seine vertraute Anmut, aber mit unmißverständlicher Inbrunst. Sein Blick fing sich in ihrem, und er ging auf sie zu, die Arme nach ihr ausgestreckt.

Delighting in your company …

Sie ließ sich in seine Arme fallen und führte ihn durch den Tanz, den sie an sechs Abenden und zwei Nachmittagsvorstellungen wöchentlich während der gesamten Spielzeit aufgeführt hatten. Ja, das war ihr geliebter Win, der alte Win, der Win, den sie schon für immer verloren geglaubt hatte.

For Greensleeves was all my joy
Greensleeves was my delight
Greensleeves was my heart alone …

»AAUUAARR!« Win sprang zurück, bückte sich und umklammerte seinen Knöchel.

»MONTY!« Miranda blickte schockiert auf den fauchenden, spuckenden Kater hinab, der plötzlich verrückt geworden zu sein schien.

Hör auf damit! Hör auf damit! Nimm deine Pfoten von ihr! Halb hysterisch machte der Kater sich zu einem neuen Angriff auf Winstanley Fortescue bereit.

»Aauuaarr …« Fortescue rieb sich den Knöchel und starrte dann mit schierer Ungläubigkeit auf das Blut an seiner Hand. Seine Augen verengten sich, und er sah den Kater mit einem Blick an, aus dem jede Zuneigung verschwunden war.

Laß sie in Ruhe! Wage es nicht, sie noch einmal zu berühren! Er heulte herausfordernd wie ein Kater im Hinterhof. Er war bereit, für sein Weibchen zu kämpfen … zu töten.

Der Mann blickte verwirrt auf ihn hinab und schien dann zu begreifen, daß er tatsächlich *hinab*blickte. Daß er schwerer, größer, kräftiger war als sein Gegenspieler. Es würde keinen Kampf geben. Er stand schon als Sieger fest.

Wage es nicht! Ich kriege dich schon … Es war keine leere Drohung, aber konnte er sie jemals verwirklichen?

»Also gut, Monty«, sagte Miranda. »Raus mit dir. Heute nacht muß du raus.«

Nein, nein … hör mir zu. Laß mich erklären …

»Bring ihn raus, Win«, sagte Miranda. »Bevor er dich noch einmal kratzt. Ich fürchte, er ist eifersüchtig.«

Nein! … Nein! … Ich meine, ja, aber …

Der Mann blickte auf den Kater nieder, und plötzlich leuchtete das Bewußtsein seiner Überlegenheit triumphierend in seinen Augen. Er bückte sich, packte den Kater am Nacken und hob ihn hoch.

Grrr … grrr … Er war hilflos, bekam kaum noch Luft, konnte sich kaum rühren oder um sich schlagen. Und der Mann wußte es.

»Haaahaaaahaaa …« Das berühmte Winstanley-Fortescue-Triumphgelächter ertönte, während er den Kater zur Verandatür trug, sie öffnete und ihn in die Nacht hinauswarf.

»Haaahaaaahaaa …« In dem Lachen lag ein tiefer Triumph, und der Kater erkannte ihn, während er durch die Luft flog. Es war die Rache eines Katers, dem Menschen schwer zugesetzt hatten, dem man immer wieder seine rechtmäßige Beute entrissen und ihn in die Dunkelheit gejagt hatte. Opfer einer unfairen Welt, in der er kleiner und schwächer war als die Wesen, mit denen er auf Gedeih und Verderb verbunden war.

Monty genoß seine Rache. Aber … würde sie damit aufhören?

Später, als er sich kochend vor Wut unter einem Busch im Garten duckte, sah er, wie das Licht im gemeinsamen Schlafzimmer ausging.

25. KAPITEL

Tell me where ist fancy bred,
In the heart or in the head …

Madame Rosetti hatte eine wundervolle Aussprache, rollte die Rs und artikulierte jede Silbe übertrieben.

›Das Instrument‹ betrachtete sie mit echtem Interesse, stimmte ihr mit einem »Uurrr« zu und rollte sein eigenes tiefes R, als sie ihm mit einem Nicken zu verstehen gab, daß er es versuchen sollte.

»Grrr … rrr …«, echote der Kater von dem Tisch aus, auf dem er saß.

»Immer noch beleidigt, Monty?« Miranda tätschelte ihn im Vorübergehen.

Wütend und ohnmächtig starrte er ihr nach. Er kannte diese Stimmung von ihr nur zu gut. Sie sagte ihm deutlicher, als Worte es vermocht hätten, was gestern nacht passiert war. Er war betrogen worden …und doch konnte er ihr nicht vorwerfen, ihm mit ihrem eigenen Ehemann Hörner aufgesetzt zu haben. Mit dem Körper ihres eigenen Ehemanns. Wie sollte sie wissen, daß er einen neuen Inhaber hatte?

Er verzieh ihr … grollend. Die Erinnerung an Butterfly und die Herzogin von Malfi kam ihm in den Sinn, und er verzieh sich selbst auch. Die Konten waren wohl ausgeglichen. Er war vielleicht noch etwas im Haben. *Hähähä.*

›Das Instrument‹ drehte sich um und betrachtete ihn mit plötzlichem Mißtrauen, sogar mit einer Spur von Feindseligkeit. Hatte er die Gedanken aufgeschnappt, die in seinem ehemaligen Bewußtsein waren?

Wenn Kater Rivalen werden, kämpfen sie – mit Zähnen und Krallen. *Und was war mit Miranda*? Er spürte, wie sich seine Nackenhaare sträubten. *Eindringling*! Ein hohes Heulen stieg aus seiner Kehle. *Komm doch her, ich reiß dir den Schwanz ab … kratz dir die Augen aus …*

›Das Instrument‹ stand auf und taumelte auf ihn zu.

Nein! Nein! Nein! Er zügelte seine kriegerischen Instinkte. Sie durften sich nicht bekämpfen. Jede Wunde, die sie einander zufügten, fügten sie sich selbst zu. Es gab dem Begriff »Selbstverstümmelung« eine völlig neue Bedeutung. Er durfte ›Das Instrument‹ nicht beschädigen – und durfte nicht zulassen, daß ›Das Instrument‹ ihm etwas antat.

›Das Instrument‹ erhob seine Hand – eine sehr große Hand – auf bedrohliche Weise. Es wollte ihn verletzen, er sah es in seinen Augen.

»Win!« Miranda versuchte ihn zur Ordnung zu rufen. »Win! Nicht …«

Es war der Moment für einen schlauen Kater, sich einen anderen Platz zu suchen. Er kroch, mit einem wachsamen Blick auf die bedrohliche Hand, auf dem Tisch zurück und sprang auf den Boden. Er würde später wiederkommen – wenn die Leidenschaften sich etwas beruhigt hatten …

Er zwängte sich durch die Verandatür und lief in den Garten. Hmm, das Theater … ja, das Theater. Es war Zeit, dort einmal nach dem Rechten zu sehen. Er würde Tottie begrüßen und bei ihr zu Mittag essen. Dann konnte er nachsehen, wie die Proben sich entwickelten …

Er schaltete auf Autopilot und trottete entschlossen zum Chesterton. Ein durchdringendes Heulen vor dem Bühneneingang, wie er es so oft von Monty gehört hatte, zeigte sofort Wirkung.

»Hi, Monty«, sagte der alte Sam, als er die Tür aufstieß. »Dachte schon, du wärst uns abhanden gekommen. Hast sicher schon den guten, alten Geruch der Schminke vermißt, was? Das Theater geht jedem ins Blut – sogar dir.«

Was meinst du damit, »sogar dir«? Er war so beleidigt, daß er sich zum Dank nur sehr flüchtig an den Knöcheln des alten Sam rieb, bevor er über den Flur auf Totties Zimmer zulief.

Sie war nicht da. Er fühlte sich enttäuscht und ein bißchen betrogen (schon wieder) und schlenderte hinüber zu den Eßnäpfen. Pfui! Die Milch war sauer, Staubflocken trieben auf dem schalen Wasser, und etwas absolut Abscheuliches regte sich in den Tiefen unter der trockenen Kruste des Katzenfutters.

Es gab überhaupt keine Disziplin mehr an diesem Ort! Es war höchste Zeit, daß er zurückkehrte und alles wieder auf Vordermann brachte. Knurrend gab er einer Unzufriedenheit Ausdruck, die ebenso seine wie Montys war. Dann drehte er sich um, verließ die Kostümgarderobe und begab sich wieder auf den Flur.

Die Tür zu Cynthias Umkleideraum war fest geschlossen. Sie ging mit ihrer wertvollen Herzogin von Malfi kein Risiko mehr ein, *hähähä*. Würde ihr nicht viel nützen. Wenn ihm und Malfi danach war ...

Was war das? Seine Ohren spitzten sich nach vorne und legten sich dann an. Instinktiv duckte er sich, bis sein Bauch über den Boden streifte. Was immer es war, er mochte es nicht.

Zu sehen war nichts. In der Ferne hörte er die Stimmen von Cynthia und Geoffrey von der Bühne klingen.

Mit wachsender Verärgerung wiederholte Cynthia einen Satz, wartete einen Moment und wiederholte ihn dann noch einmal. Es war das Stichwort zu Wins Auftritt in der Schlüsselszene.

»Also das ist doch wirklich die Höhe«, beschwerte Cynthia sich. »Wenn wir alle uns schon die Mühe machen, zu einer Extraprobe herzukommen, damit Peter sich in seine Rolle einarbeiten kann, dann könnte er wenigstens so gnädig sein, aufzutauchen und mit uns zu arbeiten!«

Rufus sagte etwas Beschwichtigendes. Er sprach offensichtlich von einem der Publikumssitze aus, die er bevorzugte, wenn er eine Probe beobachtete, denn hinter der Bühne konnte man ihn nicht verstehen.

»Schön und gut ...« Cynthia ließ sich nicht beruhigen. »Aber ich empfinde es als grobe Unhöflichkeit! Wenn nicht gar als Beleidigung!«

»Da hat sie nicht ganz unrecht«, mischte Geoffrey sich ein. »Ich muß gestehen, daß ich selbst ganz schön von dem guten Peter enttäuscht bin. Ich dachte, er wäre ganz scharf darauf, in der Rolle zu glänzen. Es ist seine große Chance. Wo also ist er?«

Ja, wo? Geoffrey hatte recht. Dies war Peter Farleys große Chance – und für ihn stand zu viel auf dem Spiel, als daß er es riskieren konnte, irgend etwas zu verpatzen.

Die Tür zu der Garderobe, die Geoffrey und Peter sich teilten, stand wie immer halb offen. Geoffrey hatte nichts zu verstecken – und nichts, das wertvoll genug war, um gestohlen zu werden. Nicht daß er jemandem einen Diebstahl zugetraut hätte. Obwohl er sich bei einem der Bühnenarbeiter nicht ganz sicher war. Außerdem konnte man nie wissen, wer alles in dem Theater ein und aus ging. Lieferanten, Freunde, die kurz hereinschauten, und alle möglichen anderen befugten und unbefugten Personen, die in irgendwelchen Angelegenheiten kamen und gingen. Man ging besser auf Nummer sicher, wenn man irgendwelche Wertsachen hatte.

Vielleicht sollte er sich darum kümmern, daß Klein-Geoffrey etwas Wertvolles für seine Garderobe *hatte*. Es machte schließlich keinen allzu guten Eindruck, wenn Winstanley Fortescues einziger Sohn nichts besaß, auf das er aufpassen mußte. Vielleicht ein kleines viktorianisches Ölgemälde als Geschenk für die Premierennacht ...

O ja, und wie würde er den Scheck unterschreiben? Mit einem Pfotenabdruck?

Verärgert marschierte er in die Garderobe und sah sich um. Kein Peter Farley. Natürlich nicht. Wenn er hier wäre, wüßte Geoffrey das.

Seine Nase zuckte. Da war etwas ...

Da war es wieder ... Diesmal zuckten seine Ohren und schienen ihn auf die Tür zu, in Richtung Flur zu ziehen ...

Der Flur war leer. Stimmen hallten von der Bühne herüber. Sie hatten mit einer schwierigen Szene begonnen, bei der Peter Farley nicht gebraucht wurde. In Cynthias Stimme klang immer noch deutliche Mißbilligung.

Montys unsichtbare Antenne drängte ihn, sich den Flur entlang auf eine Erkundung zu begeben, vor der ein anderer Teil von Monty ihn warnte. Sie führte ihn zu der Tür seiner eigenen Garderobe.

Auch diese Tür war geschlossen. Der schwere Duft von Mirandas Parfum drang darunter hervor. *War*

Miranda dort drin? Er hatte sie im Haus zurückgelassen. Konnte sie so schnell hierhergekommen sein? Und warum?

Er stellte sich auf seine Hinterbeine und versuchte, den Türknauf mit seinen Pfoten zu drehen. Es war nicht ganz leicht, aber für jemanden, der mit der Mechanik eines Türknaufs vertraut war, auch wiederum nicht so schwer. Nach ein paar vergeblichen Versuchen, bei denen er mit den Pfoten abrutschte, hörte er das leise, vertraute Klicken des Riegels, und die Tür bewegte sich.

Er ließ sich wieder auf alle viere nieder, während die Tür aufschwang, und betrat den Raum.

»*Miaauu* ...?« rief er leise.

Sie war nicht da. Ein etwas abgestandener Geruch, der in der Luft lag, verriet ihm das sofort. Vielleicht eine der anderen Frauen, die dieses Parfum benutzten ... Aber was hatte eine von ihnen in seiner Garderobe zu suchen?

Er sah sich um. Etwas Undefinierbares jagte ihm immer noch warnende Schauer über den Rücken. Er spürte, wie sich sein Fell sträubte. Fast gegen seinen Willen begann er den Raum zu erforschen. Die Möbel waren unberührt, die Kostüme hingen an ihrem Platz hinter dem Wandschirm, Mirandas Schminktisch ...

Er sprang hinauf, um ihn zu untersuchen. Die Flasche mit dem Parfum war umgestoßen worden. Deshalb roch es in dem Zimmer so stark danach. Eine kleine Pfütze hatte sich in der Vertiefung für Haarnadeln gebildet, und matte Flecken auf dem Spiegel verrieten, wo ein paar Spritzer gelandet und getrocknet waren. Getrocknet ... dann mußte es also schon vor einiger Zeit passiert sein ...

Verschwinde hier, sie werden denken, daß du es gewesen

bist! Das tief verwurzelte Wissen schrillte wie eine Alarmglocke in seinem Gehirn. Katzen wurden andauernd beschuldigt, Dinge umgestoßen und zerbrochen zu haben. Eine Beschuldigung, der die Strafe auf dem Fuß zu folgen pflegte: Das war der gewöhnliche Ablauf – und die Ungerechtigkeit. Wenn das Mißgeschick entdeckt wurde und eine Katze in der Nähe war, die man dafür verantwortlich machen konnte, würde niemand die getrockneten Spritzer registrieren, die bedeuteten, daß es viel früher passiert war. Niemand würde sich die Frage stellen, wo Monty zu diesem Zeitpunkt gewesen war. Der alte Sam konnte bezeugen, daß er das Theater erst vor einer Viertelstunde betreten hatte, aber niemandem würde es einfallen, ihn zu fragen. Niemanden kümmerte es, ob eine Katze ein Alibi hatte, wenn sie unter verdächtigen Umständen angetroffen wurde.

Nach dem ersten Blick vermied er es, noch einmal in den Spiegel zu sehen. Er wollte sich nicht so sehen, wie er jetzt war. Aus dem gleichen – hier um so mehr geltenden – Grund wollte er sich seinen benachbarten eigenen Schminktisch nicht ansehen, den geliebten Arbeitsplatz, an dem er so oft gesessen und sein Make-up aufgelegt hatte, bevor er in den Beifallssturm hinausgetreten war, den sein Erscheinen ausgelöst hatte.

Wie tief sind die Mächtigen gestürzt! Wie bitter einen das Leben – oder vielleicht ein sardonisch lächelnder Gott – bestrafen kann. Noch vor so kurzer Zeit hatte er aufrecht und stolz an diesem Schminktisch gesessen, all die Lämpchen rund um den Spiegel hatten geleuchtet, und beiläufig und sorglos hatte er die Grundierung aufgetragen …

Er konnte es sich nicht länger versagen, einen Blick

auf den benachbarten Schminktisch zu werfen. Er sah hinüber – und erstarrte.

›Das Instrument‹ saß da.

›Das Instrument‹ ... vornüber gebeugt ... das Gesicht auf dem Schminktisch ... eine Hand immer noch in Abwehrhaltung in der Nähe des Kopfes ... sein Kopf ... Blut ...

Es war nicht wahr. Es konnte nicht wahr sein. Wenn ›Das Instrument‹ tot war, wie konnte er dann jemals wieder zurück in seinen eigenen Körper gelangen? Er würde für immer in Montys Gestalt gefangen sein. Nein, nicht für immer. Für die paar Jahre, die Monty noch blieben ... Er schloß die Augen.

Ich bin Winstanley Fortescue, ein Star, auf der Höhe meiner Kraft und meines Berufes. Wenn ich die Augen öffne, werde ich zu Hause im Bett liegen und aus einem Alptraum erwachen ...

Ich bin Winstanley Fortescue ... bitte laß mich aufwachen ... bitte laß mich in meinem eigenen Bett liegen ... Er lehnte sich mit geschlossenen Augen gegen den Spiegel, wußte nicht mehr, zu wem oder was er betete: zu Gott oder Bast.

Aber als er wieder einen klaren Gedanken fassen konnte, begriff er, daß das, was für Miranda galt, auch für ›Das Instrument‹ gelten mußte: Es hatte gar keine Zeit gehabt, vor dem Kater das Theater zu erreichen. Auf keinen Fall genug Zeit, um noch das Kostüm anzuziehen.

Er öffnete die Augen und zwang sich, noch einmal den Körper zu betrachten. Ja, er trug das viktorianische Abendjackett und das Hemd mit den Spitzenärmeln für das Finale des ersten Akts. Die Szene, die Cynthia und Geoffrey mit Peter Farley proben wollten.

Peter Farley! Kein Wunder, daß er nicht auf sein Stichwort reagiert hatte. Aber ... was machte er in der Star-Garderobe? Er wußte, daß er sie niemals belegen konnte, solange Miranda an seiner Seite eine Hauptrolle spielte. Hatte er nur an Wins Schminktisch sitzen wollen, vielleicht Wins Schminke benutzen wollen ... als Glücksbringer?

Tolles Glück! Aber was ... Er spitzte die Ohren, als ein kaum wahrnehmbares Geräusch von dem Körper ausging. Ein kaum hörbares Keuchen ... Atmen!

Farley lebte noch! Vielleicht so gerade noch. Er brauchte sofort Hilfe. Mehr Hilfe, als eine Katze zu leisten vermochte. Aber eine Katze konnte den Alarm auslösen ...

»MIIIIIAAAAAAUUUUU ...« Das Heulen, das aus den Tiefen seines Körpers drang, war lauter und erschreckender, als er es sich jemals hätte vorstellen können.

»MIIAUUUUAUUUUAUUUAUUU ...!« Es ließ im vorderen Teil des Theaters alle Geräusche verstummen und alle Bewegungen erstarren.

»MIIAUAUAUAUAUAUAUUUUUAUUUU ...« Er konnte aus allen Richtungen rennende Schritte hören, die der Garderobe zustrebten.

»Was ist los, Monty? Was ist denn?« Tottie erschien als erste. »Bist du verletzt? Warum machst du so einen schrecklichen Lärm?«

Er sprang auf den Boden und rannte ihr entgegen. Sie nahm ihn auf und wurde zur Seite gestoßen, als Cynthia hereinstürmte.

»Was hat das kleine Monster jetzt schon wieder angestellt? Er hat doch wohl hoffentlich nicht schon wieder meine Malfi ... O Gott!«

26.

KAPITEL

»Jemand versucht mich zu ruinieren!« sagte Rufus Tuxford.

»Ich dachte, es wäre Win«, stammelte Cynthia. »Als ich ihn da an Wins Schminktisch sitzen sah, in Wins Kostüm, dachte ich ehrlich, es wäre Win.«

»Das hat ein anderer vielleicht auch gedacht.« Miranda war bleich, aber gefaßt. Es war ein Schock gewesen, als auf einmal alle unerwartet bei ihr an der Haustür erschienen waren. Ein noch größerer Schock, als sie ihr erzählt hatten, was im Theater geschehen war. Doch jetzt hatte sie sich etwas beruhigt und war in der Lage, den schrecklichen Tatsachen ins Auge zu sehen. »Wo ist Peter jetzt? In St. Monica?«

»Mit Sicherheit nicht!« Schon den Gedanken daran empfand Rufus als Beleidigung. »Er ist an einem Ort mit besseren Sicherheitsvorkehrungen als St. Monica.«

»Und wir werden nicht sagen, wo«, warf Davy schnell ein. »Bis sich diese Angelegenheit aufgeklärt hat, ist es besser, daß möglichst wenig bekannt wird.«

»Ganz richtig, mein Lieber.« Tottie hatte Monty auf dem Schoß, und er schien dort ganz zufrieden zu sein. »Die Sache hat uns allen einen schlimmen Schreck eingejagt. Wenn Monty sich nicht die Lunge aus dem Leib geheult hätte, hätte der arme Peter dort sterben können und wäre vielleicht erst nach ein paar Tagen gefunden worden. Erst wenn Miranda das nächste Mal die Garderobe benutzt hätte – und sie hat im Moment anderes im Sinn.« Sie hob den Kopf des

Katers und liebkoste seine Kehle. »Du bist ein Held, Monty, wie findest du das?«

Er schnurrte laut. Es war nett, wenn man angemessen gewürdigt wurde. Zu schade, daß es nur Tottie war, die seinen Fanclub leitete. Die gute, alte Tottie. Er öffnete ein Auge zu einem wachsamen Schlitz und sah sich von der Sicherheit ihres Schoßes aus im Zimmer um. Man konnte Tottie vertrauen, konnte sich felsenfest auf sie verlassen ... oder etwa nicht?

Sie war sehr schnell in der Garderobe erschienen – und war vorher nirgendwo zu sehen gewesen. Wo war sie gewesen?

»Ruiniert!« Rufus brütete immer noch über seinen eigenen Problemen. »Wenn wir dieses Stück nicht mit einer höchstens minimalen Verspätung eröffnen, werde ich das Geld aus dem Vorverkauf zurückgeben müssen. Das würde mich ruinieren.«

Gut möglich. In jedem Artikel, der im letzten Jahrzehnt über Rufus Tuxford erschienen war, war sein geschäftlicher Scharfsinn betont worden. Der berühmte Theaterunternehmer, der nichts falsch machen konnte. Sein Talent, für die Produktionen Hits auszuwählen, war ebenso gerühmt worden wie seine geniale Begabung, neue Talente zu entdecken und zu fördern. Bewundernd, wenn nicht gar neidisch, hatte man seinen Herrensitz in Somerset erwähnt, seine Gemächer in Albany, sein Penthouse in New York, seine Wohnung in Paris, seine Yacht, seinen Rolls Royce, die Reihe seiner kostspieligen Geliebten. Und nie hatte es auch nur eine Anspielung auf finanzielle Probleme gegeben.

Nur diejenigen, die Rufus am nächsten standen, hatten Verdacht geschöpft. Zu viele Insider-Witze über seine Spielleidenschaft hatten auf einmal die Runde gemacht. Und daß die Staatsanwaltschaft eine wachsende Zahl von Geschäftsleuten aus der City, die sich übernommen hatten, zur Rechenschaft zog, bewies, daß niemand über jeden Verdacht erhaben war – oder sein sollte. Hochangesehene Millionäre fingen an, ihre Geschäftspartner zu beunruhigen – besonders wenn die Millionäre spielsüchtig waren. Nichts konnte ein Vermögen schneller schwinden lassen. O ja, die Gerüchte und das Geflüster um Rufus Tuxford verdichteten sich.

Jetzt wurden sie aus Rufus' eigenem Mund bestätigt.

»Vielleicht kann Win die Rolle selbst wieder übernehmen«, versuchte Tottie ihn zu beruhigen. Seine Feststellung hatte sie nicht überrascht. *Weil sie etwas wußte?* Rufus würde es nicht wagen, Spielchen mit den Gehältern seiner Stars zu treiben, aber hielt er vielleicht den Lohn der anderen Mitarbeiter zurück? »Win geht es jetzt mit jedem Tag besser.«

»Das stimmt«, sagte Miranda. »Er hat angefangen, mit Madame Rosetti zu arbeiten. Sie war den ganzen Morgen hier, und er hat bemerkenswerte Fortschritte gemacht.«

»Tatsächlich?« Rufus blickte auf, und ein Hoffnungsschimmer flackerte über sein Gesicht. »Glaubst du, sie könnte ihn soweit bringen, daß er wieder auf die Bühne kann? Niemand würde eine perfekte Vorstellung erwarten, es würde genügen, wenn er seine Rolle irgendwie durchsteht. Nach allem, was passiert ist, wird ihm das Publikum in den ersten Wochen der Laufzeit mächtig Rückenwind geben.«

»Du meinst, sie werden ihm applaudieren, nur weil er selbständig auf die Bühne gehen kann«, sagte Miranda frostig.

»Es gibt schlechtere Gründe. Es ist ja nicht so, daß er in einen Skandal verwickelt oder bei etwas Schlimmem erwischt worden wäre. Er hatte einfach einen Unfall ...«

»Hatte er das?« Miranda zog eine Augenbraue hoch. »Und was ist mit Peter? War es auch einfach ein ›Unfall‹, daß man ihm eins über den Schädel gegeben hat?«

»Sie hat recht, mein Lieber«, sagte Tottie. »Es ist an der Zeit, sich der Tatsache zu stellen, daß im Chesterton finstere Dinge vor sich gehen.«

»Vielleicht ist es sogar an der Zeit, die Polizei einzuschalten«, sagte Miranda zögernd. Wenn Antoinette festgenommen werden mußte, wäre das für Geoffrey und Jennet eine Tragödie. Es war besser, wenn die Polizei das erledigte.

»Nein!« Rufus erbleichte. »Das können wir nicht.«

»Wenn wir es nicht tun, wird es gar keinen guten Eindruck machen, wenn ...wenn noch etwas passiert«, sagte Tottie.

»Das ist völlig richtig.« Davy vermied es sorgfältig, Winstanley Fortescue anzusehen, der ruhig in einem Sessel saß und zu dösen schien.

»Ihr glaubt doch nicht etwa, daß noch etwas passieren kann?« Cynthia starrte Davy ungläubig an. »Jemand anderem? Einem von *uns*?«

Davy zuckte mit den Schultern. »Man kann nie wissen.«

»Aber man kann ziemlich sicher sein«, sagte Miranda. »Win hat den ersten ›Unfall‹ gehabt. Dann kam der Stromausfall in St. Monica, als Win an lebenswichtige Geräte angeschlossen war. Die Säure wurde in Wins Orangensaft getan. Jetzt hat es in Wins Garderobe einen Angriff auf einen Schauspieler gegeben, der wegen seiner Ähnlichkeit mit Win ausgesucht wurde, der Wins Kostüm trug und an Wins Schminktisch saß. Niemand sonst ist in Gefahr. Jemand ist hinter *Win* her!«

»Man kann alles begründen, wenn man so vorgeht wie du«, protestierte Rufus schwach.

»Das kannst du nicht ernst meinen.« Tottie sah Rufus an und schüttelte bedauernd den Kopf. »Gott ist mein Zeuge, daß keiner von uns es glauben will, aber ...«

»Glaubt es oder glaubt es nicht ...« Mirandas Entschlossenheit wuchs. Antoinette war zu weit gegangen – und es ging schon zu lange so. Sie mußte eingefangen und weggeschlossen werden. »... bevor ihr nicht etwas unternehmt, werde ich nicht zulassen, daß Win noch einen Fuß in das Chesterton setzt.«

»Aber ...«, protestierte Rufus. »Aber ... Das Stück muß doch laufen!«

»Was interessiert mich das Stück!« fauchte Miranda. »Ich will sicherstellen, daß mein Mann weiterhin laufen kann!«

Hört, hört! Feines Mädchen, was für eine Kämpferin. Sieh dir diese blitzenden Augen, den trotzigen Gesichtsausdruck an! Das war eine Frau, die man auf seiner Seite haben mußte ... an seiner Seite ...

»Was ist los, Monty?« Tottie reagierte auf das traurige kleine Heulen, daß er plötzlich von sich gab. »Fühlst du dich nicht gut?«

»Hör auf mit der verdammten Katze!« fuhr Cynthia sie an. »Wir müssen das jetzt klären. Miranda, du kannst Win nicht vom Theater fernhalten. Das würde ... das Ende des Stücks bedeuten. Noch bevor es angefangen hat.«

»Das stimmt«, sagte Rufus. »Ich kann jetzt keinen

neuen Hauptdarsteller mehr in die Proben einarbeiten – es ist zu spät. Unsere einzige Hoffnung ist, daß Win sich so zusammenreißen kann, daß er es durchsteht.«

»Egal, wie sehr er sich zusammenreißt – Win wird dem Chesterton fernbleiben, bis ihr die Polizei gerufen habt.« Miranda sah sie unerbittlich an.

»Es müßte ja nicht die Polizei in Uniform sein, Liebes«, sagte Tottie. »Du könntest ein ruhiges Wörtchen mit einem deiner hochgestellten Freunde sprechen, und er könnte jemanden schicken, der unauffällig die Augen aufhält. Ohne Uniform. Wenn wir es richtig anstellen, würde niemand etwas merken.«

»Du könntest auch einen Aufpasser für Win beauftragen«, schlug Cynthia vor. »Einen Leibwächter. Das wäre noch besser, nicht wahr, Miranda? Jemand, der vierundzwanzig Stunden am Tag auf Win aufpaßt. Wir ... wir könnten den Leuten sagen, daß er ein Pfleger ist. Jeder würde es glauben – man weiß, daß Win krank war.«

»Win war nicht krank«, verbesserte Miranda sie. »Er ist fast umgebracht worden. Und der Mörder scheint entschlossen zu sein, sein Werk zu vollenden.«

»Ein Grund mehr für einen Leibwächter.« Rufus begeisterte sich allmählich für die Idee.

»*Und* eine polizeiliche Untersuchung«, beharrte Miranda.

»Aber ja. Natürlich.« In Rufus Stimme war ein falscher Unterton, der bedeutete, daß er nicht wirklich etwas unternehmen würde. Sag ihnen, was sie hören wollen, – und dann vergiß es. So war Rufus, wenn er etwas nicht tun wollte.

Plötzlich klingelte das Telefon, und sie fuhren alle zusammen. Tottie ließ Monty auf den Boden nieder und erhob sich, um abzunehmen. Er warf ihr einen verletzten Blick zu und ging hinüber zu Win und setzte sich an seine Füße.

»Nicht ...« Miranda hielt sie mit einer plötzlichen Handbewegung auf. »Nicht, bevor wir wissen, wer es ist. Der Anrufbeantworter ist noch eingeschaltet.«

Das Gerät sprang nach dem vierten Klingeln an: »Dies ist der Anschluß von Winstanley Fortescue und Miranda Everton ...« Die Stimme auf dem Band war Wins, leicht und bestimmt, im vollen Fluß seiner Kräfte. Tottie unterdrückte ein Schluchzen, als sie ihn so still dasitzen sah.

»Ich fürchte, im Augenblick ist niemand erreichbar. Wenn Sie eine Nachricht mit Ihrem Namen und Ihrer Telefonnummer hinterlassen, wird einer von uns Sie so schnell wie möglich zurückrufen.« Es gab eine Pause, und dann erklang der lange Piepton.

»Win? Miranda? Ihr könnt ruhig drangehen, ich weiß, daß ihr da seid.« Es war Jilly.

»Verdammtes Weibsstück!« Miranda preßte die Lippen aufeinander.

»Ich habe gerade von den neusten Ereignissen gehört. Ich habe so meine Quellen.«

»Ich werde herausbekommen, wer das war«, knirschte Rufus. »Und ich werde ihn umbringen! Oder sie!«

»Sie haben mir gesagt, daß niemand im Theater ist, der eine Stellungnahme abgeben kann, also habe ich euch angerufen. Ihr ruft mich besser zurück und gebt mir ein paar Einzelheiten, sonst schreibe ich die Geschichte mit den Informationen, die mir im Moment zur Verfügung stehen. Das könnte euch vielleicht nicht gefallen.«

»Das haben wir *dir* zu verdanken, Win.« Miranda warf ihrem Mann einen finsteren Blick zu. »Hättest du keinen besseren Geschmack haben können, als dich mit *ihr* einzulassen? Du bist keinen Deut besser als Monty!«

Winstanley Fortescue strahlte sie verständnislos an. Der Kater zuckte zusammen.

Hier komme ich ins Spiel. Mit plötzlicher Hoffnung schloß der Kater die Augen und wiederholte sein Mantra: *Ich bin Winstanley Fortescue, ein Star, auf der Höhe meiner Kräfte und meines Berufs. Wenn ich die Augen öffne, werde ich zu Hause in meinem Bett liegen und aus einem Alptraum erwachen ... In meinem eigenen Bett, in meinem eigenen Körper ...*

Er öffnete die Augen und sah die dicken grauen Wollstrümpfe vor sich, die die Fortescue-Fußknöchel bedeckten. Er sah die sorgfältig gestopfte Stelle, an der Tottie ein kleines Loch geflickt hatte. Blanke Verzweiflung überkam ihn.

»Und Miranda ...« Jilly redete immer noch. »Du kümmerst dich doch gut um Win, *oder*? Wir wollen ihn nicht verlieren.«

»Es wäre nicht das Schlimmste, wenn wir dich verlieren würden«, sagte Tottie in die plötzliche Stille.

»Rufen Sie uns nicht an, wir rufen Sie an«, stimmte Davy zu.

»Das ist nicht lustig«, sagte Rufus. »Diese Frau kann Ärger machen. Jede Menge Ärger.«

»Das hat sie schon«, erinnerte Miranda ihn. Der Kater zuckte wieder zusammen, doch niemand bemerkte es.

»Ich werde sie später zurückrufen«, beschloß Rufus. »Werde sie für morgen zum Lunch einladen und mit ihr reden.«

»Besser du als ich«, murmelte Davy.

»Wenn Win wirklich wieder in das Stück zurückkommt ...« Miranda war versessen auf ein Thema, das ihr wichtiger war als Jilly. »... wird er nicht wieder auf diese Trittleiter steigen.«

»Nein, nein«, stimmte Rufus schnell zu. Er witterte den Sieg. »Kein Gedanke daran. Wir ändern das Stück so, daß Geoffrey den Stern auf die Spitze des Baumes steckt. Das ist die einfachste Sache der Welt, und es verändert die Handlung nicht im geringsten.«

»Ich muß seine Kostüme enger machen«, sagte Tottie mit einem prüfenden Blick auf Win. »Er hat ganz schön abgenommen. Er sieht übrigens viel besser aus so. Er ist in letzter Zeit zu füllig geworden, und niemand hat sich getraut, etwas zu sagen.«

»Glaubt ihr, daß er der Rolle wirklich gewachsen ist?« Davy war skeptisch, aber bereit, sich überzeugen zu lassen. »Denkt einmal an den ganzen Text, den er hat. Der Souffleur steht zwar bereit, aber ...«

»Ich war selbst überrascht«, sagte Miranda. »Madame Rosetti hat Wunder bewirkt. Er erinnert sich besser und schneller an den Text als an andere einfache Dinge. Ich glaube, das liegt daran, daß es das letzte ist, was er gelernt hat. Es liegt dicht an der Oberfläche seiner Erinnerung. Die Erinnerungen an frühere Dinge liegen tiefer verborgen.«

»Wie bei einem Computer.« Davy nickte weise. »Es ist alles da, auch wenn man die falsche Taste gedrückt hat. Man muß es nur wieder auseinandersortieren.«

27. KAPITEL

Um der Krise wirkungsvoll begegnen zu können, sagte Madame Rosetti alle anderen Unterrichtsstunden ab und konzentrierte sich für die nächsten zehn Tage ausschließlich auf Winstanley Fortescue. Abends erschienen die Freunde, die Miranda mobil gemacht hatte, um ihn aus seinem Koma zu holen, und probten mit ihm.

Es funktionierte. Langsam, mit wachsendem Selbstvertrauen, schien Winstanley Fortescue aus den Nebeln aufzutauchen, die seinen Geist umgeben hatten.

»Oh, er ist immer noch nicht wieder der alte«, sagte Tottie, nachdem sie ihre Schicht des Textabhörens mit ihm beendet hatte. »Aber es ist ein Wunder, wie er sich gebessert hat. Ich habe wirklich mit dem Schlimmsten gerechnet, als ich ihn in St. Monica direkt nach seinem Sturz habe liegen sehen. Ich hätte niemals gedacht, daß er sich so erholen würde. Aber er war immer schon ein Kämpfer, unser Win. Wir haben es vielleicht nicht zu schätzen gewußt, wenn er gegen uns kämpfte, aber jetzt hat er davon profitiert.«

»Vielleicht«, gab Davy vorsichtig zu. Er war gekommen, um seine Zweistunden-Schicht zu übernehmen. »Er hat noch nicht wieder das alte Feuer, aber da ist dafür etwas anderes. Eine Art ... berechnender Ansatz, der nicht schlecht ist. Etwas anders, als er die Rolle vorher gespielt hat. Wir kommen vielleicht damit durch.«

»Er wird es schon schaffen«, beharrte Miranda mit Überzeugung. Sie sah ihren Gatten liebevoll an, und in ihrer Stimme lag neue Hoffnung und Freude. Sie konnte es nicht in Worte fassen – nicht vor ihnen – aber er war jetzt freundlicher und zärtlicher. Sie hatte immer gewußt, daß es diesen Win unter dem harten Panzer des Ruhms gab. »Win wird noch besser sein als vor dem Unfall.«

Der Kater saß ruhig in einer Ecke und beobachtete die Runde mit einem sardonischen Grinsen. Niemand fragte ihn nach seiner Meinung, was ihn aber nicht weiter kümmerte. Allerdings warf ihm ›Das Instrument‹ gelegentlich einen Blick zu, als suchte es moralische Unterstützung. Es würde sie nicht bekommen. Nicht solange es darauf bestand, Monty jeden Abend in den Garten hinauszuwerfen.

Wenn ich erst wieder in meiner richtigen Haut stecke, werde ich mit dir abrechnen, mein Freund. Wenn du weißt, was gut für dich ist, haust du besser ab und versuchst dein Glück beim Adelphi oder Garrick. Er wedelte drohend mit dem Schwanz. *Das Chesterton wird nicht groß genug sein für uns beide.*

Ein unbehaglicher Schauder überlief ›Das Instrument‹, und es sah ihn nervös, vielleicht schuldbewußt, an.

Ja, du. Du – Monty! Ich kenne dich – und du kennst mich, nicht wahr?

›Das Instrument‹ blickte zur Seite. Der Kater starrte es weiterhin unversöhnlich an. Nun ja, fast unversöhnlich, er wurde schon wieder schwächer, sein Ärger schwand langsam. Sie waren einander – und waren es nicht. Immer noch trennte sie die Mensch/Katze-Trennlinie, die unüberwindlich war, so nah sie sich auch zu sein schienen. Sie konnten immer noch nicht frei kommunizieren. Immer noch ...

»Hallo, Daddy.« Jennet war angekommen, um sich um Win zu kümmern. Sie durchquerte das Zimmer und gab ihrem Vater nach kurzem Zögern einen unbeholfenen Kuß auf die Wange. Noch jemand, der nicht frei kommunizieren konnte.

»Hal-lo ...« ›Das Instrument‹ hatte immer weniger Schwierigkeiten mit den bereits gelernten Dialogen des Stücks, aber wenn es selbständig etwas sagen sollte, stieß es die Worte immer noch mühsam hervor, als seien sie unvertraute Gegenstände, die sich unerklärlicherweise in seinem Mund eingenistet hatten. Dann starrte es das Mädchen an, schien zu begreifen, daß etwas mehr von ihm erwartet wurde, und verzog seine Lippen zu einem Lächeln.

»Mutter sagt, sie hoffe, daß es dir besser geht – von ganzem Herzen. Ich weiß, daß sie das tut.«

›Das Instrument‹ dachte darüber nach. Sein Lächeln wurde noch ein bißchen breiter. Es erweckte den Eindruck, ihr nicht zu glauben.

Ganz richtig. Antoinette hoffte wahrscheinlich, daß es ihm schlechter ging, daß er sterben würde. Am besten fände sie es sicher, wenn er kaum noch auf die Bühne stolpern könnte und sich zum Narren machen würde. Wenn Jennet etwas älter und weiser geworden war, würde sie sich hüten, Besserungswünsche ihrer Mutter an Leute zu übermitteln, die sie mit Leichtigkeit richtig deuten konnten.

»Nun ...« Als das Schweigen unbehaglich wurde, griff Jennet nach einer Kopie des Skripts, die auf der Lehne von Wins Sessel lag, und setzte sich. »Ich nehme an, du hast keine Lust auf Small Talk. Du weißt sowieso nie, was du zu mir sagen sollst, nicht wahr, Daddy?« Ihre Stimme klang verloren.

»Mit Geoffrey kannst du gut reden. Du hast ihn

sogar in dein Stück geholt. Ich habe mich gefragt ... wenn ich dich fragen würde ...« Die Stimme versagte ihr, und sie blickte zur Seite.

Also hat auch Jennet Bühnenambitionen. Warum sollte ihn das überraschen? Es lag ihr im Blut. Ja, und vielleicht war sie so gut, wie Geoffrey es zu werden versprach. Für einen Augenblick schlug sein Herz vor Stolz und Bewunderung: Er hatte eine Theaterdynastie gegründet.

Aber ›Das Instrument‹ saß da wie ein Holzklotz – und das, nachdem die arme kleine Jennet ihm ihre Mädchenträume anvertraut hatte. Sie wartete immer noch auf die Antwort, die es nicht geben würde – nicht geben konnte. Sie würde glauben, daß sie ihrem Vater gleichgültig war. Sie würde glauben, daß ihr Vater sie nicht liebte.

Erregt rannte er zu ihren Füßen und schmiegte sich laut schnurrend an ihre Knöchel. Sie senkte den Blick zu ihm und lächelte schwach.

Gut. Gut. Lenk sie von ›Dem Instrument‹ ab. Er sprang auf ihren Schoß und rieb mit neuer Zärtlichkeit glucksend und schnurrend seinen Kopf gegen ihr Kinn.

»O Monty, Monty!« Sie umarmte ihn lachend. »*Du* verstehst mich, nicht wahr, Monty?«

»Urrr.« ›Das Instrument‹ beugte sich vor und streckte ihr die Hand entgegen.

»O Daddy!« Die Katze immer noch umklammernd, warf sich Jennet ihrem Vater in die Arme. »Du interessierst dich ja *doch* dafür!«

»Aaah«, stimmte ›Das Instrument‹ zu und schlang die Arme um sie.

»Schon gut, ich werde nicht weinen.« Nach einem Moment löste sie sich aus seinen Armen. »Und ich werde nicht sofort um eine Rolle betteln. Ich habe Mami verprochen, daß ich zuerst das Abitur mache. Sie will auch, daß ich studiere. Ich weiß es noch nicht. Einige Universitäten haben gute Schauspielgruppen. Und wenn du mir nach meinem Abschluß helfen würdest ... Meinst *du*, daß ich die Universität besuchen sollte?«

»Ahh ...« ›Das Instrument‹ sah ihr in die Augen und blinzelte nachdenklich. »Uni-verrrs'tät ...« Es nickte ein paar Mal.

»Dann werde ich es tun!« Sie umarmte ihren Vater noch einmal, bevor sie sich wieder auf ihren Stuhl setzte. »Und ich werde dafür sorgen, daß du stolz auf mich sein kannst, Daddy. Das verspreche ich dir.«

Das bin ich schon. Der Kater machte es sich wieder auf ihrem Schoß bequem, während sie Cynthias Rolle zu lesen begann und ›Das Instrument‹ durch seinen schwierigesten Text lotste, den, mit dem es noch immer Schwierigkeiten hatte. Jennet hatte überhaupt keine Schwierigkeiten. Ja, das Mädchen war gut.

Ich bin auf euch beide stolz. Monty kam mit der schwierigen Verwandlung auch gut zurecht. Anscheinend war noch eine ganze Menge von Win in dem Körper und konnte ihm helfen, so wie in dem Kater noch eine ganze Menge von Monty steckte.

Aber das war nicht genug. Ich will meinen eigenen Körper zurück haben ... Ich will aufwachen ... Ich will wieder mein eigenes Leben leben. Erneut flehte er zu Bast, Gott, dem Schicksal ... Zu wem auch immer. Er schloß und öffnete seine Augen ein paarmal schnell hintereinander. Aber er befand sich immer noch in Montys Körper – und Monty, in dessen Blick wieder dieser leicht verwirrte Ausdruck erschien, während er versuchte, den unvertrauten Erwartungen gerecht zu werden, die man in ihn hatte, war immer noch in seinem Körper.

Was, wenn es sich nie wieder änderte? Wenn für ihre restlichen Leben einer im Körper des anderen gefangen war?

Nun, *er* würde sich nicht lange Sorgen machen müssen. Selbst wenn man einmal davon ausging, daß Monty die sprichwörtlichen neun Leben hatte, würde er sicherlich einige davon aufgebraucht haben, bevor er in den sicheren Hafen des Chesterton eingelaufen war. Und der Tag des Sturzes hatte ihn bestimmt ein weiteres gekostet. Das restliche Katzenleben würde nur allzu schnell verstreichen. Ja sicher, wahrscheinlich würde es ein angenehmes Leben sein, mit gutem Futter, weichen Schößen und lieben Stimmen – die Annehmlichkeiten, die Butterfly und Malfi boten, gar nicht zu erwähnen – aber es wäre nicht *sein* Leben.

Die schlimmste Vorstellung war, daß er möglicherweise daneben stehen und zusehen müßte, wenn ›Das Instrument‹ sein Leben ruinierte.

Sicher, ›Das Instrument‹ würde schon zurechtkommen – wahrscheinlich. Mit guten Direktoren und Mirandas Unterstützung würde es die Rollen bewältigen, die man ihm anbot, – die immer anspruchsloseren Rollen, wenn sich die Botschaft von seinen begrenzten Möglichkeiten erst einmal herumgesprochen hatte. Aber es würde niemals Winstanley Fortescues volles Potential ausschöpfen können. Niemals die Träume und Ziele verwirklichen können, die dieser produktive und schöpferische Verstand immer noch ausgebrütet hatte.

Er hatte geplant, das Chesterton zu übernehmen, Schauspielermanager des Chestertons zu werden, mit seinem eigenen Repertoireensemble, und die besten der alten und die vielversprechendsten der neuen

Stücke zu produzieren. Ihm war schon lange klar, daß Rufus finanzielle Schwierigkeiten hatte, mehr als man gemeinhin annahm. Rufus hatte eine zu große Vorliebe für die Rennbahn und die Spieltische. Er hätte seine Liebe zum Spiel besser dem Theater gewidmet, wo sie sich viel eher auszahlen konnte. Und finanzielle Einbußen am Theater konnte man durch den Abschluß von Versicherungen überschaubar halten.

Versicherung! War das die Lösung? Man konnte das Leben eines anderen versichern, selbst wenn diese Person keine Ehefrau und kein Verwandter war. Ja, so etwas war sogar zwischen Geschäftspartnern und anderen Leuten, die ein wohlberechtigtes Interesse aneinander hatten, üblich. Der Star eines Theaterstücks oder Films wurde oft genug versichert, gegen die Gefahr eines Unfalls, einer Krankheit – oder des Todes.

Es war sogar möglich, jemanden zu versichern, ohne daß derjenige überhaupt davon erfuhr.

Hatte Rufus sein Leben versichert und dann versucht, ihn umzubringen, um die Versicherungssumme zu kassieren? Möglich war es. Er zitterte vor Konzentration. Rufus war im Theater gewesen, als der Unfall sich ereignet hatte. Rufus war in St. Monica gewesen, als jemand den Strom abgeschaltet hatte. Hatte er sich auch irgendwann hereingestohlen und den Orangensaft vergiftet? St. Monicas freizügige Besuchsregelung bedeutete im Zusammenspiel mit der derzeitigen Personalknappheit, daß Sicherheitsmaßnahmen praktisch nicht vorhanden waren.

Die entscheidende Frage lautete: Wo war Rufus gewesen, als Peter angegriffen worden war? Wenn er nur die Möglichkeit gehabt hätte, danach zu fragen.

Er öffnete die Augen und fixierte mit finsterem Blick ›Das Instrument‹, das zwar über eine Stimme verfügte, aber nicht das Geringste damit anzufangen wußte. Selbst wenn es es wüßte, wieviel von Winstanley Fortescues Erinnerung und Verschlagenheit stand ihm noch zur Verfügung? Konnte es eine Verbindung zwischen der drohenden Gefahr und seiner eigenen Sicherheit herstellen?

Sieh ihn dir nur an, wie er da seinen Text abspult und Jennet einfältig angrinst! O Gott! O Bast! Monty war schlau für einen Kater, aber nicht schlau genug für einen Menschen. Am meisten fehlte ihm das Verständnis für die unterbewußten Beweggründe menschlichen Handelns, eine Erfahrung, die Jahre des Zusammenlebens und gemeinsamen Erlebens mit anderen Menschen voraussetzte.

Selbst wenn er sich des Plans, das Chesterton zu übernehmen, bewußt würde, wäre er zu dem geschickten Lavieren, das dieser Plan erforderte, nicht in der Lage. Nicht so, wie er jetzt war. Rufus würde sich ihn zur Brust nehmen und Hackfleisch aus ihm machen.

Es war schon merkwürdig, daß Rufus der Idee gegenüber so aufgeschlossen gewesen war, als Win sie zum ersten Mal spielerisch zur Sprache gebracht hatte – als wollte er einen Scherz machen. Rufus hatte sogar einen Preis vorgeschlagen. Einen zu hohen natürlich, nur eine Ausgangsposition, von der aus man die Verhandlungen beginnen konnte. Er war dabei immer auf der Basis eines gelungenen Scherzes geblieben. Aber der plötzliche Ausdruck von Habgier und Erleichterung in Rufus Gesicht war echt gewesen. Ebenso wie das seltsame, erstickte Lachen, das Rufus plötzlich geschüttelt hatte. Es war herzlicher und befreiter gewesen, als ihr kleiner Vorwand des Scherzens gerechtfertigt hätte.

Rufus hatte alles zu gewinnen, konnte sogar seine Verluste wieder hereinholen, wenn eine große Summe wegen des Todes von Winstanley Fortescue ausgezahlt wurde. Mit Peter Farley, einem verdammt guten Schauspieler, der unterschätzt wurde, weil er während seiner Jahre in Amerika in Vergessenheit geraten war, der jetzt aber in den Startlöchern stand, um unter beachtlichem öffentlichen Interesse die Rolle zu übernehmen, hatte Rufus nichts zu verlieren.

Die Show würde weitergehen. Egal, wenn das für Winstanley Fortescue nicht galt. Miranda würde trauern, ein paar Freunde wären betrübt – und vielleicht würde Rufus in der Lobby des Chestertons eine Plakette anbringen lassen, um den Fortescue-Verdienst in der Geschichte des Theaters zu würdigen.

Verdammter Rufus! Aber wie konnte das bewiesen werden? Und wie konnte man ihn seiner gerechten Bestrafung zuführen?

Die einzige Hoffung war, daß Peter Farley sich wieder erholte und daß er die Person gesehen hatte, die ihn angegriffen hatte. Aber ... wenn Peter sich so weit erholte, daß er eine Aussage machen konnte, wer würde davon erfahren? Rufus hatte ihn günstigerweise in einem unbekannten Krankenhaus verschwinden lassen – zu seiner eigenen Sicherheit. Wessen eigener – Peters oder Rufus'?

Er merkte erst, daß er zu zucken und knurren begonnen hatte, als Jennet ihm die Hand auf den Nakken legte und ihn sanft schüttelte.

»Monty, was ist los mit dir, Junge? Träumst du schlecht?«

O ja! O ja! Du kannst dir gar nicht vorstellen, wie

schlecht. Er schüttelte den kurzen Anflug von Selbstmitleid ab. Dadurch würde sich auch nichts ändern. Er mußte versuchen, Rufus daran zu hindern, noch einmal auf Winstanley Fortescue loszugehen. Beim nächsten Mal hatte er vielleicht Erfolg.

Er sprang auf den Boden und ging entschlossen auf die Verandatür zu. Rufus hatte im Chesterton sein Büro. Vielleicht lagen dort Papiere herum, irgend etwas Entlarvendes über Spielschulden, oder Schlimmeres. Papiere, die sogar ein Kater durcheinanderbringen und dorthin bringen konnte, wo jemand sie las und anfangen konnte, Fragen zu stellen. Etwas anderes fiel ihm nicht ein, aber es war besser als nichts.

Im Chesterton, da spielte die Musik – oder würde es tun, wenn er dorthin kam.

28.
KAPITEL

Tottie hörte die Aufruhr, als sie in der Kostümgarderobe über die Nähmaschine gebeugt saß.

Das Wutgeheul ließ die Wände zittern. Das aufgebrachte Antwortgeheul war nicht viel leiser. Das Krachen einer umstürzenden Holzbank, polternde Schritte auf dem Flur …

Ein schwarzweißer Schatten schoß durch die Tür, rannte durch das Zimmer und duckte sich knurrend hinter den Sessel.

»Wo ist das verfluchte kleine Mistvieh? Ich werde ihn umbringen!« Woody, einer der Bühnenarbeiter, erschien in der Tür. Drohend schwang er einen Zimmermannshammer. »Wo ist er? Ich weiß, daß er hierher gekommen ist, das tut er immmer.«

»Was ist denn mit dir los, Woody? Leg diesen Hammer weg. Und wage es nicht, diese Schwelle zu überschreiten, wenn du dazu nicht eingeladen bist.« Erleichtert registrierte sie, daß Monty klugerweise aufgehört hatte zu knurren.

»Der kleine Bastard hat mein Essen gestohlen.« Woody blieb an der Tür stehen und sah sich in dem vollgestopften Zimmer forschend um. »Ich hatte mir gerade eine nette Portion Kabeljau mit Chips von der Bude geholt und für eine Minute auf die Werkbank gestellt, um mir die Hände zu waschen. Als ich zurückkam, saß er da. Er hatte die Verpackung aufgerissen, überall auf dem Boden flogen Chips herum, und er fraß den Fisch in sich hinein, als würde er nie wieder etwas zu essen bekommen – und wenn ich ihn in die Finger bekomme, wird er das auch nicht.«

»Dann ist das alles deine eigene Schuld«, sagte Tottie. »Wie kannst du auch nur eine Portion Fisch und Chips achtlos herumliegen lassen, wenn Monty in der Nähe ist? Du arbeitest doch wahrhaftig schon lange genug hier.«

»Woher sollte ich denn wissen, daß er wieder zurück ist? Ich dachte, er wäre immer noch in dem Haus von dem fetten Bastard. Sollte mich nicht wundern, wenn er da irgend etwas angestellt hätte und rausgeflogen wäre.«

»Meinst du etwa ...« Totties Haltung versteifte sich. »... mit ›fettem Bastard‹ ...«

»Du weißt genau, wen ich meine. Sie sind vom gleichen Schlag, er und der verfluchte Kater. Man kann beiden nicht über den Weg trauen, was Essen und Frauen angeht.«

»Ich werde dir den Kabeljau und die Chips bezahlen.« Tottie griff nach ihrem Portemonnaie. »Und ich wäre dir dankbar, wenn du etwas auf deine Ausdrucksweise achtest, wenn du von dem Mann sprichst, der dieses Theater – und alle unsere Arbeitsplätze – am Laufen hält.«

»Ich sage, was ich will, – und dein Geld will ich nicht.« Er nahm es trotzdem. »Ich möchte nur diesem Kater die Hände um den Hals legen und mein Abendessen aus ihm herauswürgen.«

»Es schmeckt sicher besser, wenn du dir etwas Neues holst!« Tottie stieß ihn ein Stück zurück und schlug ihm die Tür vor der Nase zu, um das letzte Wort zu haben. Sie lehnte sich gegen die Tür, bis sie hörte, wie seine Schritte sich auf dem Flur entfernten.

»Alles in Ordnung, Monty, er ist weg«, sagte sie. »Du kannst jetzt herauskommen.«

Nach einer ganzen Weile tauchte der Kater mit betonter Unbefangenheit hinter dem Sessel auf. Er tat so, als sei er ein wenig überrascht, sich gerade hier wiederzufinden. Er ging zu ihr hinüber und rieb sich an ihren Waden.

»Ich wünschte, du wärst ein bißchen vorsichtiger, Monty«, seufzte sie und bückte sich, um ihn aufzunehmen. »Dieser Woody ist ein gemeiner Kerl. Win wollte sich darum kümmern, daß Rufus ihn entläßt, aber jetzt ... oh, ich wünschte mir wirklich, daß du ihn nicht mehr ärgerst. Er wird dir etwas antun, wenn er die Gelegenheit dazu hat. Wenn er dich alleine erwischt, wenn niemand von uns in der Nähe ist, um dich zu beschützen ...«

»O Monty ...« Sie schüttelte ihn ein wenig. »Warum kannst du Woody nicht in Ruhe lassen?«

Weil ich ihn nicht leiden kann. Der Gedanke kam sowohl von Monty als auch von Win, gleichzeitig mit Erinnerungen an Schwanzziehen, tückische Tritte, geworfene Tee-Bodensätze. *Er ist ein Petzer, ein brutaler Kerl, ein Dieb ...* Leise knurrend brach er die Aufzählung ab.

Woher war dieses Wissen gekommen? Er wartete ab, und Bilder erschienen vor seinem inneren Auge: Woody, der eine ungeöffnete Packung brandneuer Nägel einsteckte ... Woody, der beiläufig eine Wasserwaage in seiner Tragetasche verschwinden ließ, bevor er nach Hause ging ... Woody, der sich an Materialien vergriff, die das Theater gekauft hatte und wegen ihm noch einmal kaufen mußte. Zusätzlich zu den laufenden Kosten, die so schon hoch genug waren.

Ducken! Bei dem letzten Bild zuckte er plötzlich zusammen: ein spitzer Schraubenzieher, der wie ein Wurfmesser nach ihm geschleudert wurde, so daß die Spitze zuerst auftreffen würde. Monty war gerade noch rechtzeitig ausgewichen. Er hatte gewußt, daß das Werkzeug ihn aufspießen sollte, weil Woody ihn dabei erwischt hatte, als er ihn bei einem Diebstahl beobachtet hatte. Es war aus purer Gehässigkeit geschehen, denn Monty konnte niemandem erzählen, was er gesehen hatte. Danach war Monty Woody aus dem Weg gegangen, und Woody hatte zwar den Kater nicht gesucht, um ihm etwas anzutun, hatte aber auch keine Gelegenheit ausgelassen, die sich ihm bot. Wirklich, ein gemeiner Kerl.

Sicher, vielleicht hätte er den Fisch nicht nehmen sollen, aber er hatte der Versuchung nicht widerstehen können. Das locker eingeschlagene Schälchen hatte auf der Werkbank gestanden und köstliche Düfte nach knusprigem, goldgelbem Eierteig über dicken, zarten Stücken saftigen Kabeljaus ausgeströmt ... Keine Katze der Welt hätte achtlos daran vorbeigehen können.

Er hatte keine Zeit gehabt, seine Mahlzeit zu beenden. Verdrossen stieß er einen Jammerlaut aus. Und Tottie hatte auch noch dafür bezahlen müssen. Tottie, die sich das nun wirklich nicht leisten konnte. Die guten, alten Zeiten, in denen man eine große Portion Kabeljau mit Chips für fünf Schillinge und sechs Pence kaufen konnte, waren schon lange vorbei. Alles war heutzutage viel teurer, abscheulich teuer, und Tottie mußte finanzielle Verpflichtungen haben, von denen er nichts wußte. Er war nie auf die Idee gekommen, sich danach zu erkundigen. Sie sollte mehr Lohn bekommen, sie war schließlich unbezahlbar.

Liebe Tottie. Er drehte den Kopf und schnupperte an ihrer Wange herum.

»O ja, ich weiß, was du willst.« Sie mißverstand ihn, wie immer. »Du möchtest jetzt etwas, womit du das Essen hinunterspülen kannst.« Sie trug ihn zu dem kleinen Kühlschrank in der Ecke hinüber. »Ich weiß nicht, was wir noch haben. Ich wollte eigentlich noch etwas Milch besorgen, aber ich war ein bißchen spät dran, und wollte dann später schnell gehen, um etwas zu holen.« Sie nahm einen kleinen Karton heraus und roch zweifelnd daran.

»Ich weiß nicht ...« Sie goß etwas auf die leere Untertasse. »Vielleicht ist sie auf der Kippe, sieh selbst einmal, was du davon hältst.«

Abscheulich! Er schnupperte daran und wandte sich ab. *Aber dafür konnte Tottie nichts.* Sie hatte soviel um die Ohren. Ihnen allen ging es so. Er schmiegte sich zum Dank und als Gutenachtgruß an ihre Fußknöchel und ging dann hinüber zu der Tür und starrte sie demonstrativ an. Türen öffneten sich nach innen. Eine Katze konnte einen Raum betreten, wenn sie es verstand, den Knauf zu drehen, war aber auf Hilfe angewiesen, wenn sie hinaus wollte.

»Ich wünschte, du würdest es nicht tun«, sagte Tottie. »Wenn dieser Woody dich einfängt, bist du erledigt. Warum bleibst du nicht hier bei mir?«

Er warf ihr einen langen, bedächtigen Blick zu und stellte sich dann auf die Hinterbeine und rappelte mit den Vorderpfoten an dem Knauf herum. Woody würde nicht dort sein, wo es ihn hinzog. In Rufus Büro hatten die Bühnenarbeiter nichts zu suchen. (Zum ersten Mal fragte er sich, warum. Wußte Rufus von Woodys kleinen Gaunereien?)

»Na gut«, seufzte Tottie und öffnete die Tür. »Du wirst mir ja doch keine Ruhe lassen, ehe du nicht deinen Willen hast – aber sei vorsichtig.«

Das mußte ihm nicht extra gesagt werden. Alle Sinne in Bereitschaft, schlich er sich über den Flur zu der teilweise verdeckten Treppe, die zu Rufus Büro führte, das seitlich über der Bühne thronte. Auf der Seite zum Zuschauerraum hin hatte es schlitzförmige Fenster, so daß Rufus die Aufführung beobachten und gleichzeitig prüfen konnte, wie voll das Haus war. Auf der anderen Seite des Büros waren normale Fenster zur Straße hin. Ein enger Flur führte an dem Büro vorbei zu einem der hinteren Laufstege über der Bühne.

Seine Sinne registrierten unruhig etwas, als er die Treppe erreicht hatte. *Etwas stimmte nicht*. Er blieb stehen, um festzustellen, was es war. Gedämpfte Stimmen aus Rufus' Büro … daran war nichts Ungewöhnliches. Aber irgendwo anders, näher, war ein leises Krabbeln, ein seltsam vertrauter Geruch, schwach, aber ...

Erwischt! Montys Körper wirbelte herum und schlug zu, bevor er auch nur daran denken konnte, die instinktive Reaktion zu kontrollieren. Ein Quietschen – dann Stille. Ein Triumphgefühl überkam ihn. *Von wegen, sein Theater bevölkern.*

Vorsichtig hob er den schlaffen grauen Körper mit der Schnauze auf *(Nein, nein, denk nicht darüber nach, laß Montys Instinkte weiter regieren)* und ging die Treppe hinauf.

Die Tür zu Rufus' Büro war angelehnt, aber nicht richtig geschlossen. Licht fiel durch die Spalten, und das Stimmengemurmel wurde lauter. Eine Frauenstimme, leise und innig – also telefonierte Rufus nicht etwa.

Kenne ich diese Stimme nicht? Er drückte die Tür ein Stück weit auf, gerade genug, um mit seiner Beute hindurchschlüpfen zu können.

Rufus saß hinter seinem Schreibtisch, und eine junge Frau saß seitlich auf dem Tisch, den Rücken zur Tür. Ihre übereinandergeschlagenen Beine wippten in Rufus' Richtung. Beide beugten sich über ein paar Papiere, die auf dem Tisch lagen. Ihre Köpfe berührten sich fast. Ihr Blick war konzentriert auf die Papiere gerichtet, aber da sie eine tief ausgeschnittene Bluse trug, sah Rufus woanders hin.

Jilly! Verdammt noch mal, Jilly! Was machte sie denn hier? Rufus hatte sie doch loswerden wollen, bei einem Mittagessen abwimmeln wollen. Das mußte ja ein Essen gewesen sein! Rufus war in der Theaterszene für seine unpassenden Eroberungen bekannt – diesmal hatte er sich selbst übertroffen.

Mit einem Satz sprang der Kater zwischen ihnen auf den Tisch. Er ließ die Maus auf die Papiere fallen und sah Rufus stolz an.

»Iiiiih!« Jilly schrak zurück und wäre bei ihrem hastigen Rückzug fast vom Tisch gefallen. Sie fand ihr Gleichgewicht wieder und flüchtete würgend auf die andere Seite des Zimmers. »Wie ekelhaft! Abscheulich! Wirf sie weg!«

»Guter Junge, Monty.« Rufus streckte die Hand aus und tätschelte begeistert den Kopf des Katers. »Ich hatte schon Angst, daß du uns für ein netteres Plätzchen verlassen hast, aber jetzt bist du zurück und schon wieder bei der Arbeit. Guter Junge!«

»Tu sie weg!« forderte Jilly. Es war nicht klar, ob sie von der toten Maus oder von der Katze sprach. Wahrscheinlich von beiden.

»Äh, ja«, stimmte Rufus zu. Er blickte widerwillig auf die kleine Leiche hinab und hatte dann die rettende Idee. »Hier, Monty«, sagte er jovial, nahm das Papier an einer Ecke und schob die Maus auf den Kater zu. »Sie soll dir gehören. Du hast sie schließlich zur Strecke gebracht. Nimm sie mit, und laß sie dir schmecken.«

Der Kater zuckte mit seinen Barthaaren. Es sah fast so aus, als lachte er. Er rieb seinen Kopf herzlich gegen Rufus' Hand, ließ die Maus auf den Papieren liegen (nachdem er sich davon überzeugt hatte, daß sie uninteressant waren) und sprang wieder auf den Boden.

»Tu sie weg!« Jilly Stimme klang fast hysterisch. Voller Abscheu sah sie Monty an.

»Das kann ich nicht machen«, sagte Rufus. »Es würde Montys Gefühle verletzen. Eine Katze kann einem keine größere Ehre erweisen, als einem ihre Beute zu überlassen. Es bedeutet, daß sie einen als

Katzenoberhaupt betrachtet und ihren Beitrag zur Ernährung der Familie beisteuert.«

»Uääh!« Jilly würgte wieder.

»Außerdem ...«, sagte Rufus ruhig, »... gibt es hier noch viel mehr Mäuse, und wir wollen, daß er sie fängt. Es wäre ein schwerer psychologischer Fehler, ihn zu entmutigen.«

»Diese Katze bringt nichts als Ärger!« sagte Jilly wütend.

Komisch, dasselbe behaupten die Leute von dir. Der Kater sah sie mit durchdringendem Blick an und bewegte sich drohend auf sie zu. *Das mußt gerade du sagen.*

»Nein!« Jilly wich zurück.

»Keine Angst, keine Angst«, sagte Rufus beschwichtigend. »Ich erledige das.« Er nahm den Hörer vom Telefon und wählte kurz.

»Ach Tottie«, sagte er. »Könntest du für einen Augenblick heraufkommen?«

29.

KAPITEL

»Win, Liebling, *konzentrier* dich ...«, bat Miranda und unterdrückte ihre Verärgerung. Er sah so gesund, so normal aus, daß es schwerfiel, daran zu denken, daß sein armer Verstand immer noch nicht ganz wieder der alte war. (Vielleicht nie wieder werden würde – sie bekämpfte diesen Gedanken. Es war nicht wahr. Es konnte nicht wahr sein.) Er wurde mit jedem Tag kräftiger und wieder mehr er selbst. Doch es gab immer wieder diese seltsamen Augenblicke, in denen er sich an einen Ort zurückzog, zu dem sie ihm nicht folgen konnte, und ein Fremder für sie wurde. Für jeden – vielleicht sogar für sich selbst.

Er schenkte ihr sein schläfriges, flüchtiges Lächeln, als sei er zu allem bereit, begriff aber nicht richtig, was sie von ihm wollte. Sie hätte weinen können.

»Win, Liebling ...« Sie versuchte es noch einmal. »*Bitte*, Liebling ...« Sie brach ab, als sie seinen leeren, ausdruckslosen Blick wahrnahm. Sie erreichten einander nicht. Überhaupt nicht. Sie hätten ebensogut auf verschiedenen Planeten sein können. Konnte sie so den Rest ihres Lebens verbringen?

Wenn es sein mußte, würde sie es! Sie wies den illoyalen Gedanken von sich. Für Win mußte es noch schlimmer sein. Verstand ein Teil seines Bewußtseins, was er verloren hatte? Gelegentlich versank er in tiefe Träumereien, saß dann einfach da, betrachtete seine Hände, bog seine Finger und wackelte mit den Daumen. Das war etwas völlig Neues bei ihm. Der alte Win hatte seine Träumereien gehabt, wenn er vor dem Spiegel saß und Gesichtsausdrücke übte.

Er lächelte sie an, gähnte und reckte sich genießerisch. Dann stand er auf und ging entschlossen in die Küche.

Miranda folgte ihm. Sie registrierte, wie sehr sich seine Koordination verbessert hatte, seit sie ihn nach Hause gebracht hatten. Schon allein deshalb war es die richtige Entscheidung gewesen.

Sie folgte ihm, obwohl sie keinen Zweifel hatte, wohin es ihn zog. Es war das einzige Ziel, auf das er so enthusiastisch zuzustreben pflegte: Der Kühlschrank.

Er öffnete die Tür mit einem strahlenden Lächeln

über seine eigene Gewitztheit, griff dann hinein und bediente sich an dem Räucherlachs.

Sie beobachtete, wie er geschickt jede Scheibe in Zigarrenform rollte, um besser daran knabbern zu können. Sie hatte es aufgegeben, ihm dazu Zitrone, frisch gemahlenen schwarzen Pfeffer, gebuttertes Brot oder andere Verfeinerungen anzubieten. Er war nicht daran interessiert. Beim ersten Mal hatte er diese Dinge mit blankem Unverständnis angestarrt. Beim zweiten Mal hatte er laut gelacht. Aber es paßte alles zusammen. Bei Mahlzeiten weigerte er sich fast wie ein kleines Kind, Gemüse zu essen – besonders grünes Gemüse mit Blättern. Es mußte freizügig in Bratensoße getunkt werden, bevor er es anrührte. Und er schien alle Tischmanieren vergessen zu haben. Jetzt lernte er sie wieder, gab ihr aber das Gefühl, daß er nur ihr zum Gefallen handelte.

Würden sie jemals wieder eine Dinner-Pary besuchen können? Oder gar eine geben können?

»Ach Win«, seufzte sie und lehnte sich an ihn. »Win, was sollen wir nur machen?«

Er legte einen Arm um sie herum und senkte den Kopf, um seine Stirn an die ihre zu reiben.

»Uuurr«, tröstete er sie. »Uuurr …«

Ja, es hätte schlimmer können kommen. Es *war* schlimmer gewesen – als Win bewußtlos dort gelegen hatte, angeschlossen an eine Maschine, und sie fürchten mußten, daß sie ihn verlieren würden.

Er hatte in den letzten Wochen großartige Fortschritte gemacht. Es war undankbar, darüber zu klagen, daß er nicht schlagartig wieder er selbst geworden war.

Und der neue Win bot sogar gewisse Entschädigungen. Er war soviel freundlicher und sanfter. Er hörte zu, hörte wirklich zu, und bemühte sich so sehr, alles zu verstehen. Seit dem Unfall hatte er keine grobe Bemerkung mehr gemacht und niemanden mehr beleidigt. Seine Unduldsamkeit war verschwunden, und sein Charme war größer geworden. Er ...

Es klingelte. Zögernd löste Miranda sich aus Wins Arm und ging zur Tür.

»Miranda, Liebling!« Lady Theodora kam mit einem großen Strauß Rosen herein und hauchte Miranda einen Kuß auf die Wange. Dann drehte sie sich um und entließ eine am Bordstein wartende Limousine mit einer Handbewegung.

»Wir haben heute die Dreharbeiten beendet und eine kleine Abschlußfeier gemacht. Ich habe beschlossen, auf dem Heimweg kurz bei Win vorbeizusehen, und sie gebeten, mich hier abzusetzen. Sie waren überaus beeindruckt.«

»Was du zweifellos beabsichtigt hattest.« Miranda schloß lächelnd die Tür hinter ihr. Sie mochte Thea.

»Es kann nie schaden, das Management zu beeindrucken«, stimmte Theodora zu. »Man weiß nie, wann sie den nächsten Job zu vergeben haben, und sie behalten einen so besser in der Erinnerung. Nicht daß es ein besonders großartiger Job gewesen wäre. *Sie* nannten es eine Hauptrolle. *Ich* würde es als Nebenrolle bezeichnen. Ich soll übrigens liebe Grüße bestellen.«

Miranda nickte. Das war nicht anders zu erwarten. Niemand ließ jemals böse Grüße ausrichten – und wenn, wurde die Botschaft vor der Überbringung passend zensiert. Liebe Grüße von allen. Und doch gab es da draußen jemanden, der Win nicht liebte, jemand, der ihm den Tod wünschte. Antoinette ... Antoinette?

»Thea«, sagte sie, als sie sich im Salon setzten. »Du kennst Win doch schon seit langem, nicht wahr?«

»Ich kannte ihn schon lange, bevor du auf der Bildfläche erschienen bist.« Lady Thea sah sie scharf an. »Das meinst du doch, oder? Ich kannte ihn sogar schon, bevor er Antoinette begegnete. Wir sind uralte Bekannte.«

»Dann kannst du mir vielleicht sagen ...« Miranda zögerte.

»Ja?« Lady Theodora blickte vielsagend auf die Karaffensammlung auf dem Ecktisch.

»Oh, entschuldige bitte.« Miranda entschied, daß es nicht schaden konnte, wenn sie den Hinweis aufgriff. Ihrem Atem nach zu urteilen, war Thea bei der Abschlußfeier rückfällig geworden, und ein oder zwei Drinks mehr machten in diesem Zustand keinen Unterschied mehr. Außerdem hatte sie immer schon den Verdacht, daß Lady Thea längst nicht soviel trank, wie sie die Leute gerne glauben ließ. »Kann ich dir etwas zu trinken anbieten?«

»Wenn du schon fragst.« Lady Theodora nahm eine bequemere Sitzhaltung ein. »Im Moment bin ich bei Bourbon – es war eine amerikanische Filmgesellschaft, weißt du. Wenn du keinen hast, genügt auch Scotch.«

»Wir haben Bourbon.« Miranda reichte ihr einen ordentlichen Schluck. Nach kurzem Zögern schenkte sie sich auch einen ein. Aus der Küche hörte sie, wie die Kühlschranktür geöffnet und wieder geschlossen wurde. Gut. Es bedeutete, daß Win für eine Weile beschäftigt war.

»Thea, erinnerst du dich an diese Zeitungsgeschichte? Über Wins ... Unfall?«

»Die diese Kreatur geschrieben hat, die überall herumgeschnüffelt hat? Ich erinnere mich daran. Wenigstens hat sie nicht noch so etwas geschrieben. Und sie hat nie von dem Orangensaft erfahren. Was hast du getan, sie angezeigt?«

»Rufus hat sich der Sache angenommen, ich weiß nicht genau wie. Was ich mich gefragt habe ... Ich meine, du kennst Win schon lange, seit den Anfängen seiner Karriere. Kannst du dich an ... irgend jemanden ... von damals ... erinnern, der ihn genug gehaßt hätte, um ihn umzubringen?«

»Praktisch jeder, der mit ihm zusammengearbeitet hat. Er war ein ehrgeiziger kleiner Mistkerl.« Lady Theodora nahm einen langen Schluck. »Aber so ist unser Geschäft nun einmal: Viele Streitereien, viele Fehden, viele Pöstchenschachereien – und dann ist alles vergeben und vergessen, und alle sind unterwegs zum nächsten Job. Wenn du mich fragst, ob Win etwas so Schlimmes getan hat, daß er sich einen Todfeind gemacht hat, der nach all den Jahren versuchen würde ihn zu töten, dann lautet die Antwort nein. Nicht daß ich wüßte.«

»Bist du sicher?«

»So sicher wie man sein kann. Trotz einiger der Melodramen, die für uns geschrieben werden, das echte Leben ist etwas anders.« Lady Theodora betrachtete nachdenklich ihr Glas. »Wenn es nicht so wäre, wäre mein Neffe, Oliver, in dieser Hinsicht ein viel besserer Kandidat, aber noch nie hat jemand versucht ihn zu töten. Leider!«

Miranda konnte sich jedem schlechten Wunsch für Oliver Crump nur anschließen, aber das wäre nicht besonders taktvoll gewesen. Eine nahe Verwandte konnte sich Bemerkungen erlauben, die von einem

Außenstehenden als Einmischung, wenn nicht gar als Unverschämtheit empfunden würden.

»Er hängt sehr an dir«, sagte sie ohne Überzeugung.

»Er weiß, auf welcher Seite sein Brot gebuttert ist«, schnaubte Lady Theodora. »*Und* mit Marmelade bestrichen – man kann es an seinem Körperumfang leicht erkennen.«

»Man spürt, daß er seine wahre Berufung als Restaurantkritiker gefunden hatte«, murmelte Miranda. Sehnsüchtig fügte sie hinzu: »Er hat nicht zufällig die Absicht, wieder einer zu werden?«

»Nicht bei seinem Selbsterhaltungstrieb.« Lady Theodora starrte brütend in ihr Glas. »Zu viele Küchenchefs warten mit geschliffenen Messern auf ihn – und er weiß das.«

»Siehst du, genau das ist es.« Miranda warf ihr Taktgefühl über Bord. »Ich kann ganz gut verstehen, warum jemand Oliver umbringen möchte, aber ich weiß nicht, warum jemand den Wunsch haben könnte, Win zu ermorden.«

»Hmm ...« Lady Theodora warf ihr einen Seitenblick zu. »Nach deinen früheren Andeutungen hätte ich angenommen, daß du eine ganz gute Vorstellung davon hast, warum zumindest eine Person Win möglicherweise umbringen möchte. Und ich bin mir nicht so sicher, daß du nicht recht hast.«

»Glaubst du ... Antoinette? Dann *weißt* du etwas!«

»Nur daß die Frau etwas labil ist. Vielleicht gefährlich labil. Das soll nicht heißen, daß sie ... vorsätzlich töten würde. Aber es waren doch auch alles Unfälle, oder nicht?«

»Nicht alles«, sagte Miranda. »Die Säure muß mit Absicht in den Orangensaft getan worden sein. Und Peter Farley hätte man fast zu Tode geknüppelt.«

»Wie bitte?« keuchte Lady Thea. »Davon habe ich noch gar nicht gehört.«

»Sie versuchen, es geheimzuhalten. Er war in Wins Garderobe, als er von hinten angegriffen wurde – und er trug Wins Kostüm.«

»Dann ist es so.« Lady Thea seufzte tief. »Ich habe Hauptdarstellerinnen gesehen, die nicht weniger labil waren als Antoinette – aber sie haben es in ihre Arbeit einfließen lassen und einen Preis nach dem anderen gewonnen.« Sie sah Miranda in die Augen. »Aber ich fürchte, jetzt ist es Zeit, Antoinette an die Kette zu legen.«

30. KAPITEL

»Nur weil du sie gefangen hast, darfst du nicht glauben, daß ich dich sie fressen lasse«, sagte Tottie streng.

Ekelhafter Gedanke! Ein leichter Schauder überkam ihn. *Und doch …* Ein fremder, nicht unangenehmer Geruch strömte von der in ein Papierhandtuch gewickelten Leiche in Totties Hand zu ihm herüber. Seine Nase zuckte, und er schob sie näher zu sich heran …

»Nein!« Tottie schob sie wieder weg. »Sie ist wahrscheinlich voller Keime und schlecht für deine Verdauung. Du glaubst nur, daß sie dich interessiert. Du kommst jetzt mit Tottie, und ich öffne eine leckere Dose Hühnchen mit Leber für dich. Das wird dir viel besser schmecken.«

Ja. Ja, das würde es. Zumindest … einem Teil von ihm. Der andere Teil lechzte nach dem Verbotenen.

Nein! Immer noch im Kampf mit Montys Instinkten – wirklich, es gab Grenzen, die nicht überschritten werden durften –, folgte er Tottie den Flur entlang und zwang seinen Körper zu einer gleichgültigen Haltung, als er zusah, wie sie ihr Päckchen in den Mülleimer warf.

»Aber trotzdem«, sagte Tottie nachdenklich. »Ich würde gerne wissen, was diese Frau in Rufus' Büro zu suchen hat.«

Das würde er auch gerne. Er begriff verärgert, daß er sich von der Spur hatte abbringen lassen, sich genauso leicht aufheben und aus dem Büro tragen lassen hatte wie die tote Maus. Sein Schwanz zuckte wütend. Sogar als Katze wurde er von Rufus überlistet.

»Nun, es tut mir leid.« Wieder mißverstand Tottie ihn. »Du bekommst sie nicht, und damit basta.« Sie nahm den A-bis-K-Band des Telefonbuchs und benutzte ihn als improvisierten Deckel für den Mülleimer. »Das kannst du vergessen.«

Er erwog, den Mülleimer umzukippen und das Telefonbuch herunterzustoßen, einfach um es ihr zu zeigen, entschied sich aber dagegen. Sie meinte es gut, und er wollte die Maus sowieso nicht wirklich haben – *Nein, er wollte sie nicht!* Wesentlich mehr interessierte ihn, was sich in dem Büro zwischen Jilly und Rufus abspielte.

Lässig erhob er sich und ging zur Tür.

»O nein, nicht schon wieder. Du bist doch gerade erst gekommen.«

Aber nicht freiwillig. Er blickte bedeutungsvoll zu der Tür hoch und dann hinüber zu Tottie.

»Schon gut, schon gut.« Sie öffnete die Tür und ließ sie offen. Er würde zurückkommen, wenn ihm danach zumute war. Während dessen konnte sie nach dem Tumult lauschen, der entstehen würde, wenn er Woody noch einmal begegnete.

Als er den Flur entlangschlich, bemerkte er, daß Montys Sinne in höchster Alarmbereitschaft waren. Hier hatte er die Maus erwischt, und wo eine Maus war, konnten noch mehr sein. Eine ganzes Nest von ihnen in dem Gebälk unter der Treppe.

Lautlos schlich er sich langsam an die Stelle heran, duckte sich dort und lauschte nach dem geringsten Quietschen oder Rascheln. Es gab hier noch mehr von ihnen, er wußte es.

Von oben drangen Geräusche herunter und lenkten ihn ab. Tottie hatte die Bürotür anscheinend nur angelehnt, und Montys übernatürliches Hörvermögen hatte keine Schwierigkeiten damit, die Unterhaltung aufzuschnappen.

»... was jetzt geschehen soll«, sagte Rufus. »Win stand bereit, das Chesterton zu übernehmen, aber ich fürchte, das würde ihn jetzt überfordern, in dem Zustand, in dem er sich befindet ...«

»Ich dachte, er sei auf dem Weg der Genesung!« Jilly stürzte sich auf die Enthüllung. »Stimmt das etwas nicht? Er wird nicht in das Stück zurückkehren?«

»Das Stück ist eine Sache, die Leitung eines Theaters eine ganz andere. Viel mehr Verantwortung, Entscheidungen ...« Rufus' Stimme wurde wachsam. »Das bleibt unter uns, verstanden?«

»Ja, natürlich«, sagte Jilly mit belegter Stimme. »Mir würde nicht *im Traum* einfallen, etwas zu verwenden, das Win schaden könnte – oder dir.«

Da gab es nicht viel. Er kannte diesen Ton. Die verschlagene Hexe konnte es kaum abwarten, an ihren Computer zu kommen und mit der Story anzufangen.

»Die Sache ist die ...« Vielleicht begriff das auch Rufus und spürte, daß ein Anreiz nötig war, um Jilly bei der Stange zu halten. »Ich hatte die Hoffnung, beim Fernsehen einzusteigen. Soll Win ruhig das Chesterton übernehmen. Ich hätte dann die Zeit und Ruhe, die erforderlichen Schritte einzuleiten und mich mit ein paar Freunden in Verbindung zu setzen, die eine neue Produktionsgesellschaft für Fernsehfilme gründen. Vielleicht würden wir mit der Zeit sogar ein eigenes Programm bekommen.«

»Fernsehen ...«, hauchte Jilly. Es war der Heilige Gral für Medienleute. Sie träumten davon, vor den Kameras zu stehen, flüssig vom Teleprompter abzulesen, ein unsichtbares Publikum anzulächeln, im Mittelpunkt des Interesses zu stehen, die öffentliche Meinung zu beeinflussen, die neuen Trendsetter zu sein. »Rufus, das ist ja wunderbar!«

»Natürlich ...« Geschickt warf Rufus den Köder aus, »... werden wir auch magazinartige Sendungen machen, und dazu werden wir Moderatoren brauchen. Leute, die fotogen und schnell von Begriff sind ... jung, intelligent, ambitioniert ...«

»Ja, ja«, sagte Jilly eifrig. »Du hast ja so recht. Frisches Blut ...«

»Jemanden wie dich, Jilly.« Rufus tat überrascht, so als sei ihm gerade erst aufgegangen, daß sie seiner Beschreibung entsprach. »Ich nehme ja nicht an, daß du vielleicht Interesse ... Nein, nein, natürlich nicht. Du bist wahrscheinlich vertraglich an deine Zeitung gebunden. Vergiß, was ich gesagt habe. Schade ... Ich glaube wirklich, du wärst für diesen Job wie geschaffen ...«

Diese Ratte! Diese clevere Ratte! Langsam begann er die Treppe hinaufzukriechen. Er hatte alle geringeren

Nager vergessen. Sie waren beide Ratten. Sie hatten einander verdient.

»Ich würde liebend gerne für das Fernsehen arbeiten«, gestand Jilly. »Ich bin sicher, daß ich mich mit dem *Record* irgendwie einigen könnte ...«

»Natürlich ist das alles noch im Frühstadium«, sagte Rufus. »Wenn herauskommt, daß es gewisse Schwierigkeiten mit dem Chesterton-Geschäft geben könnte, sehen meine künftigen Kollegen sich vielleicht nach einem anderen Partner um.«

»Von mir werden sie nichts erfahren«, versicherte Jilly ihm. »Meine Lippen sind versiegelt.«

»Sind sie das?« Rufus sprach mit verändertem Tonfall. »Schade, ich hatte eigentlich gehofft ...«

Die Geräusche einer neckischen Balgerei waren zu hören. Ein Quietschen und Poltern ertönte. Jilly stöhnte ermutigend.

Wie gut kannte er dieses ermutigende Stöhnen! Die arme Jilly legte sich bei ihrem alternden Lotharios wirklich ins Zeug. Was für eine Schande, daß so wenige junge Männer in der Lage waren, ihr die Jobs und Luxusartikel zukommen zu lassen, die sie verdiente. Ein junger Mann wäre einmal eine nette Abwechslung für sie gewesen.

Er blieb vor der Tür stehen und spähte in das Büro. Wie nett, sie hatten sich auf seine Höhe begeben. Jilly lag auf dem Rücken und war eifrig dabei, Rufus' Krawatte zu lösen und sein Hemd aufzuknöpfen, während Rufus an ihr herumschnupperte.

Wie schade, daß er zu dieser Nachtclubvorstellung nichts beitragen konnte. Vielleicht konnte er Rufus auf den Rücken springen? Vielleicht konnte er sich heranschleichen und Jilly ins Auge spucken? Etwas hinter seinem Rücken alarmierte ihn, und blitzschnell wirbelte er herum.

Erwischt! Diese hier war kleiner als die erste. Kein Mäuse-Säugling, eher ein Mäuse-Teenager. Und sie lebte noch. Vor Schrecken erstarrt, aber noch lebendig. Für einen kurzen Augenblick überlegte er sich, ob er einen kleinen Probehappen nehmen sollte – nur im Dienste der wissenschaftlichen Neugier natürlich.

Nein, nein! Er unterdrückte Montys Instinkte wieder, obwohl es schwieriger wurde. Besonders wenn er müde war, gewann der Kater leicht die Oberhand. Nein, er würde diese bebende Kreatur *nicht* fressen. Er hatte eine bessere Verwendung dafür.

Katzen spielen mit Mäusen. Überaus vorsichtig nahm er sie in den Mund. Er wollte sie nicht beschädigen. Sie versprach lebendig mehr Spaß. *Katzen teilen ihre Mäuse mit Spielgefährten. Hähähä.*

Hallo, Spielgefährten! Er ließ die Maus neben Jillys Ohr fallen. Sie war zu beschäftigt, um es zu merken. Genau wie Rufus. Die Maus duckte sich dort, vor Angst wie versteinert.

Laßt uns etwas Stimmung in die Bude bringen. Er stieß die Maus mit der Pfote an, und sie erwachte piepsend zum Leben. Sie stieß mit Jillys Ohr zusammen und suchte krabbelnd daran nach Halt, um über es hinwegzuklettern.

»Iiiihhhhh!« kreischte Jilly und schlug mit allen vieren um sich, so daß Rufus von ihr herunter geschleudert wurde. Die Maus rannte über ihr Gesicht und verpaßte um Haaresbreite ihren schreienden Mund.

»Was, zum Teufel ...?« Rufus starrte ungläubig auf die Maus. Sie rannte durch das Zimmer und verschwand hinter der Wandvertäfelung.

Der Kater hockte sich hin und betrachtete die beiden Menschen fröhlich.

»Diese gottverdammte Katze!« Jilly kam mühsam auf die Beine und trat hysterisch nach ihm.

Meilenweit vorbei. Er wich nur ein wenig aus, als der nylonumhüllte Fuß an ihm vorbei fuhr.

»Und er lacht uns noch aus!« kreischte Jilly. »Sieh ihn dir an – er lacht uns aus!« Sie sah sich mit wildem Blick um. »Wo sind meine Schuhe? Ich werde sie anziehen und mit meinen hohen Absätzen auf ihm herumtrampeln!«

»Das geht zu weit!« Rufus stampfte durch das Büro und riß die Tür auf.

»TOTTIE!« brüllte er. »TOTTIE, KOMM HER UND HOL DIESE VERDAMMTE KATZE!«

»Hättest du nicht eine Minute warten können?« Jilly wandte ihren Zorn ihm zu, während sie versuchte, ihr Erscheinungsbild wieder in einen halbwegs respektablen Zustand zu versetzen.

Rufus starrte sie für einen Moment verständnislos an, blickte dann an sich hinunter und begann die Mängel an seinem eigenen Äußeren zu beheben, während Schritte die Treppe hinaufzupoltern begannen.

Bitte überprüfen Sie den Sitz ihrer Kleidung, bevor sie gehen. Hähähä.

»Schon gut.« Woody erschien in der Tür. »Ich werde ihn für Sie wegbringen.«

»Nein, das wirst du nicht!« Tottie erschien unmittelbar nach Woody. Sie stieß ihn beiseite und fegte durch das Zimmer, um Monty in die Arme zu nehmen. »Was hat er denn getan, daß ihr euch alle so aufregt?«

»Er hat noch eine Maus hereingeschleppt«, sagte Rufus knapp. »Eine lebendige. Sie hat Miss Zanna … erschreckt.«

»Sie ist mir über das Gesicht gelaufen«, sagte Jilly erbittert. »Direkt über mein Gesicht.«

»Wirklich?« Totties Augen weiteten sich ungläubig. »Wie hat denn Monty eine Maus bis zu Ihrem Gesicht hinaufgebracht?«

»Das ist doch jetzt egal ...«, sagte Rufus schnell.

»Es tut mir leid, Rufus«, sagte Jilly gleichzeitig. »Ich möchte jetzt nach Hause gehen und eine Stunde lang duschen. Ruf mich morgen an, dann können wir uns zusammensetzen und ... unsere Unterhaltung fortsetzen.« Sie warf Monty einen giftigen Blick zu. »Ohne die Katze.«

»Oje, sie ist aber *wirklich* aufgebracht«, sagte Tottie, als Jillys Schritte wütend die Stufen hinunter polterten. »Du bist ein ungezogener Junge, Monty.«

»Bring ihn einfach hier raus!« fuhr Rufus sie an.

»Lassen Sie mich das machen«, knurrte Woody und griff nach dem Kater. »Ich garantiere Ihnen, daß wir nie wieder Ärger mit ihm haben werden.«

Der Kater erwiderte sein Knurren aus der Sicherheit von Totties Armen und schlug mit der Pfote nach den zugreifenden Händen.

Fluchend sprang Woody zurück. Lange, dünne, rote Striemen zogen sich über eine seiner Hände.

»Du verfluchter Bastard!« fauchte er. »Dafür mach' ich dich fertig!«

»Sie können auch hier verschwinden!« Rufus war mit seiner Geduld am Ende.

Tottie wartete, bis sie Woodys Schritte verklingen hörte, bevor sie zur Tür ging. Über ihre Schulter lächelte sie zu Rufus zurück, doch der schien in eine schlechte Stimmung versunken zu sein. Finster blickte er auf den Teppich hinunter.

»Ich glaube, ich bringe dich jetzt besser zu deinem

eigenen Schutz zum Haus zurück«, murmelte sie Monty ins Ohr, während sie ihn die Treppe hinunter trug. »Egal wie viele Mäuse du gefangen hast, du hast heute abend nicht die Wahl zum Mister Popularität gewonnen.«

Aber ich habe mich köstlich amüsiert. Hähähä.

31. KAPITEL

»O Tottie!« Miranda machte einen verwirrten Eindruck, als sie die Tür öffnete. »Komm herein.« Sie blickte über Totties Schulter. »Bist du allein?«

»Abgesehen von Monty«, betonte Tottie. »Ich weiß nicht, was mit ihm los war, aber er hat sich heute abend im Chesterton ganz schön in Mißkredit gebracht.« Listig fügte sie hinzu: »Wahrscheinlich vermißt er Win.«

»O ja, bring ihn herein«, sagte Miranda zerstreut. Sie blieb an der Tür stehen und blickte die Straße hinauf und hinunter.

»Erwartest du jemanden, Liebes?«

»Nur Oliver Crump. Er kommt, um seine Tante abzuholen.«

»Oh, das wird Win nicht gefallen«, sagte Tottie. Der Kater knurrte leise beifällig.

»Es wird Win äußerst gleichgültig sein.« Miranda lächelte schwach. »Um ehrlich zu sein, ich würde mir wünschen, daß Win wütend werden *könnte* oder jemanden beleidigte oder irgend etwas tun könnte, das an den alten Win erinnert. Er ist zur Zeit so süß und zuvorkommend, daß es mir das Herz bricht.« Miranda trat zurück und schloß die Tür.

»Ich weiß, was du meinst, Liebes.« Tottie nickte traurig. »Es war genauso, als die Kinder krank waren. Man fängt an, sich zu wünschen, daß sie irgend etwas anstellen, nur damit man weiß, daß es ihnen wieder besser geht.«

»Wenn das das Kriterium ist, dann kann ich dir versichern, daß es Thea *sehr* gut geht«, sagte Miranda trocken.

»Oh, meine Liebe! So ist das also?« Tottie konnte sich vorstellen, wovon sie sprach. »Probleme?«

»Nicht unsere«, sagte Miranda. »Olivers Problem – wenn er kommt.«

»Ich dachte, sie hätte diesen Filmjob. Wenn sie arbeitet, ist sie doch normalerweise in Ordnung.«

»Die Dreharbeiten waren heute zu Ende. Sie ist direkt von der Abschlußfeier hierher gekommen.«

»Oh.« Tottie war jetzt voll im Bilde. »Und ich nehme an, du warst gastfreundlich wie immer?«

»Nicht allzu sehr, fürchte ich. Ich hatte nicht erkannt ...«

»Das kann niemand. Sie ist in dieser Beziehung schrecklich clever. Aber du sagtest, Oliver ist unterwegs ...?«

»Er hat angerufen, als er sie am Drehort nicht erreichen konnte. Ein paar Leute von Filmteam wußten, wohin sie gegangen war. Er muß jeden Augenblick hier sein.« Miranda seufzte. »Ich nehme an, er wird wütend auf mich sein – und mit Recht, fürchte ich.«

»Das konntest du nicht wissen«, tröstete Tottie sie. »Ich werde hierbleiben. Er wird keine große Szene machen, wenn noch jemand hier ist.«

»O Tottie, du bist ein Schatz.« Miranda lächelte warm. »Bitte bleib über Nacht.« Sie spürte plötzlich unendliche Erleichterung. Freundliche Gesellschaft an ihrer Seite, die die Bürde mit ihr trug – das war es, was sie jetzt brauchte. Was Win einmal gewesen war, aber jetzt ... »Win ... ich weiß nicht. Thea scheint bei Win eine seltsame Stimmung ausgelöst zu haben.«

»Mach dir keine Sorgen, Liebes.« Tottie freute sich. »Wir werden ihn schon wieder beruhigen ... o Gott!«

»Und dann ...« Lady Theodora stand im Zimmer und erzählte gestenreich eine komplizierte Anekdote. Win lag halb auf dem Sofa, grinste sie wohlwollend an und stachelte sie an.

»Und dann ...« Lady Theodora fuchtelte mit dem Rosenstrauß herum, an dem sie sich festklammerte. »... schüttete sie ihm den Kaffee ins Gesicht!«

»Grroßartich, großartich!« ›Das Instrument‹ applaudierte.

»Du hättest ihn *sehen* sollen. Er konnte es noch nicht glauben, als ihm der Kaffee schon vom Kinn tropfte. Normalerweise ist *er* es, der sich daneben benimmt!«

»Iss ganz was anners, nich?« sagte ›Das Instrument‹.

»O Win, du bist wirklich ein Dummkopf!« Lady Theodora ließ sich bebend vor Lachen in ihr Sofa zurückfallen und langte nach ihrem Drink.

»Aber ...« Tottie sah Miranda besorgt an und senkte ihre Stimme. »Aber warum spricht er immer mit diesem Cockney-Akzent?«

»Wart einen Augenblick«, antwortete Miranda *sotto voce*. »Win, Liebling.« Sie hob die Stimme. »Hier sind Tottie und Monty, um dir einen Besuch abzustatten.«

»Guit! Guit!« ›Das Instrument‹ wechselte ins Schottische. »Soid gegruißt, moine Lieben.« Er strahlte sie an und schien sich auf seine eigene Cleverness etwas einzubilden.

»Er ist so, seit Thea hier ist«, murmelte Miranda. »Ich weiß nie, welcher Akzent als nächster kommt – und sie hält es für lustig. Es ... es fängt an, mir Angst zu machen. Meinst du, es könnte ein neues Symptom sein? Vielleicht bewegt er sich auf einen Rückfall zu?«

»Ich glaube nicht, Liebes.« Totties Stimme klang nicht ganz ehrlich. Auch sie machte sich Sorgen. »Vorher hat er überhaupt nicht gesprochen.«

»Vollen Zieh nicht etwas trrinken?« Jetzt war es Deutsch. Eine Zeile aus einem fast vergessenen Film. Mit etwas Glück hatten die Leute, die den Film gesehen hatten, ihn völlig vergessen, aber es sah so aus, als befänden sich Überbleibsel davon noch im Gedächtnis ›Des Instruments‹.

Auf den Spuren von Eliza Doolittle! Der Kater hockte sich hin und schüttelte benommen den Kopf, als er begriff, was vor sich gehen mußte. In dem verzweifelten Versuch, die Erwartungen zu erfüllen, die an ihn gerichtet wurden, stieß Monty zufällige Sätze aus. Man konnte es ihm nicht zum Vorwurf machen. Er war schon wer weiß wie lange in einem fremden Körper gefangen und hatte gelernt, ganz gut damit umzugehen, aber die Sprache war immer noch ein Problem für ihn. Er wühlte hektisch in den Erinnerungen ›Des Instruments‹ und gab fertige Sätze und Textzeilen von sich, die er vorfand, ohne zu begreifen, daß sie mit einem Akzent versehen waren, der zu der jeweiligen Rolle gehörte. Monty war immer noch nicht klar, daß Winstanley Fortescue Wörter in seinem normalen Standardenglisch aussprechen sollte.

»Ich glaube, ich brauche jetzt auch einen Drink.« Tottie wirkte überwältigt.

»Richtisch so, bedien disch nur, Mädschen.« Er strahlte sie wieder an.

»Oh, meine Liebe«, sagte Tottie. »Madame Rosetti ist für ihre Arbeit wie geschaffen.«

»Sie hat schon ein kleines Wunder bewirkt.« Miranda schenkte Tottie einen Drink ein und reagierte auf Lady Theodoras unterschwelliges Signal und füllte deren Glas auf. »Er beherrscht die Rolle fast fehlerfrei. Nur wenn er normal redet, ist er so wie jetzt. Normal!« Sie stieß ein leicht hysterisches Lachen aus.

›Das Instrument‹ sah unbehaglich zu ihr hinüber, als fürchtete es, etwas falsch gemacht zu haben.

»Alles in Ordnung, Liebling?« fragte sie und lächelte ihm beruhigend zu.

»Oh, das will isch meinen, altes Mädschen«, nuschelte er. »Alles bestens.«

»Diesmal war es fast richtig«, sagte Tottie. »Zumindest versucht er es.«

An der Tür klingelte es heftig. Miranda ging, um aufzumachen.

»Das wird für mich sein, fürchte ich«, sagte Lady Theodora pathetisch. »Der Galgen ruft!«

»Viel, viel besser dünkt mich mein Tun ...« ›Das Instrument‹ reagierte sofort auf das Stichwort, »... als ich ... *aaauuaah*!«

Unfähig sich länger zu beherrschen, hatte der Kater ihn heftig in den Fußknöchel gezwickt.

»Monty!« Tottie eilte herbei, nahm ihn in den Arm und trat zurück, während Winstanley Fortescue sich den Knöchel rieb und den Kater anstarrte. »Was ist nur heute abend mit dir los? Ich dachte, hier beruhigst du dich wieder. Es tut mir leid, Win. Monty ist schon den ganzen Tag nicht ganz bei sich.«

›Das Instrument‹ blickte finster, enthielt sich aber

dankenswerterweise eines Kommentars. Wenn es sich nur wieder in sein brütendes Schweigen zurückziehen würde – und dort zwischen den Vorstellungen bleiben würde! Dann war die Situation vielleicht gerettet. Einen brütenden Halbinvaliden konnte man verstehen, aber ein Winstanley Fortescue, der herumlief und alberne Bemerkungen in den verschiedensten unpassenden Akzenten von sich gab, würde sich nur zum Narren machen. Man würde ihm in Zukunft immer weniger Rollen anbieten, egal wie gut er auf der Bühne war.

Mirandas Stimme erklang von der Eingangshalle her in einem höheren und künstlicheren Tonfall, als sie ihn unter Freunden benutzte. Mehr als eine Stimme antwortete ihr. Ein Stimmenwirrwarr war zu hören, so als würden Leute vorgestellt oder Erklärungen abgegeben. Sie erschien wieder. Unmittelbar hinter ihr folgten Oliver Crump und ein großer, unbekannter Mann.

»Ich wußte, daß du es bist«, sagte Lady Theodora. »Jedesmal, wenn ich mich amüsiere, tauchst du auf und willst mir den Spaß verderben. Wie ich sehe, hast du Verstärkung mitgebracht. Hast du alleine Angst vor mir?«

»Das hat nichts mit dir zu tun, Tante Thea.« Oliver Crump betrachtete ihr Glas und wandte den Blick wieder ab. Er war nicht bereit, dieses Thema jetzt anzusprechen. »Ich tue Rufus einen Gefallen, das ist alles.«

»Du tust Rufus einen Gefallen? Du?« Lady Theodora schüttelte den Kopf. »Höchst unwahrscheinlich.«

»Und doch ist es so, Tante Thea. Rufus hat mich angerufen, weil er wußte, daß ich, äh, Erfahrung mit bestimmten Schwierigkeiten habe, und weil er meinen Rat bei dieser Sache brauchte. Natürlich war ich froh, helfen zu können. Darum habe ich Ace heute abend mitgebracht. Rufus bat mich darum.«

»Ace?« Lady Theodora betrachtete über Olivers Schulter hinweg den großen Mann, der hinter ihm stand. »Kenne ich Sie nicht?«

»Guten Abend, Lady Theodora.« Die Stimme des Mannes war tief und erstaunlich wohlklingend. »Wir haben uns vor ein paar Jahren kennengelernt, als ich für Mister Crump tätig war.«

»Als Sie ihn beschützt haben, meinen Sie. Ich erinnere mich.« Lady Theodoras Augen glänzten freudig. »Es war das Gerücht im Umlauf, daß eine amerikanische Restaurantkette einen Killer auf Oliver angesetzt hatte. Wegen der Art und Weise, in der er über ihr bestes Restaurant berichtet hatte ...«

»Die Leute in der Gastronomie haben keinen Sinn für Humor.« Oliver schauderte. »Ich nehme an, es liegt daran, daß sie ständig, bei jedem Wetter, in einer heißen Küche eingesperrt sind, mit allen möglichen gefährlichen Waffen um sich herum. Naturgemäß bekommen sie gewalttätige Gedanken.«

»Sie waren sechs Monate lang Olivers Schatten«, fiel Lady Theodora ein. »Bis er gekniffen hat und einen Job als Theaterkritiker bekam.«

»Es wird besser bezahlt«, verteidigte sich Oliver beleidigt. »Und man hat weniger Verdauungsstörungen.«

»Du vielleicht, aber deine Opfer nicht.« Das Leuchten ihn ihren Augen erlosch. »Auf jeden Fall stimmte das Gerücht nicht – es gibt dich immer noch.«

»Vielleicht liegt das daran, daß ich ein guter Leibwächter bin«, sagte Ace Barron. »Ich könnte Ihnen meine Referenzen zeigen, aber ich denke, meine beste

Referenz ist die Tatsache, daß alle meine Klienten noch leben und sich bester Gesundheit erfreuen.«

»Das habe ich auch Rufus gesagt«, sagte Oliver. »Und er war damit zufrieden. Ace wird in den nächsten paar Wochen ein Auge auf Win haben.«

»Solange wie es erforderlich ist«, korrigierte ihn Miranda mit scharfer Stimme. »Rufus kann uns nicht damit abspeisen, daß er nur für einen bestimmten Zeitraum für Schutz sorgt und Win dann im Stich läßt, wenn er den Schutz vielleicht am dringendsten benötigt.«

»Auch darüber haben wir gesprochen«, sagte Oliver. »Aber Rufus glaubt – und ich muß gestehen, daß ich ihm zustimme –, daß die Zwischenfälle darauf gezielt waren, die Aufführung zu verhindern, und nicht Win persönlich galten. Wenn *Die Schlange im Heidekraut* angelaufen ist, dürften keine Schwierigkeiten mehr zu erwarten sein.«

»Warum sollte jemand daran interessiert sein zu verhindern, daß das Stück anläuft?«

»Weil es auf einem weithin unbekannten echten Giftmord beruht, der nie aufgeklärt wurde – und es präsentiert einen Mörder, der damals nicht einmal zum Kreis der Verdächtigen gehörte. So etwas ist immer eine gefährliche Sache.«

»Das ist doch lächerlich«, sagte Miranda. »Außerdem gibt es keine Nachkommenschaft von dieser Familie. Das hat uns der Autor versichert.«

»Ich fürchte, der Autor hat gelogen«, sagte Oliver. »Ich habe in der Zeitungsbibliothek in Colindale ein paar Nachforschungen angestellt und den Fall in den damaligen Zeitungen aus Edinburgh nachgelesen. Es deutet alles darauf hin, daß der Sohn, die Frau, die später wieder geheiratet hat, und der amerikanische

Besucher später Abkömmlinge hatten. Wenn Rufus dem nachgehen will, kann er jemanden beauftragen, sich mit den entsprechenden Stammbäumen zu befassen.«

»Aber warum sollte nach so langer Zeit noch jemand Interesse daran haben?« wollte Tottie wissen.

»Nun, Zeit spielt in diesem Fall keine Rolle«, sagte Oliver. »Denk daran – Mord unterliegt keiner Verjährung.«

»Das vielleicht nicht«, sagte Lady Theodora. »Aber alle unmittelbar betroffenen Personen sind schon tot. Warum sollten ihre Kinder oder Enkel sich Sorgen wegen der Taten ihrer Vorfahren machen?«

»Es könnte sich auf ihre Erbschaften auswirken.« Oliver warf ihr einen weisen Blick zu. »Ein Mörder oder eine Mörderin hat keinen Anspruch darauf, von seinem oder ihrem Verbrechen zu profitieren. Wenn das doch geschehen sein sollte, ist es möglich, daß das Erbe den Erben entzogen wird und unter Berücksichtigung der neuen Umstände neu verteilt wird.«

»Das möchte ich doch mal sehen.« Lady Theodora war überaus praktisch veranlagt. »Es kann genausogut sein, daß jeder Pfennig von dem Erbe schon ausgegeben worden ist.«

»Eine geniale Theorie.« Mirandas Stimme deutete an, daß Oliver zu viele Krimis sah. »Aber ich glaube, daß jeder halbwegs fähige Rechtsanwalt jeden Versuch im Keim ersticken kann, den Erben der Erben ihr Geld wegzunehmen. Die Aufführung zu verhindern ist kein ausreichender Grund, um jemanden umzubringen.« Nein, es war vielleicht ein beruhigender Gedanke, daß es sich nicht um eine persönliche Rache an Win handelte, aber sie glaubte es nicht. Jemand hatte es auf ihn abgesehen – und sie mußte Ace Barron schnell klarmachen, daß er Antoinette besonders scharf im Auge behielt.

»Sie könnten das gleiche Ziel wesentlich leichter erreichen, wenn sie das Theater in Brand stecken.« Lady Theodora lachte plötzlich. »O Oliver, ich könnte mich über deine Narreteien kaputt lachen!«

Ich würde immer noch alles auf Rufus selbst setzen. Ein cleverer Teufel ermunterte Oliver, ein paar entfernte und nebulöse Personen ins Spiel zu bringen, auf die man im Bedarfsfall den Verdacht lenken konnte. Er würde keinen Penny darauf verwetten, daß Rufus tatsächlich Geld für jemanden ausgab, der seine Zeit damit verschwendete, in alten Archiven nach Phantomen zu suchen. Rufus würde sein Geld lieber auf dem Spieltisch verschleudern.

»Es freut mich immer, wenn ich dich erheitern kann«, sagte Oliver zähneknirschend. »Es ist immer nett, wenn man gut ankommt – wenn auch aus dem falschen Grund.«

»Auf jeden Fall sind wir dir sehr dankbar, daß du Ace für uns gefunden hast, Oliver«, sagte Miranda schnell. »Das war sehr freundlich von dir. Und von Rufus.«

Das war ein weiterer Punkt. Warum war Rufus so hilfsbereit? Konnte man sich wirklich darauf verlassen, daß sich Ace richtig um Win kümmerte? Ein Freund von Oliver? Den Rufus bezahlte? Auf wessen Seite würde er stehen, wenn es kritisch wurde?

»Ich habe gerne geholfen.« Angesichts Mirandas Dankbarkeit entspannte Oliver sich. »Ich wußte, daß ihr Ace mögen würdet – und er euch.« Er warf einen unbehaglichen Blick auf Winstanley Fortescue, der das Geschehen schweigend verfolgt hatte. »Was hältst du davon, Win?«

»Mister Fortescue ...« Ace ging mit ausgestreckter Hand auf ihn zu. »Ich bin sicher, daß wir gut miteinander zurechtkommen werden. Machen Sie sich keine Sorgen, ich werde schon auf Sie aufpassen.«

›Das Instrument‹ gestattete, daß seine Hand ergriffen und geschüttelt wurde. Er sah Monty finster an und brachte seine Fußknöchel in eine weniger leicht zugängliche Position.

»Klasse Job, was Kumpel?« knurrte er.

32. KAPITEL

Immer in der unaufdringlichen Begleitung von Ace Barron, kehrte Winstanley Fortescue ins Chesterton zurück und schloß sich den Proben an. Langsam normalisierte sich das Leben, und das Stück nahm wieder Gestalt an. Die gelegentlichen Neuigkeiten über Peter Farley waren ermutigend, wenn auch nicht so gut wie erhofft. Er erholte sich langsam, war aber immer noch nicht in der Lage zu sprechen. Wenn irgend jemand Zweifel an der Wahrheit dieser Berichte hatte, behielt er sie für sich.

»Ich weiß nicht«, sagte Rufus am Ende der Woche übellaunig. »Irgend etwas scheint zu fehlen. Irgend etwas stimmt nicht.«

»Das ist doch immer so«, meinte Davy. »Was fehlt, ist das Publikum. Wenn das Ensemble Gesichter im Zuschauerraum sieht, wird es richtig aufdrehen.«

»Vielleicht hast du recht.« Aber Rufus beobachtete mit zusammengekniffenen Augen, wie Winstanley Fortescue jetzt, nachdem sein Auftritt vorbei war, zusammengesunken dösend in einem Sessel saß.

»Oh, auch ich mache mir immer noch Sorgen wegen Win.« Tottie wagte es, leichte Kritik zu üben. »Seht ihn euch an, wie er immer da sitzt, wenn er keinen Auftritt hat. Wie eine Marionette mit durchgeschnittenen Fäden. Glaubst du, du nimmst ihn vielleicht etwas zu hart ran?«

»Er teilt sich seine Kräfte ein«, sagte Davy mit mehr Überzeugung, als er verspürte. »Macht euch um Win keine Sorgen, er ist Profi bis in die Fingerspitzen. Er wird am Premierenabend in Form sein.«

»Wir haben auch gar keine andere Wahl«, sagte Rufus. »Nächsten Mittwoch ist die Premiere. Ach, zum Teufel ...« Er klatschte entschlossen in die Hände. »Ich bin schon größere Risiken eingegangen!«

»Heute nachmittag ist Kostümprobe, Win.« Miranda lächelte ihren Ehemann strahlend an.

»Oh ...« Er schien nach einer Antwort zu suchen – oder vielleicht nach dem richtigen Akzent dafür. Madame Rosetti hatte unermüdlich an seinen Stimmbändern herumgefeilt. Vielleicht allzu sehr. Er fing an, in seinen freien Stunden einen etwas gequälten Eindruck zu machen.

»Oh, gut.« Er wartete ab, ob das die richtige Antwort war.

»Ich habe für nachher eine kleine improvisierte Feier arrangiert«, fuhr Miranda fort. »Etwas ganz anderes als die Premierenfeier, meine ich. Die ist Rufus' Sache. Diese hier ist unsere Sache, als Dank an das Ensemble und die anderen Mitarbeiter für ihre Hilfe und Geduld. Es sollte alle ein wenig aufmuntern.«

»Oh, gut.«

»Ich wußte, daß du dich freuen würdest.« Miranda behielt ihr strahlendes Lächeln bei. Würde Win jemals wieder in mehrsilbigen Wörtern reden? »Ich habe alle deine Lieblingsspeisen bestellt. Und Champagner.«

»Oh, gut.« Er streckte ihr mit seinem schmelzenden Lächeln die Arme entgegen, und sie schmolz pflichtgemäß dahin. Spielten Worte überhaupt eine so große Rolle? Hier war der wahre Win, und er brauchte sie, wie er sie noch nie zuvor gebraucht hatte. Alles andere würde sich schon von selbst ergeben – mit der Zeit.

»Ich wünschte wirklich, du würdest aufhören herumzuschleichen und dich hinsetzen«, schimpfte Tottie. »Es gibt hier keine heißen Ziegel, aber du stellst dich an, als würdest du auf ihnen tanzen. Komm jetzt, Monty, mach mal eine Pause. Es macht mich ganz verrückt, dir zuzusehen.«

Dann hör auf, mir zuzusehen! Das war das Problem an diesem Ort: nirgendwo hatte man sein Ruhe. Alle beobachteten sich gegenseitig mehr oder weniger mißtrauisch. Der Leibwächter beobachtete alle. Würde der Mörder vor der Premiere noch einen Anschlag auf Winstanley Fortescue verüben?

Es war schon die Kostümprobe. Morgen abend war die Premiere. Er hatte allen Grund zur Nervosität. Er mußte aufpassen und bereit sein, ›Das Instrument‹ vor der Gefahr zu beschützen, die überall lauern konnte. Nachdenklich schärfte er seine Krallen an den Sägeböcken, die man im Foyer aufgestellt hatte.

»Laß das!« Tottie deutete halbherzig einen Schlag an.

Er machte sich nicht die Mühe auszuweichen. Sie wollte ihn sowieso nicht treffen.

»Da sind wir, Tottie.« Zwei der Bühnenarbeiter erschienen. Sie trugen die langen Bretter, die – auf die Sägeböcke gelegt – den Tisch bilden sollten.

»Gut. Legt sie einfach dorthin.« Tottie hätte sich ihre Handbewegung sparen können, sie wußten, was zu tun war. Sie hielt die Stoffbahn, die als Tischdecke dienen sollte, bereit, um sie über die Bretter zu werfen. »Der Partyservice wird jeden Moment eintreffen.«

Partyservice? Eine Feier? Der Kater zog seine Krallen zurück und ging ein Stück zur Seite, während die Bühnenarbeiter den Tisch aufbauten und Tottie das Tuch darauf legte. *Warum fangen sie denn schon so früh an?* Die Premiere war erst morgen abend, und die Besucher würden sich im Foyer drängen. Der Tisch würde allen im Weg stehen. Und warum sollte der Partyservice heute schon kommen? Die Feier sollte nach der Vorstellung hinter der Bühne stattfinden, wie immer. Das Essen würde verderben – oder nicht mehr frisch sein – wenn es vierundzwanzig Stunden lang herumstand. Was ging nur vor?

Jemand rappelte an der Hauteingangstür, und Tottie ging hin, um zu öffnen. Eine kleine Prozession kam mit folienbedeckten Tabletts herein, auf denen sich butterbestrichene Brötchen und erlesene Brotsorten befanden. Es folgten Platten mit dünnen Rindfleischscheiben, Räucherlachs, Hühnchenfleich und Schinken. Schüsseln mit Kartoffeln, Reis, Bohnen und Blattsalat.

»Steht nicht so herum«, wies Tottie die Bühnenarbeiter an. »Geht und helft ihnen, alles hereinzubringen.«

Die größer gewordene Prozession setzte sich fort, brachte Champagnerflaschen nebst eisgefüllten Kühleimern herein, Tabletts mit Keksen, Käsekuchen, Teegebäck, Obstsalat, Kaffeekannen. Alles wurde auf dem Tisch verteilt. Ein überladener Tisch, wahrhaftig.

Der Kater zog sich unbeachtet in eine Ecke zurück und beobachtete die Vorbereitungen. Das Wasser lief ihm im Munde zusammen.

O ja, es gab eine Feier. Und zwar heute abend. Entzückt schloß er die Augen. *Er liebte Feiern.* Das *pièce de résistance*, eine riesige Schüssel voller Kaviar in einem Eisbett, wurde mitten auf dem Tisch plaziert. Köstliche Düfte drangen unter den Plastikfolien hervor und versprachen leckere Häppchen von seinen Freunden.

Bääh! Ein anderer Geruch beleidigte seine empfindliche Nase. Widerlich, abstoßend, bösartig – er brauchte kaum die Augen zu öffnen, um zu wissen, daß Woody auf der Bildfläche erschienen war.

»Was soll das alles?« fragte Woody.

»O ja.« Tottie sah ihn an. »Das sieht dir ähnlich, aufzutauchen, wenn die ganze Arbeit getan ist.«

»Welche Arbeit? Niemand hat mir etwas gesagt.«

»Es gibt eine Überraschungsparty. Miranda und Win geben sie für alle. Um uns vor der Premiere aufzumuntern.«

»Ha!« grunzte Woody. »Die glauben wohl, daß sie sich Freunde kaufen können, was?«

Bäh! Er war eine abscheuliche Kreatur! Dumm und ungehobelt – und er roch nach schrecklichen Dingen. Nach Haß und Terpentin und Lösungsmitteln und …

Bäh! Der Kater wich vor der Abscheulichkeit zurück,

bis er sich an die Wand preßte. Woody stank nach *Hund*!

Vom Zuschauerraum her ertönte ein Ruf.

»Gleich muß das Bühnenbild ausgewechselt werden«, sagte Tottie. »Ihr geht besser rüber und macht eure Arbeit. Kein Wort hiervon, denkt daran. Miranda will, daß es eine Überraschung wird.«

Liebe Miranda ... immer so reizend und aufmerksam. Wie typisch für sie. So großzügig zu ihren Freunden – unseren Freunden. Unseren lieben, reizenden Freunden ... das war überhaupt eine Idee ... eine Party für unsere Freunde ...

Er beobachtete, wie Tottie noch ein paar letzte Vorbereitungen traf und dann den Leuten vom Partyservice die Erlaubnis erteilte, für eine Vorab-Vorstellung in den Zuschauerraum zu schlüpfen.

Bis zum Ende der Kostümprobe würden sie alle vollauf beschäftigt sein. Für noch mindestens eine Stunde ... *Hähähä.*

»O Gott!« kreischte Cynthia. »Die Katzen sind im Kaviar! Das ist ja widerlich!«

Wer in Basts Namen hat ihn denn bezahlt? Monty hob den Kopf und warf ihr einen kurzen Blick zu.

»Eine von ihnen ist deine«, betonte Tottie. »Du mußt gerade reden.«

Die Herzogin von Malfi schlang gierig Kaviar herunter, ohne in Richtung der Stimme zu blicken, die sie so gut kannte. Butterfly begann zu zittern, hielt aber auch die Stellung. Solche Delikatessen begegneten ihr in ihrem Plebejerleben nicht oft.

»O nein!« Miranda schwankte zwischen Lachen

und Weinen. Sie hatte doch alles so perfekt haben wollen.

Geoffrey ließ sein Lachen schnell in ein Husten übergehen.

»Dieser Kater!« ächzte Rufus. »Dieser verdammte Kater!«

Nur eine kleine Erwiderung von Gastfreundschaft. Was ist daran so schlimm? Meine lieben kleinen Ladys haben das gleiche Recht auf die Party wie ihr – vielleicht sogar noch mehr.

»Dreckige Biester!« Woody trat drohend vor. »Ich werde mich um sie kümmern!«

Winstanley Fortescue stieß plötzlich ein johlendes Lachen aus und stürmte los, um sich den Katzen, die er als seine Freunde erkannte, anzuschließen. Er rammte Woody und schickte ihn zu Boden, ohne es auch nur zu bemerken. Woody verfluchte ihn.

Butterfly und Malfi rückten ungerührt zur Seite, um Platz für ›Das Instrument‹ zu machen. Auf geheimnisvolle weibliche Art und Weise erkannten sie trotz seiner ungewohnten Gestalt, daß er kein Fremder für sie war.

›Das Instrument‹ bohrte einen Finger in den rasch dahinschmelzenden Kaviarvorrat und fischte einen ansehnlichen Brocken aus der Schüssel. Er fing an, daran zu lecken, begegnete dann aber Montys mahnendem Blick, überlegte es sich anders und schob ihn sich in den Mund.

»So ist es richtig, Win.« Miranda bekam langsam Übung darin, solche exzentrischen Ausbrüche zu überspielen. »Es ist eine Party für die ganze Belegschaft! Und Monty gehört dazu. Warum sollte er nicht seine Freunde dazu einladen?«

In der beobachtenden Menge erhob sich Gekicher. Das Eis war gebrochen, es war alles ein großer Spaß.

»Was soll's?« sagte jemand. »Es gibt noch jede Menge andere gute Sachen.« Sie setzten sich in Bewegung und strebten dem Tisch zu.

»Das stimmt«, sagte Rufus schicksalsergeben. »Morgen wird es noch mehr Kaviar geben – und dann werden wir besser darauf aufpassen.«

33.
KAPITEL

»Man sagt, daß eine schlechte Generalprobe eine gute Premiere bedeutet«, seufzte Tottie. »Aber sie war nicht schlecht genug, um wirklich schlecht genannt zu werden ...«

»Oder gut genug, um gut genannt zu werden«, stimmt Davy zu. »Wir können nur das Beste hoffen.« Er zog die Stirn in Falten. »Ich wünschte nur, ich hätte nicht das Gefühl, daß Win ...nun, das Interesse verliert. Als könnte er in jeder Szene von der Bühne schlendern und woanders hin gehen. So wie Monty es macht, wenn er an etwas das Interesse verliert.«

Heiliger Bast! Es war nur zu gut möglich. Mehr als Davy ahnte. Es war ein Problem, das er bei sich selbst festgestellt hatte. Montys Bereitschaft, sich auf etwas zu konzentrieren, war begrenzt, und seine eigenen Konzentrationsversuche wurden nur zu oft von dem Wunsch der Katze überspielt, sich zusammenzurollen und zu schlafen, oder loszuziehen und seine Neugier woanders zu befriedigen.

»Alles, worüber ich mir im Augenblick Sorgen mache, ist die Vorstellung heute abend«, sagte Tottie mit fester Stimme. »Der Rest der Spielzeit läuft dann von selbst.«

Hinter der Bühne herrschte die übliche spannungsgeladene Atmosphäre. Die wachsende Erregung und Beinah-Hysterie, die sich entladen konnte, wenn die Lichter ausgingen, der Vorhang sich öffnete und die Vorstellung begann. Ob gut oder schlecht.

Die Tür am Bühneneingang ging pausenlos auf und zu. Blumen und Botschaften von wohlmeinenden Freunden wurden gebracht, Freunde und sonstige Bekannte kamen »nur für einen schnellen Glückwunsch« vorbei, die Foyerbelegschaft eilte mit all den letzten Erledigungen und Aufträgen hin und her.

Chaos! Tollhaus! Der Atem des Lebens! Und dann, viel zu früh, die Durchsage: »Fünf Minuten noch!«

Als sich der Vorhang zu dröhnendem Applaus öffnete, beobachtete der Kater das Geschehen sehnsüchtig und still von einer Seitenkulisse aus. Ace Barron beobachtete einfach nur. Die Vorstellung begann.

Nicht schlecht. Gar nicht schlecht. Hätte schlechter sein können. Viel schlechter. Der Kater hatte sich nach dem Ende der Vorstellung in die Star-Garderobe zurückgezogen, um den Triumph auszukosten. Halb versteckt saß er hinter dem Schirmständer und rümpfte ein wenig die Nase über die Düfte, die ihm zugetragen wurden. *Was für Parfums und Rasierwasser manche Leute benutzten!*

»Ihr Lieben, ihr wart wundervoll!«

»Großartig, ihr Lieben, einfach großartig!«

»Eine Sensation – das Stück wird ewig laufen!«

»Absolut brillant!«

Das Stimmengewirr war ohrenbetäubend. Wenn die Kritiken nur halb so enthusiastisch waren wie die Schmeicheleien der Freunde, war das Stück ein Bombenerfolg.

Und das sollte es auch. Als der Applaus an seine Trommelfelle gedrungen war, hatten die Reflexe und die Erfahrung von Winstanley Fortescue das Kommando übernommen. Niemand würde je ermessen können, wie brillant seine Vorstellung wirklich gewesen war, denn niemand würde je von den Schwierigkeiten erfahren, mit denen er zu kämpfen gehabt hatte.

Aber auch Monty mußte gelobt werden. Ein weniger intelligenter Kater hätte bei einer solchen Lärmexplosion die Flucht ergriffen. Bast sei Dank, daß Monty eine Theaterkatze war. Er hatte den Lärm und die Aufregung immer schon gemocht. Das ging sogar soweit, daß man ihn davon abhalten mußte, während der Vorstellungen auf die Bühne zu schlendern und sich seinen eigenen Applaus abzuholen. Jetzt gehörte er ihm ganz.

»Win! Miranda! Ihr Lieben! Viel, viel besser, als man zu hoffen wagte!« Lady Theodora senkte ihre Stimme zu einem gemäßigten Kreischen, um den Hintergrundlärm weiterhin übertönen zu können. »Sogar Oliver hat es gefallen!«

»Es hat mir sehr gut gefallen – und das werde ich auch schreiben!« Oliver Crump strahlte wohlwollend.

»Liebling, es tut mir leid, daß ich ihn mit auf die Feier schleppen mußte«, entschuldigte Lady Theodora sich bei Miranda. »Aber die Vorführung war ausverkauft! Ich habe keine Karte mehr bekommen und mußte mir von Oliver eine besorgen lassen. Das bedeutete, daß ich nicht umhin kam, ihn mit zu der Premierenfeier zu bringen. Mach dir keine Sorgen – er wird *tatsächlich* eine Superkritik abliefern.«

»Ich mache mir keine Sorgen«, lachte Miranda. Sie hatten es großartig hinbekommen! Alles war wunderbar. Alle waren ihre besten Freunde – sogar Oliver Crump. »Ihr seid beide willkommen!«

»Wir sehen noch in den anderen Garderoben vorbei und verkünden die frohe Botschaft«, sagte Lady Theodora. »Bis später an den Champagnerkühlern!«

Ungerührt folgte Oliver pflichtbewußt seiner Tante.

Wirklich, es gab nichts Langweiligeres, als Leute zu beobachten, die im Mittelpunkt des Interesses standen. Sogar wenn diese Leute Win und Miranda waren. Der Kater gähnte und blickte dann hoffnungsvoll auf, als er bemerkte, daß sich jemand hinter ihm postiert hatte.

Nein, von dieser Seite waren keine Streicheleinheiten oder Leckereien zu erwarten. Es war Ace Barron, der immer noch pflichtbewußt Wache hielt. Von hier aus hatte man den besten Überblick über das Zimmer. Alles war gut und würde gut bleiben, solange Ace die Augen aufhielt.

Wir müssen ja nicht beide hier Wache halten. Außerdem wollte er bei Geoffrey vorbeisehen und sehen, wie der Junge seinen ersten Erfolg genoß. Der Kater reckte sich und schlenderte hinaus auf den Flur.

Pfui! Wie hatte er vergessen können, daß Antoinette hier sein würde? Geoffrey war schließlich auch ihr Sohn. (Tut mir leid, mein Junge – aber glücklicherweise kommst du ja nach mir.)

Er schlüpfte in die Garderobe und hielt sich von Antoinette fern, rieb sich aber freundlich an Jennets Fußknöcheln. Auch Freunde von Geoffrey waren da, und der Fernsehflüchtling hatte seine eigene Clique um sich herum. Es war zu voll hier. Er konnte später mit Geoffrey Kontakt aufnehmen. Nun, zumindest konnte er Geoffrey auf den Schoß springen, Gratulationen schnurren und seinen Kopf gegen Geoffreys Kinn reiben. Geoffrey würde die Anteilnahme erkennen, wenn er auch nie erfahren würde, warum sie so inbrünstig war ...

Ach ja ... selbst in diesem Zustand gab es Entschädigungen ... Er steckte den Kopf in Cynthias Garderobe. Auch dieses Zimmer war voller Gratulanten, Gelächter, Aufregung und dem Vibrieren des Erfolges, das jetzt das ganze Chesterton durchlief. Sie wußten alle, daß sie einen großen Hit gelandet hatten.

Mitten in dem Gewimmel gab es eine ruhige Oase. Aus einem Bastkorb auf einem Ecktisch blickten ein paar saphirfarbene Augen durch eine Gittertür. *Malfi, liebe Malfi.* Aus beiden Leben war ihm das Ritual bekannt: Cynthia schloß die Herzogin von Malfi immer sicher in ihr Katzenkörbchen ein, damit sie sich in dem Durcheinander, wenn die ganzen Besucher in die Garderobe strömten, nicht übermäßig aufregte und davonlief. Später, wenn die Reihen sich gelichtet hatten und die Party begann, würde Cynthia Malfi freilassen, um sie zu der Feier zu tragen und von den herrlichen Speisen kosten zu lassen.

Er blickte in die saphirfarbenen Augen. Sie blinzelten sich zu und tauschten eine klare Botschaft aus: *Bis später ...*

34. KAPITEL

Unter Totties Aufsicht hatten die Bühnenarbeiter Kulisse und Möbel zurückgeschoben und den improvisierten Tisch hinten auf der Bühne aufgestellt. Die Foyerbelegschaft kam, um an der Feier teilzunehmen. Die Luft knisterte vor Fröhlichkeit. Noch bevor die Frühausgaben der Morgenzeitungen vorbeigebracht wurden und die Bestätigung bringen konnten, wußten sie, daß sie einen Hit gelandet hatten.

»Ich habe meine Kritik von Wins Garderobe aus durchgegeben.« Oliver Crump sonnte sich in der ungewohnten Popularität. »Ihr habt es alle verdient. Ehrlich, ich habe nichts gefunden, was man bemängeln könnte.«

Jilly hielt sich dicht bei Rufus. Ihr war klar, daß sie es nur ihrem neuen Status als sein Schützling zu verdanken hatte, daß man sie duldete. Bei ihrem einzigen Versuch, sich an Winstanley Fortescue heranzumachen, tauchte plötzlich Miranda an seiner Seite auf, Tottie an der anderen, und der Kater erschien zu seinen Füßen. Keuchend war sie vor ihrer geballten Feindseligkeit zurückgewichen und schnell zu Rufus zurückgekehrt, der zu beschäftigt war, um sich mit ihr zu befassen. Kurz darauf brach sie auf.

Eine überaus unterhaltsame Soirée. Es war eine dieser Feiern, von denen sich jeder wünscht, daß sie nie ein Ende fänden. Eine Zeitlang hatte es fast den Anschein, doch dann begannen die Vögel in der Dämmerung ihr Morgenkonzert. Es wurde unterdrückt gegähnt, und dann brachen die ersten Partygäste auf und lösten eine Massenbewegung aus. Es gab noch ein paar Kleinigkeiten zu erledigen – zum Beispiel ein paar Stunden zu schlafen, bevor die Gratulationsanrufe am späteren Vormittag die Telefone zum Klingeln brachten.

Tottie und die Bühnenarbeiter standen bereit, um die Überreste wegzuräumen, den Tisch abzubauen, die Kulissen wieder an ihren Platz zu stellen … und dann selbst ein paar Stunden Schlaf zu finden. Während sie warteten, verschwanden die Bühnenarbeiter für eine schnelle Zigarette vor der Tür, und Tottie ging in die Kostümgarderobe, um Montys Freßnapf für die Nacht zu füllen.

Das Ensemble zog sich in seine Garderoben zurück, um sich zum Aufbruch zu rüsten. Die letzten Gäste verschwanden. Die restliche Belegschaft ebenfalls.

Eine gute Party, eine sehr gute Party. Der Kater befand sich plötzlich allein auf der Bühne. Der Tisch war immer noch aufgebaut, und viele Platten und Schüsseln standen noch bereit. *Ob sie alle leer waren?* Er war von den Freunden gut mit leckeren Happen versorgt worden, aber …man konnte ruhig einmal nachsehen, ob noch etwas übrig war. *Nur nichts umkommen lassen, hähähä.*

Leichtfüßig sprang er auf den Tisch, hob den Kopf und ließ sich die wohlriechenden Düfte um die Nase wehen. *Ich glaube, es sind noch Garnelen da …ja, ja, da sind sie … da waren sie, hähähä.*

Was war das? Ein scharfer, bösartiger Geruch stach ihm in die Nase. Ihm fiel ein, daß er die Tür zum Bühneneingang aufgehen und zufallen gehört hatte, und sofort danach ein seltsames, scharrendes Geräusch. Es näherte sich, genau wie der gräßliche Geruch.

Ein Hund! Ein wilder Hund! Er identifizierte den Geruch im selben Augenblick, als er hörte, wie ein

Würgehalsband von einer Leine gelöst und zurückgezogen wurde.

»Freßzeit, Rambo«, sagte Woody leise. »Hol dir den kleinen Bastard! *Töte, Rambo, töte!*»

Der Pitbull schoß über die Bühne, und seine Lautlosigkeit ließ ihn noch schrecklicher wirken. Er verschwendete keinen Atem mit Bellen oder Knurren, konzentrierte all seine Energie aufs Töten.

Monty übernahm das Kommando. Der Kater sprang von dem Tisch an den Bühnenvorhang und kletterte blitzschnell daran hoch. Der Hund stürzte sich auf den Saum des Vorhangs, stellte sich auf die Hinterbeine, streckte die Vorderpfoten so weit hoch, wie er konnte, und winselte enttäuscht.

»Keine Sorge, Rambo.« Woody näherte sich mit einem tückischen Blick. »Wir holen ihn für dich herunter.« Er packte den Vorhang und begann ihn zu schütteln.

»MIIIIAAAAUUUUU ...!« kreischte Monty. »MIIIIIAAAAAUUUUUU ...« Er klammerte sich im wahrsten Sinne des Wortes an sein Leben.

»Was geht hier vor?« fragte eine schrille Stimme.

Oh, Bast! Es war Cynthia. Und sie trug die Herzogin von Malfi auf den Armen.

»*Hau ab!*» jaulte er. »*Hau ab!*» Aber es war zu spät. Der Hund hatte die beiden schon erblickt.

»Hierher, Rambo. Hier oben! Nicht diese da!« Woodys Stimme erhob sich in panischer Angst, als er sah, was er angerichtet hatte.

Der Hund wirbelte herum und stürmte auf Cynthia und Malfi zu. Eine Beute war so gut wie die andere – und Malfi war das leichtere Ziel. Cynthias weiches Fleisch würde ihn nicht aufhalten. Nicht lange jedenfalls.

Cynthia schrie und wich vor der heranstürmenden Furie zurück. Malfi hielt sie hoch über ihren Kopf.

»Nein, Rambo! Nein!« Woody rannte hinter dem Hund her. »Sitz! Bleib hier!« Er hätte sich sein Geschrei sparen können. Rambo war außer Kontrolle.

Cynthia schrie weiter. Malfi schloß sich ihr an.

BAST! *Nicht meine geliebte Malfi! Nicht meine süße, törichte Cynthia!* Mit einem markerschütternden Kriegsschrei sprang der Kater oben vom Vorhang mit ausgestreckten Krallen in Richtung von Rambos Rükken.

Woody versuchte, das schwere, nietenbeschlagene Halsband zu packen.

»Was ist los?«

»Was ist passiert?«

Angelockt von den Schreien und Rufen, erschienen die anderen am Rande der Kulisse.

Miranda erfaßte mit einem Blick die Lage und verschwand wieder.

»Helft mir!« schrie Cynthia und wich den zuschnappenden Kiefern um Haaresbreite aus. »Helft mir! Der Hund ist wahnsinnig!« Malfi heulte verzweifelt. Sie wußte genau, was mit ihr passieren würde, wenn der Hund sie erwischte. Sie versuchte sich aus Cynthias Griff zu befreien, um flüchten zu können.

Monty landete auf Rambos Rücken und rutschte ab, als der Hund sich herumdrehte. Während er rutschte, gruben seine Krallen sich in die Flanke des Hundes. Der Hund schnapppte nach ihm, und Cynthia konnte sich ein paar Meter weiter in Richtung Sicherheit bewegen.

Woody zog gerade noch rechtzeitig die Hand zurück. Wenn Rambos Zähne sich um sie geschlossen hätten, wäre sie zerfleischt worden. Verrückt vor Erregung und Blutdurst, kannte Rambo jetzt keinen Gebieter mehr.

»Hier, nehmt die!« Miranda war zurück, die Arme voller Schirme und Spazierstöcke, die sie aus dem Schirmständer geholt hatte. »Nein! Win! Nicht du! Komm zurück!«

Winstanley Fortescue war ihr gefolgt, in der Hand den Pfosten, der als Weihnachtsbaumersatz gedient hatte. Jetzt bewegte er sich mit kampfeslustigem Gesichtsausdruck vorwärts. Er stieß mit dem Pfosten nach dem Hund und zwang ihn zum Rückzug.

»Gute Idee!« Ace Barron nahm einen Spazierstock in jede Hand und eilte an Wins Seite. Davy und Geoffrey ergriffen je einen Spazierstock. Jetzt waren nur noch Schirme übrig, aber Oliver Crump packte einen und ließ ihn vor sich durch die Luft sausen.

Seite an Seite gingen sie auf den Hund zu und trieben ihn von Cynthia weg, so daß sie die Möglichkeit hatte, sich umzudrehen und zu flüchten, während sie das Tier in Schach hielten. Sie hörten, wie die Tür ihrer Garderobe zugeknallt wurde.

»Wer ist dafür verantwortlich?« Rufus schwang einen Regenschirm, als der Hund versuchte, seiner Beute hinter die Kulissen zu folgen. »Wo ist dieses Tier hergekommen?«

Der Hund knurrte und schnappte nach ihnen. Er sah sich einem Wald von Stöcken und Regenschirmen gegenüber. Woody hatte sich auf die andere Seite der Bühne zurückgezogen und hinter dem Vorhang Schutz gesucht. Er versuchte den Eindruck zu erwekken, als sei er nie hier gewesen.

»Dieses Biest gehört dir – und ich weiß es, Woody Woodson!« rief Tottie. »Ich habe die neun-neun-neun angerufen und der Polizei gesagt, daß sie mit dem Hundefänger kommen soll – und mit einem Krankenwagen.«

»Bei Gott, Woody«, rief Rufus wutentbrannt. »Ich hätte dich feuern sollen, als Win mich darum gebeten hatte. Wenn bei dieser Sache jemand zu Schaden kommt, wirst du nie wieder in irgendeinem Theater arbeiten!«

In die Enge getrieben, fletschte Rambo die Zähne und unternahm einen weiteren Fluchtversuch. Mit einem untrüglichen Instinkt für das schwächste Glied der Kette stürmte er direkt auf Oliver Crump zu.

»Nein!« Lady Theodora schrie auf, als das Biest losstürzte. »Wage es nicht, meinen Oliver zu verletzen!« Sie trat vor, schwang ihre schwerbeladene, große Handtasche und schmetterte sie mit dem Metallrand auf Rambos Nase.

»Ich wußte immer, daß dir etwas an mir liegt, Tante Thea«, sagte Oliver dankbar.

Im gleichen Augenblick gingen drei Spazierstöcke auf Rambo nieder. Von einem davon ging ein seltsames Summen aus, als er Rambos Flanke berührte. Oliver drückte auf einen Knopf am Griff seines Regenschirms, und der Schirm öffnete sich in Rambos Gesicht.

Rambo jaulte und zog sich – umgeben von feindlichen Kräften – langsam zurück, wurde an die Wand zurückgedrängt und dort umzingelt.

»Holt etwas, das wir ihm überwerfen können!« befahl Rufus. »Eine Decke, einen Mantel – irgend etwas! Komm her, Woodson, und bring dein Vieh unter Kontrolle!«

»Er ist ziemlich harmlos, wirklich«, sagte Woody ohne Überzeugungskraft. »Er ist nur aufgeregt, weil alle auf ihn losgehen – und natürlich wegen der Katzen. Sonst wäre er ganz friedlich.«

Monty ließ aus der Sicherheit der Kulissen ein scharfes Fauchen erklingen.

»Das kannst du uns doch nicht weismachen!« fuhr Tottie ihn an. »Ich weiß, daß du ihn an Hundekämpfen teilnehmen läßt. Ich habe mir schon seit Wochen überlegt, ob ich dich nicht anzeigen soll. Jetzt bist du fällig!«

»Ihr seid alle gegen mich«, winselte Woody. »Alle, von dem fetten Bastard angefangen. Man wird doch wohl noch ein bißchen Spaß haben dürfen.« Er versuchte sich Rambo zu nähern, aber der Hund fletschte abwartend die Zähne. Woody überlegte es sich anders und blieb, wo er war.

»Haltet die Stöcke in Bewegung«, ordnete Rufus an. »Verwirrt ihn und lenkt ihn ab. Laßt ihm keine Zeit zum Nachdenken.«

»Grausamkeit gegenüber einem unschuldigen Tier ist das«, protestierte Woody. »Ich werde euch die Polizei auf den Hals hetzen.«

»Nur zu«, sagte Tottie. Aus der Ferne hörte man Sirenengeheul. »Das ist deine Gelegenheit. Die Polizei wird sich bestimmt für alles, was du zu erzählen hast, genauestens interessieren.«

»Ich habe nichts getan!« Woody sprach zu hastig. »Ihr könnt mir nichts beweisen!« Er wich langsam zurück.

»Ich frage mich ...«, sagte Rufus. Er war nicht der einzige, der Woody mit plötzlichem Argwohn musterte.

Woody! Natürlich, Woody. Mürrisch, unehrlich, bösartig – und immer in der Nähe. Er gehörte so sehr dazu, daß man ihn gar nicht mehr wahrnahm. Der Kater knurrte leise. Woody, der einen Groll gegen Winstanley Fortescue hegte, weil Win seine Entlassung gewollt hatte. Wenn er seinen Job im Chesterton verlor, würde er nicht so leicht einen neuen bekommen.

Ja, Woody paßte in das Raster: er hatte einen Groll, war ein Opportunist – und von Grund auf dumm. Er hatte die Gelegenheit genutzt, Win einen Schlag zu versetzen, als dieser auf der Trittleiter stand und niemand auf ihn achtete. Vielleicht hatte er ihn nur verletzen wollen, aber als Win auf der Intensivstation landete, hatte er mehr erreicht, als er in seinen kühnsten Träumen für möglich gehalten hatte. Es mußte ihm als gute Idee erschienen sein, sich nach St. Monica hineinzuschleichen, den Strom auszuschalten und die Sache zu Ende zu bringen. Tot war Winstanley Fortescue keine Bedrohung mehr für ihn. Lebendig konnte er Woody feuern – und würde es tun –, sobald er das Chesterton übernahm.

Woody, der zu dumm war zu wissen oder sich darum zu scheren, daß vielleicht noch ein anderer an diesen lebenswichtigen Maschinen hing. Ein Mörder aus Versehen. Er hatte den falschen Mann umgebracht. Aber immer noch entschlossen, Win zu erledigen, war er zurückgekommen, um Lösungsmittel (ja, das war der schreckliche Geruch gewesen) in Wins Orangensaft zu schütten. Bei der laxen Kontrolle in St. Monica konnte es nicht schwierig für ihn gewesen sein, hinein- und hinauszukommen, das Gesicht hinter einem Blumenstrauß versteckt. Niemand hätte sich etwas dabei gedacht, wenn jemand Blumen brachte.

Er wußte es jetzt – und konnte nicht reden. Konnte es niemandem sagen. O Bast! Würde Woody ungestraft davonkommen? Die anderen regten sich nur darüber auf, was er im Theater mit dem Hund angestellt hatte. Begriffen sie nicht, daß jemandem, der so etwas tat, alles zuzutrauen war?

Der Körper des Katers zitterte vor Wut und Frustation. Er begann vorwärts zu kriechen. Etwas *konnte* er tun: er konnte Woody ein paar Narben verpaßen, die ihn an ihn erinnern würden! Zu schade, daß Woody nie erfahren würde, daß sie ein Gruß von Winstanley Fortescue waren!

»AAUUU-AA! Hau ab, du kleines Mistvieh!« Woody heulte auf, als Monty sich kratzend und beißend an seinem Knie festkrallte.

Auf dem Flur, der zum Bühneneingang führte, polterten Schritte und mehrere Polizisten strömten auf die Bühne.

Die Männer, die den Hund in Schach hielten, waren für einen Augenblick abgelenkt. Einige blickten zu Woody, andere zu den Polizisten. Rambo erkannte seine Chance und rannte los, auf Monty zu.

»Gut so, Rambo!« schrie Woody. »Töte sie! Töte sie! Töte! Töte! Töte sie alle!«

Der Kater versuchte hastig, seine Krallen zu befreien und zu flüchten. Woody versuchte jetzt, ihn festzuhalten, anstatt ihn wegzuschleudern. Rambo rannte einen Zickzack-Kurs, als die Polizisten ihn aufzuhalten versuchten, war aber immer noch auf seine Beute fixiert.

»Laß Monty in Ruhe!« Tottie rannte los, um den Kater zu verteidigen – mit keiner anderen Waffe als ihrer berechtigten Empörung.

»Uuurrr!« stimmte ›Das Instrument‹ zu. Es schwang den Pfosten wie einen Speer und vertrieb den Hund. Dann hob er den Pfosten, um ihn auf den Rücken des Hundes niedersausen zu lassen, und Rambo rannte darunter her.

»Töte!« hetzte Woody. »Töte!«

Ace Barron hieb beide Stöcke auf Rambo. Wieder ertönte das seltsame Summen. Rambo jaulte und sprang zur Seite, schoß zum Bühnenrand, als sie ihn einkreisten und segelte dann von der Bühne in den Zuschauerraum.

Die Polizisten verfolgten den Hund, außer den beiden, die links und rechts von Woody Aufstellung nahmen. »Anstiftung zur Gewalt«, sagte einer von ihnen.

»Laßt den Sicherheitsvorhang herunter!« Rufus brüllte Befehle. »Macht das Licht im Zuschauerraum an!« Davy und die Bühnenarbeiter rannten los, um seinen Weisungen nachzukommen.

Die feuerfeste Wand rumpelte langsam herunter und trennte den Bühnenbereich sicher vom Zuschauerraum.

In der plötzlichen Stille beugte Winstanley Fortescue sich vor und löste Monty sanft von Woodys Knie. Er und der Kater klammerten sich aneinander und sahen sich tieftraurig und mit beginnender Resignation in die Augen.

Ace Barron untersuchte mit einem verwirrten Gesichtsausdruck einen der Spazierstöcke. Als er auf einen Knopf drückte, der sich auf dem Griff mit den Gravierungen befand, summte er wieder.

»Mich laust der Affe«, sagte er leise. »Das ist ein elektrischer Viehtreibestab. Kein Wunder, daß der Hund so in die Luft gesprungen ist.«

Und kein Wunder, daß Winstanley Fortescue so gesprungen ist, als dieses Ding ihm in den unteren Rückenbereich gerammt und eingeschaltet wurde. Der Kater knurrte und versuchte wieder, auf Woody loszugehen, aber Win hielt ihn fest.

»›Peter Farley, ein Souvenir aus Texas ...‹« Ace las

laut die Inschrift auf dem Griff vor. »›Von seinen vielen Freunden und Bewunderern. Im Notfall bitte gegen Kritiker einsetzen.‹«

»Ich finde das nicht lustig«, sagte Oliver Crump spröde.

»Mach dir nichts draus, Oliver.« Lady Theodora tätschelte seine Hand. »Wenn du diese Sache hier aufschreibst und deiner Zeitung lieferst, wirst du nicht mehr lange ein Kritiker sein. Sie werden dich zu einem anständigen Show-Business-Reporter machen – und ich kann wieder erhobenen Hauptes herumlaufen.«

Schade, daß Jilly schon so früh gegangen ist, hähähä. Sie würde einen hysterischen Anfall bekommen, wenn sie erfuhr, daß sie die ganze Action verpaßt hatte.

»Du siehst erschöpft aus, Win.« Miranda berührte ihren Mann am Arm. »Ich denke, man wird es uns nicht verübeln, wenn wir uns jetzt zurückziehen. Du brauchst deine Erholung. Du kannst Monty mit zu uns nach Hause nehmen, wenn du willst.«

Noch nicht. Der Kater sprang aus seinem Arm und taumelte ein wenig, als er auf der Bühne landete. Auch er war erschöpft. Er wollte sich davonstehlen und ein langes, langes Nickerchen machen. Heute nacht – heute morgen – konnte er nichts mehr regeln. Es war alles zu viel. Er konnte nicht einmal mehr denken, obwohl es noch viel gab, über das nachgedacht werden mußte. Er war völlig am Ende, nur ein Instinkt war noch vorhanden. Und dieser Instinkt riet ihm zu schlafen.

Was war das? Durch das Stimmengemurmel hindurch hatten seine Ohren die leisen Krabbelgeräusche aufgefangen. Drüben bei dem improvisierten Tisch ... die Speisereste ...

Er lief hinüber, ohne zu merken, daß ›Das Instrument‹ ihm mit zur Seite geneigtem Kopf folgte. Da oben, bei dem Käsebrett ...

Bevor er auf den Tisch springen konnte, war ›Das Instrument‹ dagegen gerannt. Mit einem verzweifelten Quietschen rannte die Maus über den Tisch und ließ sich auf den Boden fallen. Monty sprang.

ERWI ... Köpfe krachten zusammen, ein blendender Schmerz, dann Dunkelheit ...

Der Boden war kalt und hart. Sein Kopf schmerzte abscheulich. Da draußen war irgendwo zuviel Lärm ... Leute rannten herum, riefen etwas ...

»Win!« schrie Miranda. »Win ...«

»Versuch nicht, ihn zu bewegen.« Das war Geoffrey. Guter Junge, Geoffrey.

»Das stimmt, Liebes. Es könnte ihm mehr schaden als nützen.« Auch Tottie reagierte richtig.

»Ich werde den Notarzt rufen.« Das war Rufus, empfindlich bis zum Schluß. »Wenigstens fließt kein Blut.«

»Das floß beim letzten Mal auch nicht«, bemerkte Tottie. »Das soll nicht heißen ... Entschuldige, Liebes. Nein, bitte, du berührst ihn besser nicht. Noch nicht.«

Das stimmte. Er wollte nicht, daß ihn irgend jemand berührte. Nicht einmal Miranda. Er wollte abwarten und seine Kräfte sammeln ...nur genug Kraft, um sich in die Kostümgarderobe schleichen zu können ... sich auf einem Kissen zusammenzurollen und zu schlafen ... zu schlafen ... und schlafen ...

»Was ist passiert?« fragte Geoffrey. »Es ist alles so schnell gegangen, ich habe nichts gesehen ...«

»Da war eine arme Maus«, sagte Miranda. »Monty versuchte sie zu fangen, und Win ... Win versuchte ihn aufzuhalten. Win versuchte, sie zu beschützen.«

Eine sehr plausible Geschichte. Der große Kerl hatte sie selbst fangen wollen, hatte versucht, *seine* Maus zu stehlen! Es fiel ihm alles wieder ein ... Sie waren im gleichen Moment gesprungen – und mit den Köpfen zusammengestoßen. Schon wieder. Sein Kopf schmerzte immer noch, aber ... Vorsichtig riskierte er es, die Augen zu öffnen.

Miranda und Tottie knieten an seiner Seite. Mirandas Augen waren voller Tränen. In Totties Gesicht stand ernste Sorge. Er starrte sie ausdruckslos an.

Auf seiner anderen Seite war eine leichte Bewegung. Er drehte den Kopf und sah in zwei schmale grüne Augen, die sich schlossen, öffneten, schlossen und wieder öffneten. Schwarze Ohren und weiße Barthaare zuckten benommen.

»Hallo, Monty«, sagte er.

Er brauchte eine ganze Weile, bis er begriff, daß er Monty von außen betrachtete.

35. KAPITEL

DIE SCHLANGE IM HEIDEKRAUT

100. Vorstellung

Ausverkauft

»Auf Win und Miranda ...« Rufus hob sein Champagnerglas. »Einhundert Vorstellungen hintereinander, trotz Wins, äh, Gesundheitsproblem.«

»Und auf ...« Er wechselte schnell das Thema,

»... Peter Farley. Wir freuen uns, ihn heute abend wieder im Ensemble begrüßen zu können, nach seinem, äh ...« Noch ein Gesundheitsproblem. Er wechselte das Thema noch schneller.

»Und auf die tausendste Vorstellung – wenn wir *wirklich* eine Party zu feiern haben werden!«

Während der zahlreichen Trinksprüche zuckte Winstanley Fortescue unruhig mit den Schultern. Rufus machte immer weiter. Warum kam er nicht zu den wichtigen Neuigkeiten? Bei der tausendsten – nein, bei der zweihundertsten – Vorstellung würde das Chesterton unter neuer Leitung stehen. Unter Winstanley Fortescues Leitung.

Nicht, daß das ein Geheimnis gewesen wäre. Jeder wußte, daß es seit Fortescues Genesung Verhandlungen gegeben hatte. *Nein ...denk nicht daran.* Vielleicht wartete Rufus, bis die letzten Unterlagen unterschrieben und beglaubigt waren. Dann gäbe es eine Gelegenheit für eine weitere Galaparty.

»Gut gemacht, Peter!« Er hatte das vorher schon zu Peter gesagt, aber man konnte es nicht oft genug wiederholen. Farley verdiente jedes Lob, das ihn erreichte.

»Danke, es ist schön, wieder dabei zu sein.« Peter sah sich befriedigt um. »Ich hatte Glück, daß mein Ersatzmann ein Angebot für die neue Fernsehserie bekam, das er nicht ablehnen konnte.«

»Du hattest auch Glück, daß du einen so harten Schädel hast«, sagte Win.

»Ja.« Peter zuckte mit den Schultern. »Als ich in den Spiegel sah und hinter mir dieses verzerrte Gesicht erblickte und etwas, das auf meinen Kopf niedersauste, war es zu spät zu entkommen. Er dachte, ich wäre du. Er hat dich wirklich gehaßt, Win. Wenn Rufus ihn nur gefeuert hätte, als du ihn darum gebeten hast, wäre das alles nicht passiert.«

»Rufus war damals nicht in der Lage, irgend jemanden zu feuern«, sagte Winstanley Fortescue bitter. Sie stritten sich immer noch wegen der Gehälter, die die Belegschaft noch zu bekommen hatte, aber Rufus würde sie verdammt nochmal bezahlen. Mit diesem erfolgreichen Stück konnte er sich das jetzt leisten.

»Was hast du überhaupt in meiner Garderobe gemacht?« Das wollte er schon lange wissen. Peter war lange von der Polizei vernommen worden, aber die übrigen hatten bisher nicht viel aus ihm herausbekommen. Er würde Peter nicht danach fragen, warum er sich an seinen Schminktisch gesetzt hatte – offensichtlich aus Aberglaube. Es hatte nur leider nicht funktioniert.

»Ich suchte meinen Spazierstock«, sagte Peter. »Ich hatte ihn verlegt – das dachte ich wenigstens –, aber ich wußte, daß er irgendwo im Theater sein mußte. Ich hatte mir nicht weiter Gedanken darüber gemacht, bis ich, äh, dieses Bild von dir sah. Eine seltsame Verletzung auf deinem Rücken, die mich nachdenklich machte ... Um ehrlich zu sein, hatte ich Angst, daß man mir die Schuld geben würde, wenn jemand den Stock fand und begriff, um was es sich handelte.

»Woody wußte es.« Soviel hatte die Polizei ihnen verraten. Viehtreibestäbe werden von manchen Hundebesitzern benutzt, um bei Hundekämpfen die Tiere zu trennen. Woody hatte das Gerät erkannt und sich angeeignet. Nachdem er es bei Win verwendet hatte, hatte er es in das Gewirr von Pfosten und Leisten fallen lassen. Als er später danach suchte, mußte er feststellen, daß es verschwunden war. Einer seiner

Arbeitskollegen hatte es in den Schirmständer gesteckt, in der Annahme, es gehörte dorthin.

Später hatte Woody in der Garderobe, die Peter und Geoffrey sich teilten, nach dem Spazierstock gesucht. In der Nacht, als er ... als Monty ... er ...

»Alles in Ordnung?« fragte Peter besorgt. Win schüttelte benommen den Kopf.

»Ja. Bestens. Das heißt ...« Win wirkte unbehaglich. »Ich scheine seltsame ... Illusionen ... Träume ... gehabt zu haben, während ich ... Manchmal kommen sie wieder ...«

»Das ist schon eine merkwürdige Sache mit Kopfverletzungen.« Peter konnte es ihm nachfühlen. »Ich scheine in dieser Hinsicht gut davongekommen zu sein. Wenn man von einem gelegentlichen Alptraum einmal absieht.«

Welche Träume mochten noch alle kommen ... Win wußte plötzlich, daß Monty da war und ihn anstarrte. Er wußte immer, wann der Kater ihn ansah. Umgekehrt war es anscheinend genauso. Monty war wieder in das Chesterton gezogen und weigerte sich, es zu verlassen. Nicht daß er versucht hätte, Monty in das Haus zu locken. Es war fast, als wären sie sich so nah gewesen, daß sie gegenseitig beschlossen hatten, ein bißchen Abstand voneinander zu halten. Es war angenehmer für sie beide. Er glaubte natürlich nicht einen Augenblick lang ... Jetzt nicht mehr, da er wieder kerngesund und bei vollen Kräften war ...

Monty sah ihn aufmerksam an.

»Ja, ja, natürlich, alter Junge.« Winstanley Fortescue häufte rasch auserlesene Garnelen, Rindfleischscheiben und Hühnchenfleisch auf einen Teller und stellte ihn vor dem Kater hin.

»Du verwöhnst Monty immer noch, wie ich sehe«,

sagte Tottie beifällig. Sie trug ein neues Kleid. Er hatte darauf bestanden, daß sie ihren ausstehenden Lohn erhielt, bevor er sich zu Verhandlungen mit Rufus bereit erklärt hatte.« Sie sah glänzend aus und war in letzter Zeit viel gelassener.

»Monty hat es verdient.« Miranda war bei ihr. »Er hat in den schlechten Tagen praktisch den Pfleger für Win gespielt.« So dachte sie an diese Zeit: »die schlechten Tage«. Aber jetzt waren sie vorüber. Von jetzt an würden alle Tage gut sein.

»Du siehst wundervoll aus, Liebling.« Er hatte ihr das schon vorher sagen wollen. »Ich habe dich den ganzen Nachmittag noch nicht gesehen.«

»Nein«, sagte Miranda. »Ich hatte etwas zu erledigen.«

»Peter«, sagte Tottie. »Warum holen wir beide nicht noch etwas Champagner?« Sie faßte ihn energisch am Arm und zog ihn mit sich.

»Was gab es denn zu erledigen?« Winstanley Fortescue erkannte den Auftakt zu einer großen Szene, wenn er einen vor sich hatte.

»Ich war bei einem Freund von Sir Reginald ...« Sie zögerte.

»Und ...?« Für einen Augenblick überkam ihn namenlose Angst. Sein Zustand verschlechterte sich doch nicht etwa, ohne daß er etwas davon merkte? Hatten die Ärzte Miranda schlechte Nachrichten übermittelt? Nein, nein, Miranda wirkte nicht besorgt. Im Gegenteil, sie sah eigentlich recht glücklich aus.

»Win«, sagte Miranda. »Ich werde zum Monatsende aus dem Stück aussteigen. Ich habe mit Tottie gesprochen, sie kann Cynthias Rolle übernehmen, und Cynthia kann für mich einspringen.«

»Aber ...? Miranda ...?«

»Ja, Darling«, sagte sie. »Und diesmal wird alles gut gehen. Ich wollte nichts sagen, ehe ich nicht sicher war. Ich habe heute nachmittag ein Ultraschallbild gesehen. Eine bildschöne, kerngesunde Tochter ist zu uns unterwegs.«

»Wundervoll! Großartig! Die beste Nachricht der Welt!« Er drehte sich um, um sie zu umarmen – und sah plötzlich Monty in die Augen.

Monty wich seinem Blick schuldbewußt aus. Er schnappte sich eine Scheibe Roastbeef und verzog sich – ohne Win noch einmal anzusehen – in eine Ecke, aller Welt zum Trotz.

»Win …?« Miranda wartete auf den Kuß, auf den sie jedes Recht der Welt hatte. »Win, was ist los?«

»Uurrr …« Win rechnete schnell im Kopf etwas aus. Er warf dem Kater einen finsteren Blick zu.

»Win, ist alles in Ordnung? Freust du dich?«

»Ja, ja!« Er riß sich zusammen. »Natürlich freue ich mich.«

Er stieß ein kurzes Lachen aus.

»Wir müssen sie Kitty nennen«, sagte er.

ENDE